FREIDA McFADDEN

Freida McFadden es autora de docenas de novelas que se han colocado en el número uno de las listas de ventas del *New York Times, USA Today, Publishers Weekly, Sunday Times* y *Der Spiegel*. Sus libros han sido calificados como «imprescindibles para los fans del thriller psicológico» por *Library Journal*. Freida ha ganado el Premio de los Escritores Internacionales de Thriller al Mejor Original en Rústica y el Premio Goodreads al Mejor Thriller. Con veinte millones de ejemplares vendidos, sus novelas han sido traducidas a más de cuarenta idiomas y se han adquirido los derechos para su adaptación al cine y a la televisión. Freida es médica especializada en lesiones cerebrales. Vive con su familia y su gato negro en una casa de tres pisos y siglos de antigüedad frente al mar.

El novio

El novio

Freida McFadden

Traducción de
Jesús de la Torre

VINTAGE ESPAÑOL

Penguin
Random House
Grupo Editorial

Título original: *The Boyfriend*

Primera edición: marzo de 2026

Impreso en Colombia / *Printed in Colombia*

ISBN: 979-8-89098-630-6

Prólogo

Antes

TOM

Estoy enamorado. Desesperada, terrible, completa y ridículamente enamorado.

Se llama Daisy. Nos conocimos cuando teníamos cuatro años. He estado enamorado de ella desde entonces. Así de lamentable soy. La vi en el patio del recreo dando de comer trocitos de su sándwich a las hambrientas ardillas y lo único que se me ocurrió pensar fue que nunca había conocido a ningún ser vivo tan hermoso ni bueno como Daisy Driscoll. Y perdí la cabeza.

Durante mucho tiempo no le dije lo que sentía. No podía. Me parecía imposible que ese ángel de cabello dorado, ojos azul claro y piel como la porcelana de nuestro lavabo del cuarto de baño pudiera sentir jamás una décima parte de lo que yo sentía por ella, así que no tenía sentido esforzarse.

Pero últimamente eso ha cambiado.

Últimamente, Daisy me ha permitido acompañarla a casa desde la secundaria. Si hay suerte, me deja agarrarla de la mano y me mira con una sonrisita disimulada en sus labios rojo cereza que hace que las rodillas me tiemblen. Empiezo a pensar que a lo mejor quiere que la bese.

Pero me da miedo. Me da miedo tratar de besarla y que ella me dé una bofetada en la cara. Me da miedo decirle lo que de verdad siento y que ella me mire con lástima y me conteste que no siente lo mismo. Me da miedo que no vuelva a dejarme acompañarla a casa.

Pero eso no es lo que me da más miedo.

Lo que me da más miedo es acercarme para besar a Daisy y que ella me permita hacerlo. Me da miedo que acceda a ser mi novia. Me da miedo que me deje entrar en su dormitorio cuando sus padres hayan salido para que podamos estar por fin solos los dos.

Y me aterra que, en el momento en que me encuentre a solas con ella, acabe rodeando su bonito cuello blanco con los dedos y apriete hasta matarla.

1

En la actualidad

SYDNEY

Quién es este hombre? ¿Y qué ha hecho con mi cita?

Se supone que he quedado con un hombre que se llama Kevin para cenar esta noche a las ocho. Bueno, se suponía que íbamos a tomar unas copas a las seis —de las copas es más fácil huir—, pero Kevin me envió un mensaje a través de Cynch, la aplicación de citas, para decir que se estaba retrasando en el trabajo y preguntarme si podíamos posponer el encuentro para cenar a las ocho.

Pese a saber que era un error, dije que sí.

Pero Kevin me parecía de lo más agradable cuando nos estuvimos enviando mensajes. Y, en sus fotos, era lindo. *Muy* lindo. Tenía una sonrisa aniñada con un brillo en los ojos y llevaba su pelo castaño claro encantadoramente revuelto y caído por la frente. Parecía un Matt Damon de joven. He tenido un montón de citas malas en Cynch, pero esta vez me sentía cautelosamente optimista. Incluso he llegado pronto al restaurante y he pasado los últimos diez minutos esperando ansiosa en la barra a que llegara.

—¿Sydney? —me pregunta el hombre que está delante de mí.

—Sí.

Me quedo mirando al hombre a la espera de que me diga que Kevin ha muerto en un trágico accidente de taxi cuando venía de camino a nuestra cita porque, desde luego, este hombre no es Kevin. Pero, en lugar de eso, extiende la mano.

—Soy Kevin —se presenta.

No me muevo del taburete.

—¿De verdad?

Okey, seamos sinceros. Nadie tiene tan buen aspecto en la vida real como en las fotos de las aplicaciones de citas. Es decir, si lo que quieres es conseguir una cita, no vas a poner una foto tuya recién levantado de la cama y con resaca. Vas a arreglarte, a hacerte como cincuenta fotos distintas desde cada ángulo posible y con una docena de opciones de iluminación, y vas a elegir la mejor. Es lo más sensato.

Y, oye, a lo mejor esa foto tan perfecta te la sacaste hace diez años. Yo no estoy de acuerdo con este razonamiento, pero entiendo por qué lo hace la gente.

Pero este tipo...

Para nada es el mismo hombre de su perfil de Cynch. Ni de hace diez años ni de nunca. No lo puedo creer.

Aunque es un gesto desagradable, saco el móvil de mi bolso y abro la aplicación delante de él. Comparo al hombre atractivo y de aspecto juvenil de la foto con el que está delante de mí. Eeeeh..., no.

Mi cita de esta noche es, por lo menos, diez años mayor que el hombre de la foto y está en los huesos, rozando lo cadavérico. Creo que su color de ojos también es distinto. Su pelo rubio empieza a clarear, pero lo que queda de él es largo y está recogido por detrás en una coleta descuidada.

Este no es el mismo hombre que el de la foto. Estoy aún más segura de eso que de saber que me gusta dar largos paseos por Central Park y darme atracones de Netflix.

—Sí, soy yo —me asegura el falso Kevin. (Aunque, en realidad, el de la foto es el falso Kevin. A lo mejor el de la foto sí que es Matt Damon. Empiezo a pensar que podría serlo).

Me dispongo a protestar diciendo que no se parece en nada a la foto, pero las palabras suenan de lo más superficial en mi cabeza.

Está bien, Kevin es enormemente distinto a su foto de perfil, pero ¿de verdad importa eso? Hemos estado enviándonos mensajes por Cynch y da la impresión de ser un tipo bastante agradable. Debería darle una oportunidad.

Y, si la cosa no funciona, mi amiga Gretchen me va a llamar dentro de veinte minutos con una excusa inventada para sacarme de aquí. Jamás en la vida voy a una cita sin planear una llamada de rescate.

—Me alegra mucho conocerte en la vida real —dice el Kevin real—. Eres exactamente igual que en la foto.

¿Espera que yo diga lo mismo? ¿Es una especie de prueba?

—Ajá —respondo.

—Ven. Vamos a sentarnos.

Nos dan un reservado en un rincón del bar. Y mientras nos dirigimos hacia allí, no puedo evitar fijarme en lo alto que es Kevin. Tiendo a sentirme atraída por los hombres altos, pero este necesita con urgencia un poco de carne en los huesos. Es como si fuese caminando junto al palo de una escoba.

—Me alegra que por fin estemos haciendo esto —me dice Kevin mientras se desliza por el asiento enfrente de mí. ¿Por qué lleva tan mal hecha la coleta? ¿No podría al menos haberse peinado antes de nuestra cita?

—Yo también —respondo, lo cual no es más que una mentirita.

Me recorre con la mirada. Una expresión de aprobación se dibuja en su cara cadavérica.

—Ahora que nos conocemos en persona, Sydney, debo decirte que estoy convencido de que eres la mujer perfecta.

—Ah, ¿sí?

—Sin ninguna duda. —Me sonríe—. Si cerrara los ojos y me imaginara a la chica perfecta, serías tú.

Vaya. Eso es... encantador. Posiblemente uno de los cumplidos más bonitos que me han dicho en una cita. Gracias, Kevin Real. Empiezo a alegrarme de haberme quedado. Y, como he mencionado antes, me gustan los hombres altos, así que, aunque sea infinitamente distinto a su foto de perfil, siento una pequeñísima atracción.

—Gracias.

—Bueno —añade—, excepto por los brazos.

—¿Los brazos?

—Los tienes algo flácidos. —Arruga la nariz—. Pero, por lo demás, uf. Como te he dicho, eres la mujer perfecta.

Un momento. ¿Tengo los brazos muy flácidos? ¿De verdad acaba de decirme eso?

Y, lo que es peor, ahora estoy empezando a examinarme los brazos con disimulo. ¿Por qué me he puesto un vestido sin mangas esta noche? Solo tengo en mi armario dos vestidos sin mangas. Podría haberme puesto algo con mangas que hubiera ocultado mis, según parece, espantosos brazos, pero no, he elegido este.

—¿Les traigo algo para beber?

Hay una camarera de pie junto a nosotros y nos mira con las cejas levantadas. Aparto los ojos de mis monstruosos brazos y la miro.

—Para mí… una Coca-Cola Light.

—¿Una Coca-Cola Light? —Kevin parece agraviado—. Qué aburrida. Pídete una copa de verdad.

Nunca bebo alcohol en una primera cita con un hombre al que he conocido en Cynch. No quiero que se me altere el juicio de ninguna forma.

—La Coca-Cola Light es una copa de verdad.

—No, no lo es.

—Bueno, es un líquido. —Le fulmino con la mirada desde el otro lado de la pegajosa mesa de madera—. Así que yo diría que es una copa.

Kevin mira a la camarera poniendo los ojos en blanco.

—Muy bien, yo quiero una Corona y ella una Coca-Cola Light. —A continuación, guiña un ojo a la camarera y le susurra un «lo siento».

Lanzo una mirada a mi bolso, que está a mi lado. ¿Cuándo me va a llamar Gretchen? Necesito una vía de escape.

Pero a lo mejor no estoy siendo justa. Solo conozco al Kevin Real desde hace cinco minutos. Debería darle una oportunidad. Al fin y al cabo, por eso es por lo que le he dicho a Gretchen que me llame a los veinte minutos de la cita. Cinco minutos es un juicio prematuro. Si no puedo concederle a un tipo más de cinco minutos, voy a tener primeras citas durante los próximos veinte años. Y ahora que ya he cumplido treinta y cuatro, no puedo permitirme ese lujo.

—Vaya —comenta Kevin sin dejar de mirar a la camarera mientras va a buscar nuestras bebidas—. Ella sí tiene unos brazos bonitos.

Gretchen, ¿dónde estás?

2

Así que tienes que pagar dos mil dólares si eres un miembro nuevo del grupo —me explica Kevin—. Pero, por cada paquete de vacaciones que vendas, te llevas una comisión de cinco mil dólares. Increíble, ¿no?

Paso una de mis papas fritas por un poco de kétchup que queda en mi plato. Llevamos casi cuarenta minutos con esta cita e, inexplicablemente, sigo aquí. La estúpida de Gretchen. Estará haciendo el amor con su novio o algo así y se ha olvidado por completo de su pobre amiga. Incluso le he enviado un mensaje con «Socorro» y sigue sin llamarme.

—Podría meterte sin problema en el grupo. —Kevin mastica una de sus alitas de pollo picantes a la barbacoa. Tiene un apetito increíble para ser un tipo tan delgado. Antes le he señalado que tenía salsa barbacoa en la mejilla y se la ha limpiado, pero, cada vez que da un mordisco, se le queda más salsa por toda la cara. En un momento dado, me he hartado de decirle que tenía la cara sucia—. ¿Quieres que llame a Lois a la sede central? Es una oportunidad increíble, Sydney. Tienes suerte de que yo haya aparecido.

—No, gracias —contesto.

Kevin acerca la mano y agarra mi Coca-Cola Light. Cuando llegaron sus alitas, se quejó de que estaban demasiado picantes y, después, a lo largo de quince minutos, ha procedido a acabarse su cerveza, después una segunda cerveza, y ahora se ha adueñado de mi Coca-Cola Light.

—¿Por qué no? ¿Por qué ibas a desperdiciar una oportunidad de ganar al año un sueldo de unas seis cifras?

—¿Porque es una estafa piramidal?

—¡Una estafa piramidal! —Kevin se ríe entre dientes—. ¿Por qué piensas eso?

—Porque soy contadora y sé lo que es una estafa piramidal.

—No, es que no lo entiendes —insiste—. Mira, estoy tratando de hacerte un favor, Sydney. Tienes un trabajo superaburrido trajinando con números todo el día. ¿No prefieres realizar unas cuantas ventas al año y descansar el resto del tiempo en tu lujosa casa de vacaciones?

No sé qué responder a eso, así que lo que hago es agarrar mi bolso.

—Voy al baño.

Espero que el baño tenga una ventana por la que poder salir.

Cuando llego al baño de señoras, veo que por desgracia no tiene ventana. Así que uso de verdad el inodoro y paso otros dos minutos mirándome en el espejo, observando con atención mis «flácidos» brazos. No están tan mal, ¿no?

¿No?

Estoy buscando online en mi móvil «ejercicios para adelgazar los brazos» cuando empieza a sonar. Aparece el nombre de Gretchen en la pantalla y aprieto la mandíbula. Por fin llama. Cuarenta y cinco malditos minutos después de que hayamos empezado a cenar. Deslizo el dedo por la pantalla para responder la llamada.

—¿En serio, Gretchen? —grito al micrófono sin siquiera decir hola—. He tenido la peor cita de mi vida y es en buena medida por tu culpa.

Eso no es del todo justo. El Kevin Real se merece, al menos, un cincuenta por ciento de responsabilidad por esta espantosa velada. Pero estoy molesta y necesito desquitarme con alguien.

—¡Lo siento mucho! —exclama Gretchen—. Randy y yo estábamos viendo una película y hemos perdido la noción del tiempo...

—Ajá.

—Yo ni siquiera quería ver la película —insiste—. Randy me prometió que no iba a permitir que me olvidara de llamarte, pero luego..., en fin, ya sabes.

Oigo a Randy por detrás diciendo: «¡Eh! ¡No le digas que es culpa mía!». Y luego Gretchen se ríe como si él le estuviese haciendo cosquillas o algo así. Me muerdo el labio, resentida por lo encantadores que son Gretchen y Randy juntos. Cuando nos hicimos amigas, ella estaba soltera, como yo. Luego, un día, subíamos juntas en el ascensor y empezó a hablar entusiasmada de lo adorable que era el encargado de mantenimiento de mi edificio. ¡Y ahora llevan saliendo como seis meses!

No me malinterpreten. Estoy feliz por que mi amiga haya encontrado al hombre de sus sueños. Pero es que yo sigo buscando al mío.

—¿Dónde estás ahora? —pregunta.

—Escondida en el baño, evidentemente.

—Ay, Dios. Lo siento mucho.

—No pasa nada —refunfuño—. Probablemente estabas haciendo el amor apasionadamente con tu novio mientras yo me veo aquí atrapada con un tipo que trata de convencerme de que participe en una estafa piramidal.

—¡Ay, no, Syd! ¿De verdad?

—Y eso ni siquiera es lo peor —continúo—. Su madre le ha llamado por FaceTime durante la comida y él ha contestado la llamada. ¡He tenido que saludarla! ¡A su madre, Gretchen! ¡En nuestra primera cita!

—Lo siento de verdad —insiste, aunque sé que está esforzándose por no reírse.

—Seguro.

—En serio, Syd. Soy lo peor. Mañana, después de yoga, yo pago los cafés y los muffins.

Supongo que puedo aceptar esa disculpa. En cualquier caso, la cita casi ha terminado. Estoy a cinco minutos de no volver a ver nunca más al Kevin Real ni al Kevin Falso. Bueno, puede que vuelva a ver al Kevin Falso si voy a una película de Matt Damon.

Me despido de Gretchen, echo un último vistazo analítico a mis brazos (¡que están bien tal y como son, Kevin!) y, después, salgo y me encamino hacia el reservado. Y, sorpresa, ha ocurrido un milagro y la cuenta está sobre la mesa, esperándome. A lo mejor me voy de aquí antes de lo que esperaba.

—Has tardado una eternidad —comenta Kevin. Se limpia los labios con la manga. Se quita la salsa de los labios, pero se mancha toda la camisa de cuadros blancos y rojos. Ya ni siquiera me importa—. ¿Te has desmayado?

Consigo fingir una sonrisa.

—Gracias por la cena.

—Claro. —Kevin desliza la cuenta por encima de la mesa hacia mí.

—Tu parte son treinta y ocho dólares.

No deseaba que Kevin me invitara a la cena porque no quiero deberle nada, pero me cuesta imaginar cómo es posible que mi pequeña ensalada y mi Coca-Cola Light, además de la propina, hayan terminado costando treinta y ocho dólares. La contadora que llevo dentro desea agarrar la cuenta y calcular mi parte verdadera de la cena, pero la mujer que hay en mí no quiere prolongar esto un segundo más. Así que lanzo sobre la mesa dos billetes de veinte.

Mientras Kevin va saliendo del reservado, suena en la radio la canción «Eye of the Tiger». Me sonríe y me guiña un ojo.

—Es mi canción favorita. ¿No te parece que *Rocky* es la mejor película de todos los tiempos?

—No la he visto.

Kevin se lleva la mano al pecho, asombrado, como si acabara de decirle que mato cachorros por puro placer.

—¿No la has visto?

—No.

—Bueno, pues ya sabemos qué vamos a hacer en nuestra segunda cita.

Decido no contradecir su idea de que habrá otra cita. Pero, en cuanto salga de aquí, voy a bloquearle en Cynch. No tiene mi número de teléfono, así que no hay manera de que vuelva a ponerse en contacto conmigo.

—Y luego —añade— podemos ver *Rocky II* en nuestra tercera cita. ¡Y *Rocky III* en la cuarta!

Se encuentra en plena planificación de nuestra séptima cita (*Rocky VI*) cuando salimos del bar. Estamos justo a mediados de agosto, una época estupenda para llevar un vestido sin mangas que muestre mis brazos monstruosos, pero también es la época de mayor humedad en Nueva York. A pesar de mi acondicionador sin enjuage y mis cuidadosos esfuerzos con el rizador, el pelo se me ha empezado a encrespar. Por suerte, no me puede importar menos lo que ahora mismo piense mi cita sobre mi pelo.

—Te acompaño a casa —me dice Kevin.

Casi me atraganto.

—No, no es necesario.

Él levanta el mentón.

—Insisto. Está anocheciendo. ¿Qué clase de caballero sería si dejara que volvieras a casa sola y de noche?

—No pasa nada. En serio.

—Podrían matarte, Sydney.

Eso parece poco probable. En cualquier caso, estoy dispuesta a arriesgarme a morir con tal de deshacerme de este tipo. Pero tiene una expresión de determinación en la cara y empiezo a sospechar que la opción más sencilla sería dejar que me acompañe a casa. No es que vaya a dejar que me acompañe de verdad a mi casa. Vivo a unas diez manzanas de distancia y se me ocurre que, tras tres o cuatro, señalaré un edificio cualquiera y le diré que es el mío. Y después me libraré del Kevin Real para siempre.

—Okey —refunfuño—. Vamos.

Me sonríe.

—Tú dirás por dónde.

Como es martes por la noche, en lugar de ser fin de semana, las calles están más vacías de lo habitual cuando salgo sola después de haber anochecido. Sobre todo porque normalmente voy por una zona más transitada y ahora estoy tomando un atajo por otra más residencial para así acabar con esto cuanto antes. Las zonas residenciales son siempre más tranquilas y también huelen menos a orines que el camino más poblado hasta mi edificio de apartamentos. Esto está bastante desierto y no es del todo terrible contar con la compañía de Kevin.

Dicho eso, bajo ningún concepto voy a dejar que vea dónde vivo. Jamás me libraría de este tipo.

Me detengo en seco ante una casa de piedra rojiza a varias manzanas de mi verdadero edificio. Señalo el pasamanos.

—¡Bueno, pues aquí es!

Espero que no vaya a insistir en acompañarme al interior del edificio porque no tengo forma de entrar. Pero parece poco decidido a marcharse.

—Lo he pasado genial, Sydney —me dice Kevin.

No consigo devolver el cumplido, aunque solo sea por resultar agradable.

—Ajá.

Un extremo de sus labios se levanta hacia arriba.

—¿Te parece que nos demos un abrazo?

—Eh... —Veo sus brazos extendidos y las manchas que se le han formado en las axilas por haber estado paseando en el ambiente húmedo de agosto—. No doy abrazos en las primeras citas.

—Ah. —Al principio parece que va a protestar, pero después dice—: Bueno, ¿y un beso?

¿Es que ha perdido el bendito juicio? Ni siquiera he querido abrazarlo y, desde luego, no quiero que los labios babosos de este tipo rocen los míos.

—Vamos —dice—. Te he invitado a cenar. ¿De verdad no vas a besarme?

¿Que me ha invitado a cenar? ¿En qué planeta el hecho de que yo pague cuarenta dólares por una ensalada significa que él me ha invitado a cenar?

—No beso ni abrazo en las primeras citas —le explico. Y entonces, por si me pide que choquemos las caderas o Dios sabe qué otra cosa, añado—: Sigo una política muy estricta de no tocar.

—¿En serio?

Da un paso hacia mí. Es mucho más alto que yo, pero aun así puedo oler el hedor agrio a cerveza de su aliento. Doy un paso atrás y me choco contra los escalones de la entrada del edificio donde he asegurado que vivo. Observo la calle, consternada al ver que no hay más peatones a la vista. Creía que Kevin era un desastre y lo había etiquetado como inofensivo.

Grave error.

—Vamos, Sydney. —Da otro paso más hacia mí, esta vez generando una incómoda proximidad. Puede que Kevin sea delgado, pero parece fuerte. Más que yo, eso seguro—. No puedes burlarte así de mí. Solo te estoy pidiendo un beso, por el amor de Dios.

—Creo que esta cita se ha acabado —respondo con firmeza.

—No me provoques. —Frunce el ceño y sus rasgos se deforman bajo la tenue luz de la farola que tenemos encima—. Todas las mujeres son iguales. Nunca vas a conseguir un marido si ni siquiera besas a un hombre en una cita, ¿sabes?

Mi mente repasa a toda velocidad el contenido de mi bolso y lo que puedo utilizar como arma. Gretchen me dio una lata de gas pimienta, pero la saqué en algún momento porque siempre goteaba por todo el bolso y nunca me había visto en una situación en la que hubiera estado cerca de necesitarla. Sí que llevo un espray de desinfectante de manos, ¿serviría eso? Por supuesto, implicaría tener que encontrarlo en mi bolso gigante, que probablemente esté en este momento lleno al ochenta por ciento de pañuelos desechables arrugados.

Decido que lo mejor es empujarlo y salir corriendo. Estoy

segura de que en una o dos manzanas más me cruzaré con otra persona.

—Sydney —dice.

Evito mirarle a los ojos mientras intento huir rodeándole. Pero Kevin es más rápido de lo que parece. Me rodea la muñeca con sus dedos y la inmoviliza contra la áspera pared de ladrillos del edificio. Sus larguiruchos dedos se clavan en mi carne.

—Vamos, Sydney. No interrumpas nuestra velada. La diversión no ha hecho más que empezar.

3

Kevin aprieta su cuerpo contra el mío. El hedor a cerveza agria es casi abrumador y tengo que apartar la cabeza mientras trato de soltarme.

No solo quiere un beso. Quiere algo más que eso. Y no va a irse hasta conseguirlo. No debería haber permitido que me acompañara a casa.

Dios, ¿por qué es tan fuerte?

—¡Suéltame! —siseo entre dientes.

—Te lo he dicho —contesta con los suyos apretados—. Deja de provocarme.

Ahora tiene su cuerpo, caliente e incómodo, adherido al mío. Abro la boca, dispuesta a soltar un grito ensordecedor. Hay viviendas en esta manzana. Seguro que alguien lo oye, aunque todas las ventanas estén cerradas y los aires acondicionados estén a reventar en el interior. Pero antes de que ningún ruido atraviese mis labios, se oye una voz detrás de mí.

—¡Eh! ¡Eh! ¿Qué está pasando ahí?

Kevin afloja la mano sobre mi muñeca. Se aparta de mí unos centímetros y decido aprovechar el hecho de poder moverme de nuevo. Apoyándome en un cubo de basura metálico que tengo al lado, levanto la pierna izquierda y le doy un rodillazo en la ingle con todas mis fuerzas.

Resulta gratificante ver lo rápido que Kevin cae. Nunca le había dado a un hombre en los testículos, y, vaya, sí que funciona. Se agacha agarrándose las partes con la cara enrojecida. Es todo un subidón. Bueno, hasta que pierdo el equilibrio al hacerlo y caigo al suelo golpeándome la cabeza con el cubo de metal.

—¡Zorra! —jadea Kevin—. ¿Qué cojones te pasa?

Mientras vuelvo a levantarme con cuidado, miro con los ojos entrecerrados hacia las sombras, a la figura que ha venido en mi ayuda. Está demasiado oscuro para verlo con claridad, pero es evidente que se trata de un hombre de complexión y altura medias. Está mirando a Kevin, que sigue doblado, pero levanta los ojos hacia mí.

—¿Se encuentra bien, señorita?

—¡Eso no es asunto tuyo! —le suelta Kevin—. Teníamos una cita, imbécil. Lo estábamos pasando estupendamente.

El hombre misterioso continúa mirándome, a la espera de mi respuesta, con sus oscuros ojos en sombra.

—Me encuentro bien. —Me sacudo la suciedad de la acera de mi vestido azul sin mangas, que probablemente jamás vuelva a ponerme por múltiples razones, incluida la vergüenza por mis brazos inaceptablemente flácidos. Debería tirarlo a la basura después de esto—. O sea, me encuentro bien *ahora*.

—¿Que te encuentras bien? —estalla Kevin—. ¡Debería demandarte por haberme atacado!

El Hombre Misterioso suelta un bufido de estupefacción.

—He visto lo que estabas tratando de hacer. Me encantará llamar a la policía y contárselo todo.

Y, al decir eso, saca el teléfono de su bolsillo como si fuese a llamar a emergencias. Me mira de nuevo, como para pedirme permiso, y niego con la cabeza. No es así como quiero terminar la noche. Solo deseo volver a casa y meterme en mi bañera. Y bloquear a Kevin en Cynch. Puedo denunciarlo a los administradores de la aplicación, que tienen toda su información personal.

Por primera vez, Kevin parece preocupado de verdad. Consigue levantarse con cierto esfuerzo.

—Eh —dice—. Eh, oye, a lo mejor te has confundido. Yo no iba a…

—Vete de aquí —le interrumpe el Hombre Misterioso—. Ya. Antes de que tu cita cambie de opinión en cuanto a lo de llamar a la policía. —Baja un poco la voz, casi hasta convertirla en un gruñido—. Y, si alguna vez vuelves a molestarla, estaré dispuesto a testificar sobre lo que te he visto hacer. ¿Sabes lo que les pasa en la cárcel a los agresores sexuales?

Kevin abre los ojos de par en par. Por fin, se hace a la idea.

Veo cómo mi cita se aleja cojeando por la calle, en la dirección opuesta a mi edificio de apartamentos. Cuando desaparece de mi vista, consigo por fin relajar los hombros.

—¿Seguro que estás bien? —me pregunta el Hombre Misterioso.

Giro la cabeza en la dirección de su voz. Ha entrado bajo la luz de la farola y por fin puedo verlo bien. Y…

Vaya.

¿Saben esa cosa tan cursi que dice la gente de que mira a otra persona y le atraviesa un rayo? Siempre he creído que era una absoluta ridiculez hasta que me pasó hará unos tres años y conocí al primer hombre que me atravesó con un rayo. Pero no funcionó y abandoné toda esperanza de que volviera a suceder. Ahora, sin embargo, aquí está. Ese maldito rayo ha aparecido de nuevo.

El Hombre Misterioso es atractivo, eso como poco. Tiene un denso pelo moreno y ojos negros como el carbón, con un nivel de intensidad que me atraviesa con otro rayo. Su fuerte mandíbula parece expresar un control y una seguridad absolutos. Su rostro muestra esa agradable simetría de manual. Lleva una camiseta negra que deja ver su complexión esbelta y que hace que el negro de su pelo y sus ojos parezca aún más intenso. No se le ve ningún anillo de casado en la mano izquierda.

Pero lo mejor de todo es la forma en que me devuelve la mirada. Si yo he sido alcanzada por un rayo, él también. Apostaría mi vida a ello.

—Estoy bien —consigo decir—. Solo…, ya sabes, alterada.

El Hombre Misterioso mira hacia lo lejos para asegurarse de que Kevin se ha ido de verdad.

—¿Es tu novio?

Niego con la cabeza.

—Nos hemos conocido esta noche, por Cynch. —Me ruborizo un poco—. No me refiero a que nos hayamos enredado, evidentemente. Pero hemos tenido una cita esta noche. —Y añado sin necesidad—: Ha ido mal.

—Eso he supuesto.

—No sabe dónde vivo. —Cruzo los brazos sobre el pecho—. Lo denunciaré en la aplicación. Estas cosas se las toman en serio. No creo que vuelva a molestarme. Pero… gracias por ayudarme.

Me mira con media sonrisa.

—Parece que tú sola te lo habías quitado de encima bastante bien. Apenas podía caminar.

Sonrío ante el agradable recuerdo de la sensación de haber hincado la rodilla en los testículos de Kevin.

—Gracias.

El Hombre Misterioso me mira fijamente con esa media sonrisa juguetona en sus labios. La electricidad entre los dos es evidente. A veces no estoy segura de si un tipo está interesado o no por mí. Pero, por el modo en que el Hombre Misterioso me mira, sé que está interesado. Y, a pesar de lo alterada que me encuentro por lo que acaba de ocurrir, le daría encantada mi número de teléfono ahora mismo.

Qué gran flechazo. Ya me imagino contándole la historia a nuestros hijos. «Había un imbécil que pretendía besarme y así, niños, es como conocí a su padre».

Okey, quizá me esté adelantando un poco. Pero, cuando lo sabes, lo sabes.

—¿Puedes volver a casa desde aquí sin problema? —me pregunta el Hombre Misterioso.

Miro a mi alrededor. En los últimos minutos las calles se han llenado de gente. No parecen tan solitarias como cuando Kevin me agarró.

—Estaré bien.

—Estupendo.

Y entonces, para mi sorpresa, se dispone a darse la vuelta. Para *marcharse*.

—Eh..., ¡gracias de nuevo! —grito—. Agradezco de verdad lo que has hecho. Eres algo así como mi héroe.

Con eso le saco al chico una sonrisa completa. Y, si eso es posible, resulta aún más atractivo cuando sonríe. Tiene que ser actor, modelo o algo así. O sea, madre mía.

—Claro —contesta—. Me alegra que estés bien.

Nos quedamos mirándonos un momento más y me imagino las siguientes palabras que salen de su boca...

«¿Te parece bien que te llame alguna vez?».

«¿Puedo invitarte a salir el sábado por la noche?».

«¿Podemos hacer el amor de forma apasionada esta noche? ¿Te apetece?».

Pero no dice nada de eso. Ni siquiera me pregunta cómo me llamo. Simplemente, levanta una mano y se despide.

—En fin, pues buenas noches.

Y después se aleja.

¿Qué... cojones...?

4

Antes

TOM

Daisy.

No puedo dejar de mirarla.

Se me está notando demasiado. En algún momento, va a empezar a pensar que soy un asqueroso si sigo mirándola desde tres metros de distancia sin hacer nunca nada. Pero cuesta no mirarla. Hoy está muy atractiva. Tiene el pelo del color del centro de una margarita* y casi parece oro que lanza destellos bajo el sol mientras está rodeada de sus amigas en la puerta de la secundaria. Su ajustado suéter azul celeste recorre todas las suaves curvas de su cuerpo. «Deja de mirar, Tom. Ahora mismo. No seas asqueroso».

Ella levanta la vista y, por un momento, me quedo inmóvil. Me ha agarrado. Espero a que me mire entrecerrando sus ojos azules, pero no lo hace. En lugar de eso, una lenta sonrisa se va extendiendo por sus labios. Un par de amigas suyas se dan cuenta de que nos estamos mirando y oigo algunas risas. Distingo las palabras «Tom» y «muy lindo» en la misma frase.

—Dios, Tom. ¡No seas cobarde y ve a hablar ya con ella!

Babosa, mi mejor amigo, se ha echado sobre mí para hacerme entrar en razón. Su aliento sigue apestando a cigarro a pesar del saludable aroma del espray bucal de menta que usa para ocultar-

---

* *Daisy* en inglés significa «margarita». *(N. del T.).*

le el olor a sus padres. A menos que sean tontos, deben de saber que fuma y han decidido que no les importa. Babosa es el menor de cinco hijos y sus padres ya no se sorprenden, por lo que yo sé. Siempre que no se tire en plancha desde un edificio, no les importa.

—Voy a hablar con ella —contesto.

Solo que no me muevo. Siento los pies pegados al suelo.

Babosa vuelve los ojos hacia arriba con un gesto tan exagerado que lo único que veo entre sus párpados es el color blanco.

—Si una chica me mirara igual que Daisy te mira a ti, se la estaría metiendo detrás de las gradas ahora mismo.

A Babosa se le cae la baba con cada chica de la secundaria y todas piensan que es repulsivo. Para ser justos, sí que es repulsivo. Su verdadero nombre no es Babosa, evidentemente. Le pusieron el apodo cuando estábamos en la escuela porque comía bichos, pero bichos de verdad. Durante el recreo, cuando íbamos al patio y la mayoría de los niños corrían o jugaban a la pelota, Babosa se tragaba insectos. Sobre todo hormigas. Pero un día encontró una babosa moviéndose por la tierra, la llevó a la cafetería a la hora de comer y, con mucha teatralidad, se la tragó delante de toda la clase.

Después de eso, la mayoría de los chicos no querían juntarse con él. Así que, cuando me senté un día frente a él en la cafetería para comer, parecía pasmado. Diez años después, seguimos siendo los mejores amigos. Dejó de comer bichos, al menos delante de otras personas, pero sigue sin tener muchos amigos.

¿Qué se puede decir de un chico de diecisiete años con un apodo como Babosa? Por otra parte, ¿qué dice de mí el hecho de que sea mi mejor amigo? Mi único amigo.

Además, no ayuda a sus avances con las chicas el hecho de que, aunque haya crecido hasta el metro ochenta en los últimos dos años, solo haya engordado cuatro kilos desde cuando medía metro y medio. Tiene toda la pinta de ser un esqueleto andante que lleva unos jeans azules y una camiseta y tiene la cara llena de acné.

Me mira con una mueca.

—¿Qué cojones te da tanto miedo? *Sabes* que le gustas.

Me coloco bien la correa de la mochila en el hombro.

—Okey.

Su cara se ilumina.

—Y cuando hables con ella ¿le hablarás bien de mí a Alison?

—Claro —contesto para dejarlo contento, aunque Babosa tiene más oportunidades de tirarse a una modelo de Victoria's Secret que con la mejor amiga de Daisy.

El corazón me late con fuerza en el pecho mientras me acerco a Daisy y su grupo de amigas. Las chicas están de pie junto a las escaleras que conducen a la entrada de la secundaria, delante de un montón de carteles pegados a la pared. Justo detrás de la cabeza de Daisy hay uno del musical de este año en la secundaria —*Grease*—, que se estrena dentro de dos semanas, y al lado hay una foto en blanco y negro de una adolescente con la palabra «DESAPARECIDA» debajo. Reconozco la cara de nuestra compañera de clase Brandi Healey, que se escapó de casa a comienzos de curso, razón por la cual el cartel está arrugado y desgastado.

—¡Tom! —La cara de Daisy resplandece cuando me voy acercando—. ¡Creía que hoy tenías clases particulares!

Niego con la cabeza. Siempre se me han dado bien las matemáticas y las ciencias, así que imparto clases particulares desde mi primer año. El semestre pasado daba clases tres días a la semana para sacarme un dinero extra, pero este semestre son solo dos días. Me encanta que Daisy conozca mis horarios.

—Eso era antes.

Cuando me mira, sus ojos son del color del océano Pacífico. Nunca he visto un tono de azul más claro. Literalmente, me resulta imposible imaginar a una chica de una belleza tan perfecta como la de Daisy Driscoll.

Pero, de alguna manera, mis ojos se desvían de su cara y bajan por su delgado cuello. Hacia el pulso de su arteria carótida, por debajo del ángulo de su mandíbula. El corazón de la mayoría de las personas late entre sesenta y cien veces por minuto. Me pregunto a qué velocidad late el corazón de Daisy. Si pudiera mirarla un minuto podría calcular su ritmo cardiaco.

—Entonces estás libre, ¿no? —pregunta Daisy.

—Ajá. —Me rasco la nuca. Todas las amigas de Daisy me están mirando y dándose codazos entre sí. Lo mejor que Daisy podría hacer sería apartarse para que yo pudiera hablar con ella sin sentirme humillado. Pero no se mueve—. ¿Tú..., eh..., me dejarías..., eh..., acompañarte a casa?

Mi petición provoca un repique de risitas del gallinero. Una chica se ha llevado una mano a la boca como si esto fuera lo más divertido que ha visto en todo el año.

—Cállense. —Daisy gira la cabeza para lanzar a sus amigas una mirada asesina. Después vuelve a mirarme con una expresión seria en la cara—. Me encantaría que me acompañaras a casa, Tom.

Estoy tan feliz que ni siquiera me importa que esas estúpidas chicas no paren de reírse. Que lo hagan. Yo voy a acompañar a Daisy.

Pero antes de que Daisy pueda apartarse de sus amigas para venir conmigo, la que está más cerca de ella, con pelo castaño completamente liso y unas gafas gruesas, la agarra del brazo. Es Alison. La mejor amiga de Daisy. Yo tengo a Babosa y ella tiene a Alison. Probablemente, los dos podríamos haber elegido mejor.

—Daisy —murmura.

Es lo único que dice. «Daisy». Lo cual hace que me acuerde de que ha dicho muchas otras cosas de mí en el pasado. Y ahora esa única palabra es el recuerdo de las cosas espantosas que habrá dicho de mí cuando yo no estaba delante.

A Alison no le caigo bien. Lo ha dejado bastante claro. Y no es que no me conozca ni me comprenda. Alison me conoce. De hecho, somos compañeros en el laboratorio de biología este año. Hemos pasado bastante tiempo juntos. Y cada minuto que estamos juntos le gusto un poco menos.

—Calla —dice Daisy, esta vez con más firmeza.

Alison suelta el brazo de Daisy, pero no antes de lanzarme la mirada más asesina de todas las miradas. Si fuéramos animales de la jungla, me sacaría los ojos ahora mismo. No puedo creer que Babosa sienta algo por ella.

Pero no me importa porque, un segundo después, Daisy se despide de sus amigas y, a continuación, los dos nos alejamos de la secundaria en dirección a su casa. Y, cuando me sonríe, me olvido de Alison. ¿Qué Alison?

Hoy es un día estupendo de verdad. El sol brilla y, después del invierno más largo y frío de la historia, por fin no necesitamos más las chaquetas. Solo puedo pensar en Daisy. Tiene una expresión encantadora y casi parece ir dando brincos a mi lado. La conozco desde hace mucho tiempo y hay veces que me recuerda a la misma niña de las coletas que veía desde el otro extremo del patio cuando tenía cuatro años, aunque entonces lo único a lo que podía aspirar era a ser su amigo. Pero, incluso cuando tenía cuatro años, sabía que quería casarme con Daisy Driscoll.

Y algún día lo haré.

—Deja que te lleve la mochila —suelto de buenas a primeras.

Me mira sorprendida.

—Yo puedo llevar mi mochila.

Pero ¿no es eso lo que se supone que debe hacer un hombre? ¿Llevar las cosas de la chica? No quiero meter la pata. Daisy es demasiado importante.

—Sí, pero quiero llevártela yo.

Se piensa mi ofrecimiento un momento. Al final, me pasa su mochila morada.

—Eres todo un caballero, Tom.

Sonrío al pensarlo. Lo he hecho bien. Al menos sonrío hasta que me cuelgo su mochila en el hombro. El trasto pesa una tonelada. ¿Qué diablos lleva ahí dentro? ¿Ladrillos? Dios santo.

—Llevas..., llevas muchas cosas aquí. —jadeo.

—Me gusta llevar todos mis libros de texto. —Me mira con los ojos entrecerrados—. ¿Pesa demasiado para ti?

—No. *No*. Claro que no.

No es que pueda devolvérsela, precisamente. No tendría que haberme ofrecido a llevarla, pero no hay que ser Einstein para darse cuenta de que no voy a ganar puntos si le digo que su mochila pesa demasiado para que yo se la lleve. Así que sufro en silencio. Dedico la mayor parte de mis esfuerzos a no caerme hacia atrás por el peso de las dos mochilas mientras atravesamos las siguientes manzanas en dirección a su casa. Por suerte, no está lejos. Vivimos en una ciudad muy pequeña, como a noventa minutos de Buffalo, en el norte del estado de Nueva York, donde solo hay una secundaria, todo el mundo se conoce y puedes atravesar la ciudad en una hora.

—Siempre estás muy callado, Tom —dice Daisy.

Vaya…, estas mochilas me están distrayendo.

—¿Sí?

—En clase no —rectifica—. En clase siempre levantas la mano.

Mi cara se ruboriza. ¿Piensa que en clase me dedico a alardear? Intento no hacerlo. Solo quiero sacar buenas notas. El año que viene tenemos que presentar las solicitudes para la universidad y quiero entrar en una facultad buena para ingresar por fin en Medicina. Toda mi vida he querido ser cirujano. Pienso mucho en eso. Tengo todo un estante lleno de libros de medicina y me los he leído todos.

Me pregunto cómo será rajar a una persona con un bisturí. Sentir que su piel se abre bajo mi mano. Verle las entrañas.

Estoy deseando averiguarlo.

—No me importa —dice—. Eres listo. No tiene nada de malo ser listo. De hecho —me sonríe—, resulta atractivo.

Eso sí que es una noticia.

—¿Lo…, lo es?

Daisy deja de caminar y ladea la cabeza para mirarme.

—Sabes que me gustas, Tom, ¿verdad?

Dejo de pensar en todo el peso que llevo en los hombros y, a continuación, mis ojos se sienten atraídos de nuevo por su cuello.

Es tan delgado que puedo ver a la perfección cómo late su carótida. Incluso veo cómo se acelera mientras espera a ver cómo reacciono ante su confesión.

La arteria carótida es la arteria grande que lleva sangre al cerebro. Está más o menos dos centímetros por debajo de la superficie de la piel. Cortar la arteria carótida supone la muerte en unos diez segundos. La vena yugular es aún más vulnerable. Está justo por debajo del mentón y se puede rebanar fácilmente con una hoja afilada.

Sin embargo, tengo la sensación de que Daisy no va a estar muy interesada en saber nada sobre las delicadas arterias y venas de su cuello. Así que extiendo mi mano y agarro la de ella.

Parece muy contenta con este giro de los acontecimientos. Mucho más, sospecho, que si le rebano la yugular con un cuchillo.

Daisy parlotea mientras caminamos, hablando de sus clases y sus amigas. Yo escucho y asiento y le hago las preguntas pertinentes en los momentos adecuados. Aunque sobre todo me concentro en lo mucho que me está sudando la mano. Estoy tratando de pensar en cosas secas, pero me cuesta. La mano de Daisy está seca, suave y perfecta.

Por mucho que me guste estar con ella, es un alivio cuando llegamos a los escalones de su porche delantero y puedo devolverle su mochila de cinco toneladas y soltar mi mano sudorosa de la suya. Me la seco en los jeans con toda la discreción de que soy capaz. Como si ella no hubiese notado que mi mano estaba encharcada.

Daisy tiene una casa bonita, de tres plantas y recién pintada de un color azul claro que hace juego con sus ojos. Es una de las casas más nuevas del barrio y no está desesperadamente necesitada de reparaciones como la mía. Su familia tiene más dinero que la mía, y también estoy dispuesto a apostar a que Daisy no se despierta en medio de la noche con los gritos de sus padres y el ruido de platos rompiéndose en pedazos al estrellarse contra la pared.

—Bueno —dice—. Muchas gracias por acompañarme a casa. Y gracias por llevar mi mochila.

—De nada.

—Eres muy educado. —Se ríe, como si mi buena educación le encantara y le divirtiera. Sí que soy siempre educado, porque en casa hay consecuencias si no lo soy—. ¿Siempre eres tan caballeroso?

Hay cierto tono en su voz que me hace pensar que busca algo de mí. ¿Quiere que la bese? Hemos estado agarrados de la mano durante los últimos veinte minutos. Un beso sería el paso natural. Pero no me resulta fácil. Nunca antes he tenido una novia y no creo que Daisy haya tenido nunca un novio.

La verdad es que solo he besado una vez a una chica, y ni siquiera quería hacerlo. Me besó ella. Aunque las únicas personas que lo sabemos somos ella y yo. Y ahora solamente yo.

—¿Tom?

Tiene la cabeza levantada hacia mí. Está claro que quiere que la bese. Extiendo la mano y le paso el dedo por debajo del mentón. Sus labios fruncidos hacia mí relucen con brillo de labios rosa. Probablemente sean suaves y blandos y, Dios mío, ¿por qué no puedo besarla ya?

—Eh, ¿ese de ahí es Tom Brewer?

De un salto, me aparto de Daisy como a metro y medio al oír el sonido de la estruendosa voz que viene del lateral de la casa de los Driscoll. Me horroriza un poco pensar que, si no hubiese sido tan gallina, el padre de Daisy me habría agarrado besando a su hija. Gracias, Dios mío, por estos pequeños favores.

—Hola, papá. —Daisy mira a su padre con una sonrisa relajada—. Has llegado pronto.

Jim Driscoll se acerca a nosotros con su metro noventa de altura. Es un muro sólido de músculos y, si me hubiese sorprendido besando a Daisy, probablemente me estaría moliendo a patadas mientras hablamos. Daisy tiene dos hermanos mayores, los dos se han ido a la universidad, así que ella es la pequeña y también la única chica. Su padre es muy protector con ella.

Pero puede que no me hubiese molido a palos si nos hubiese sorprendido besándonos. Parece más divertido que otra cosa. Además, no soy ningún desvergonzado. No es como si hubiese agarrado a Babosa a punto de besar a su hija.

—Esta noche tengo turno hasta tarde —le explica a Daisy—. Solo he venido para cambiarme y dar un beso a tu madre.

Daisy arruga su naricita.

—Puaj, papá. Ahórrate los detalles.

Su padre suelta una carcajada estruendosa.

—¿Te da asco? No creo que a Tom le parezca que besar da asco. —Me guiña un ojo—. ¿Verdad, Tom?

Si pudiera desaparecer ahora mismo bajo tierra, lo haría.

Me da una palmada en el hombro con una mano grande. Este año he llegado al metro sesenta, pero el padre de Daisy es mucho más alto que yo. Igual que mi padre.

—Deberías venir a cenar alguna noche. Daisy está siempre hablando de ti. A mi mujer y a mí nos encantaría conocerte mejor.

—¡Papá! —No sé qué es más gratificante, saber que la chica con la que he estado fantaseando habla siempre de mí o ver lo avergonzada que parece Daisy cuando él lo dice. Me mira como pidiendo perdón—. No es verdad.

Él no le hace caso.

—¿De acuerdo, Tom?

—Sí, claro —balbuceo—. Me parece genial.

El padre de Daisy me guiña un ojo.

—Dile a mi mujer cuándo puedes y te preparará un banquete. Ni siquiera tendrás que ponerte corbata, aunque ganarás más puntos si la llevas.

La piel pálida de Daisy se ha vuelto de un adorable color rosa. Mientras su padre desaparece en el interior de la casa, ella niega con la cabeza mirándome.

—No te sientas obligado a venir a cenar. En serio.

Me alegra que lo diga, porque no tengo intención de cenar nunca con la familia Driscoll. Aunque pienso en Daisy cada minuto de cada día, no quiero conocer a sus padres. No quiero pasar tiempo con ellos. Sobre todo con su padre. Estaré encantado si el padre de Daisy y yo no volvemos a conversar el resto de mi vida.

Al fin y al cabo, cuanto menos tiempo pase con el comisario de policía, mejor.

5

En la actualidad

SYDNEY

Mientras recorro a pie las tres manzanas hasta mi edificio, me entra la depresión.

Sí, acabo de tener una de las peores citas de mi vida. Ese tipo casi abusa de mí. Y estoy de lo más alterada por todo lo que ha pasado.

Pero es en el otro hombre en quien no puedo dejar de pensar. El Hombre Misterioso.

Me ha salvado. No había nadie más alrededor que pudiera venir en mi ayuda, pero ahí estaba él. Y, cuando nos hemos mirado, han saltado chispas. No me lo he imaginado. Hemos tenido una conexión.

Y, sin embargo, no ha querido seguir adelante. Ni siquiera me ha preguntado mi nombre. Ni me ha dicho el suyo.

Puede que sea culpa mía. Acababa de ver que un hombre me estaba atacando y lo más probable es que no haya querido asustarme acercándose a mí justo después de una cosa así. Puede que estuviera dejando que diera yo el primer paso. Debería haberle pedido que me acompañara a casa. ¿En qué estaba pensando?

Bueno, no tiene sentido mortificarse por eso. Hay millones de personas en esta ciudad y probablemente no vuelva a ver al Hombre Misterioso en toda mi vida. La he cagado.

Cuando llego a mi edificio, me siento de lo más triste. Abro la puerta, contenta al menos de que no haya un portero con el que entablar una insípida conversación. Paso por los buzones, donde mi amiga y vecina Bonnie está sentada en el único banco mirando su teléfono.

Bonnie vive un piso por debajo de mí, es un año mayor que yo y está igual de soltera. También es aficionada a buscar citas por Cynch y, en los dos últimos años, ha salido con el cincuenta por ciento de los solteros de Nueva York. Eso haciendo un cálculo muy conservador. Dice que las citas por internet son una lotería, así que, en una semana cualquiera, Bonnie tiene siete citas, a veces más. Al fin y al cabo, puedes tener citas para comer y para cenar. Y ¿quién dice que no puedes salir a tomar unas copas con un hombre y luego cenar con otro?

Pero a pesar de tantas papeletas y del hecho de que Bonnie es muy atractiva, con un pelo rubio y sedoso, rasgos de muñeca de porcelana y una preciosa figura llena de curvas, sigue soltera.

—Hola, Bonnie —digo.

Bonnie está sonriendo a lo que sea que tiene en el móvil. Lleva un llamativo color de labios rojo y ojos ahumados y, por su aspecto, ha tenido una cita esta noche igual que yo. Espero que le haya ido mejor que a mí.

—Hola, Syd. —No levanta la vista de su móvil—. ¿Cómo ha ido tu cita de esta noche?

—En una escala del uno al diez, menos un millón.

Bonnie levanta por fin los ojos y su expresión cambia. Se lleva una mano a la boca.

—Dios mío.

La expresión de horror en la cara de Bonnie me inquieta. ¿Por qué me mira así?

—¿Qué?

—Estás… —Se lleva los dedos a la frente—. Estás sangrando… mucho.

Ay, no.

Busco en mi bolso de los misterios hasta que saco la polvera. Cuando por fin consigo verme, suelto un grito ahogado. Al parecer, cuando me golpeé la cabeza con ese cubo de basura, me hice más daño del que pensaba. Tengo un pequeño corte que me ha llenado de sangre la frente. Parezco la víctima de una película de terror.

—Ay, Dios —murmuro. No me extraña que el Hombre Misterioso no me haya pedido el número de teléfono. Probablemente estaba espantado por mi herida sangrienta. A los hombres no les parecen atractivas esas cosas.

Y yo debería saberlo. Sangro mucho.

Tengo una cosa que se llama enfermedad de Von Willebrand, que básicamente significa que, si me corto con un papel, voy a dejar un rastro de sangre tras de mí. Lo descubrí siendo niña, cuando sangraba a borbotones por la nariz casi todas las semanas. De pequeña, a mis amigas les parecía gracioso que yo fuera soltando sangre a diestro y siniestro. De adolescente, les daba asco y vergüenza.

Por suerte, los sangrados de nariz están ya controlados. He asimilado que, si me hago un corte, voy a sangrar más que una persona normal. Tomo píldoras anticonceptivas para evitar los ciclos menstruales. No es demasiado problema.

Bueno, salvo cuando conozco a un chico que me gusta y siente repulsión cuando me ve una herida llena de sangre.

—Maravilloso —balbuceo mientras saco un pañuelo entre las docenas del bolso y me doy toques en la herida. Está claro que voy a necesitar agua para limpiármela bien. También llevo curitas de emergencia en algún sitio de las profundidades de mi bolso.

—¿Estás bien? —pregunta Bonnie.

—Sí, no es tan grave como parece.

—¿Cómo ha pasado?

—Me he caído y me he dado en la cabeza con un cubo de basura.

—Uf. ¿Necesitas una antitetánica para eso?

Me desplomo en el banco al lado de Bonnie.

—No lo creo. Pero no te preocupes. Estoy al día con mis vacunas.

—Bien. —Me guiña un ojo—. No quiero que te dé el tétanos ni nada.

De todos los residentes del edificio, Bonnie seguramente sería la que más se compadecería de mi espantosa velada. Pero lo cierto es que no me apetece hablar de ello. Quiero olvidar que las dos últimas horas han tenido lugar.

—¿Y por qué sonríes? —le pregunto—. ¿Una cita atractiva esta noche?

Bonnie se acaricia su pelo rubio, que lleva recogido por detrás con un coletero de tela morado a juego con su camiseta. Bonnie es la única mujer adulta del siglo XXI que aún lleva estos coleteros de tela fruncida, pero, por lo que sea, los sabe lucir. Es como su sello de identidad.

—Sí, la verdad. Acaba de acompañarme a casa.

A pesar de todo, me alegro por ella. Además, si una chica como Bonnie, que es lista, preciosa y divertida, no puede encontrar una buena pareja, para el resto de nosotras no queda ninguna esperanza.

—No quiero echarle mal de ojo —dice—, pero he estado saliendo de vez en cuando con este chico desde hace un año. Pocas veces. Está muy bueno, pero tiene absoluta fobia al compromiso. Prácticamente me llama para acostarse conmigo. Ni me molestaría en quedar con él, pero, como te he dicho, está bueno y además es estupendo en la cama. —Vuelve a bajar los ojos a su teléfono—. Pero esta noche me ha hablado de que fuéramos una pareja cerrada. Ha estado despotricando de lo harto que está de tener citas y dice que quiere sentar cabeza.

—No sé. —No quiero aguarle la fiesta, pero los hombres de ese tipo traen problemas—. ¿De verdad crees que un hombre así puede tomarse en serio el compromiso?

—La cuestión es que es un hombre serio —contesta—. No parece estar jugando. Sinceramente, aunque lo que hacemos sobre todo es tener sexo, no creo que lo esté haciendo con otras. Es superagradable y es listo y divertido. De hecho, es médico.

¿Un médico atractivo y soltero que solo la llama para acostarse con ella? Tiene que estar loca si cree que ese tipo piensa sentar cabeza próximamente.

—Bueno, pues buena suerte —digo—. ¿Vienes mañana a yoga?

Bonnie, Gretchen y yo vamos juntas a yoga tres tardes a la semana desde hace un año. Es así como nos conocimos.

—Claro —responde.

—Estupendo. Y puedes avisarme cuando tengas noticias del doctor Bombón.

Pero Bonnie ni siquiera me está escuchando. Vuelve a mirar su móvil sonriendo. Sí, tiene la cabeza en otra parte. Espero que el doctor Bombón no resulte ser un doctor Caradeidiota.

Subo en el ascensor hasta la décima planta, donde tengo alquilado un apartamento de un dormitorio desde que rompí mi última relación de convivencia de una forma muy abrupta. Estaba saliendo con un tipo estupendo y sinceramente creía que iba a ser el definitivo. O sea, vivíamos juntos, así que era evidente que íbamos bastante en serio. Pero entonces...

En fin, no me gusta pensar en eso. Ni en él.

Cuando llego a mi planta, recorro el pasillo a medio iluminar hasta el último apartamento de la izquierda. Aunque vivo en un barrio decente y tengo dos cerrojos en mi puerta, una parte de mí siempre se muestra un poco aprensiva cuando entro en mi apartamento. De vez en cuando se oye hablar de alguna chica soltera de la ciudad que ha muerto estrangulada o apuñalada en su casa.

Pero eso es poco probable. No hay rastro de que hayan forzado la cerradura. Estoy segura de que no hay nadie esperándome. Además, ¿qué posibilidades hay de que me ataquen dos veces en una noche?

Meto la llave en la cerradura y doy algunos tirones como siempre tengo que hacer. Tras unos segundos de forcejeo, la cerradura gira y la puerta se abre.

6

Mi apartamento está en silencio.

Demasiado silencio. Los momentos de absoluta quietud resultan raros en un apartamento de Manhattan, por muy tarde que sea. Incluso cuando entro a tropezones en el baño a las tres de la mañana suelo oír que alguien está de fiesta al otro lado de mi ventana. Por eso, el silencio al abrir la puerta me inquieta.

—Hola —grito con voz ronca.

Como respuesta, una sirena surca el silencio corriendo por la calle a la que da mi ventana. Me quedo quieta un momento, esperando a que el sonido quejumbroso desaparezca en la distancia antes de soltar un pequeño suspiro de alivio.

Aquí todo está normal. No hay ningún intruso ni rastro de que hayan entrado por la fuerza. La ciudad tiene su habitual nivel de ruido. No hay de que preocuparse.

Entro en mi pequeño apartamento. Y con pequeño quiero decir *diminuto*. Un apartamento se considera grande en Manhattan si te cabe una mesa en la cocina. En mi cocina no cabe una mesa. Apenas cabe una persona ahí dentro. Mi mayor motivación para mantener mi peso a raya es saber que no voy a poder caber en mi cocina o en mi baño si gano demasiados kilos de más. Pero lo bueno es que no es de esos microapartamentos en los que ni siquiera puedes estar de pie y el horno hace las veces de frigorífico.

Dejo el bolso en su sitio de siempre en la estantería de al lado de la puerta, que está llena de novelas románticas malísimas con personajes principales que se parecen mucho al Hombre Misterioso. Las novelas románticas dan una idea del romanticismo tremendamente irreal. Si yo fuera un personaje de uno de esos libros, a nuestro flechazo le habría seguido rápidamente que el Hombre Misterioso se arrancara la camiseta, dejara ver unos abdominales relucientes y duros como una piedra y, después, empujara contra mí sus palpitantes lumbares.

Mi apartamento está en silencio, sin ningún rastro de nadie que esté esperando escondido para asesinarme. La sala de estar apenas está amueblada, con un sofá de IKEA, una televisión de pantalla grande y un escritorio con mi portátil, que he estado usando cada vez con más frecuencia desde que empecé a trabajar sobre todo desde casa durante el confinamiento.

Mi primera parada es en el baño, para verme la herida de la frente. El corte en sí es pequeño, pero, por culpa de mi defectuosa coagulación, sangra mucho. Tiene un aspecto bastante espantoso. No me extraña que el Hombre Misterioso saliera pitando.

Como esto me ocurre con frecuencia, mi botiquín está bien surtido. Agarro una gasa y me la aprieto sobre la frente. Después de absorber la mayor parte de la sangre fresca y limpiar la que ya está seca, me pongo una venda. Con suerte, para mañana habrá dejado de sangrar lo suficiente como para arreglármelas con una curita.

Ese estúpido de Kevin. Voy a escribir una larga queja a Cynch. Al final, sí que debería haber llamado a la policía.

Después de que la venda queda bien puesta, bajo los ojos al resto de mi cara. Estoy pálida y cansada. Cumplí hace poco treinta y cuatro años, aunque la mayoría de la gente cree que tengo veintitantos. Pero ahora mismo podría pasar por los cuarenta. No soy atractiva como Bonnie, pero muchos hombres me encuentran atractiva. Mi pelo castaño tiene mechas rubias naturales, mis ojos son de un interesante color gris y basta un poco de rímel para resaltar mis pestañas de color castaño claro, que normalmente son invisibles. Cuando sonrío, me salen unos diminutos hoyuelos, y mis dientes son el satisfactorio resultado de tres años de aparatos dentales desde los once a los trece.

Y, sin embargo, no consigo encontrar un hombre decente.

Me da la sensación de que Bonnie es exigente, pero yo no lo soy. No busco al hombre más atractivo del planeta. No estoy tratando de casarme con un millonario. Lo único que quiero es un hombre decente que no tenga problemas con el alcohol ni con el juego, con el que resulte divertido charlar, que tenga una bonita sonrisa y al que yo le guste tanto como él a mí.

¿De verdad es un sueño tan imposible?

Supongo que debe de serlo o, de lo contrario, ahora mismo no estaría sola.

Mientras estoy ocupada compadeciéndome de mí misma, suena mi teléfono en la otra habitación. Vuelvo sobre mis pasos a donde he dejado el bolso, en la mesa junto a la puerta, y saco el móvil. Durante una milésima de segundo, me emociona pensar que a lo mejor el Hombre Misterioso ha localizado mi número de teléfono y me llama para pedirme una cita.

Pero no. Es la peor alternativa posible. Es mi madre.

No se me ocurre nada que me apetezca menos ahora mismo que hablar con mi madre, pero sería una crueldad no responder. Se preocupa mucho cuando salgo a alguna cita, aunque yo le aseguro que siempre quedo con hombres en lugares públicos y que no saben dónde vivo. Por supuesto, en vista de lo que ha pasado esta noche, su preocupación no era injustificada.

Se preocupa aún más en los últimos años, desde que mi padre murió de forma repentina por un infarto. Él la mantenía calmada, pero, ahora que se ha jubilado de su trabajo de profesora y vive sola, estoy bastante segura de que lo único que hace es quedarse sentada en casa y preocuparse por mí. Si yo viviera en otro sitio que no fuera Manhattan, seguro que vendería la casa de Connecticut y se mudaría al apartamento de al lado. Pero la ciudad la intimida, así que estoy a salvo de que mi madre sea mi vecina de al lado. Por ahora. Aunque, si le contara lo de Kevin, probablemente pondría mañana su casa en venta.

—¡Sydney! —exclama antes siquiera de que yo pueda decir nada—. ¿Has tenido una cita esta noche?

—Sí. —Llevo mi móvil a la cocina para agarrar esa copa de vino que estaba deseando tomar durante la cena—. Pero ya ha acabado.

—Ah. —No sé si parece aliviada o decepcionada. Probablemente un poco de las dos cosas—. ¿Cómo ha ido?

—Eh...

—¿Eso es bien o mal?

Vierto como media copa de vino tinto en un vaso de plástico. No tiene sentido andarse con sofisticaciones si estoy sola. Al menos no lo bebo directamente de la botella.

—No creo que haya una segunda cita.

La sutileza del siglo.

—No lo entiendo —dice mi madre—. Eres una chica muy atractiva. ¡Los chicos deberían hacer cola para tener una segunda cita contigo!

Me pregunto cómo de vieja tendré que ser para que mi madre deje de llamar «chicos» a los hombres con los que salgo. Me imagino que si estoy soltera cuando cumpla cincuenta, lo cual empieza a ser cada vez más probable, seguirá refiriéndose a ellos como chicos. Para entonces, es posible que esté viviendo conmigo. Y probablemente estemos compartiendo la misma cama.

—Es un misterio —murmuro mientras doy un largo sorbo al vino.

—¡Ah, pero yo tengo una buena noticia!

«Por favor, que no me haya concertado una cita, que no me haya concertado una cita».

—Eh..., ¿qué?

—¡La hija de mi amiga Susan acaba de tener un hijo!

Doy otro trago al vino.

—Vaya. Fantástico.

—No, no lo entiendes —dice mi madre—. ¡Tiene treinta y ocho años! Tiene treinta y ocho años y todavía ha podido tener hijos. Y tú solo tienes treinta y cuatro, así que te quedan por lo menos cuatro años de fertilidad. Más aún si congelas tus óvulos.

—Maravilloso. —Vacío el resto del vaso de vino—. Oye, estoy un poco cansada, así que voy a colgar ya.

—No te enfades conmigo, Sydney. ¡Solo intento demostrarte que tienes opciones!

—No estoy enfadada. Solo cansada.

Tardo otro minuto en tranquilizar a mi madre para colgarle el teléfono. Aunque hablar con ella me produce un ligero dolor de cabeza, cuando cuelgo, el apartamento vuelve a parecerme de un silencio ensordecedor.

¿Por qué es tan difícil salir con alguien? ¿Por qué no puedo encontrar de repente a un tipo estupendo, casarme con él y vivir felices para siempre? ¿Es pedir demasiado?

7

El yoga termina a las cuatro y media.

La clase de hatha yoga de las tardes con Arlene puede ponerse bastante concurrida, pero yo he llegado lo suficientemente pronto como para encontrar un sitio junto a mis amigas. Es decir, entiendo que el yoga consiste en pranayama y shatkarma, pero también es lanzar a tus amigas miradas de angustia cuando la profesora propone una postura de una dificultad absurda y no deja de decirte que respires cuando lo único que estás deseando es desplomarte.

Arlene termina su meditación guiada, que es como pasamos los últimos quince minutos de cada clase. Miro a Gretchen a mi derecha, que vuelve a estar en posición de sentada con las palmas juntas.

—Namasté —dice Gretchen a la vez que el resto de las mujeres de la sala.

Bonnie se ríe disimuladamente como siempre hace. No se toma todo esto tan en serio como Gretchen, pero le gusta mantener la flexibilidad para..., bueno, ya saben.

—Okey, chicas —dice Gretchen mientras se va poniendo de pie—. Hora del café, ¿no?

Miro a Bonnie mientras enrollo mi esterilla. Normalmente, necesito dos intentos para enrollarla lo bastante apretada para que vuelva a caber en la bolsa.

—A menos que tengas que prepararte para otra cita con el médico atractivo.

Bonnie se ríe y Gretchen arquea una ceja.

—¿Médico atractivo? ¿De qué hablan, jovencita?

Adoro a Gretchen, pero es de lo más entrometida en lo que se refiere a conocer nuestras vidas amorosas. Sobre todo desde que su relación con Randy se volvió exclusiva y ya no tiene citas con las que emocionarse. Dice que necesita salir con hombres de forma indirecta, a través de nosotras, aunque a mí me parece un poco ofensivo porque me encantaría disponer de un novio de verdad como ella.

Bueno, a lo mejor no como Randy. Pero sí alguien que me guste tanto como a ella le gusta él.

Pero no siento demasiados celos de Gretchen. Cuando nos conocimos, seguía enganchada a un hombre con el que había salido y que la había dejado destrozada, pero ahora parece que lo ha superado. Para eso sirven las buenas relaciones. Eso me da esperanzas en mi propio futuro.

Bonnie se quita del pelo rubio el coletero verde, se sacude la melena y se lo vuelve a poner.

—Vamos a tomar un café y te cuento.

Quince minutos después, las tres estamos apretadas en una mesa de la cafetería que está al lado del estudio de yoga. El establecimiento tiene un servicio tremendamente malo, pero estamos demasiado perezosas como para ir más lejos. Gretchen intenta llamar a una camarera moviendo frenéticamente la mano para atraer su atención.

—No lo olvides, invito yo —dice Gretchen.

—¿Y eso por qué? —pregunta Bonnie.

—Porque Gretchen estaba demasiado ocupada teniendo sexo apasionado con su novio y descuidó sus obligaciones de la llamada de escape —le explico.

—Me siento fatal. —Gretchen se rinde con la camarera y se gira para mirarme, sacando ligeramente el labio inferior. De mis dos amigas, Bonnie es objetivamente más atractiva. Tiene el pelo rubio y sedoso y un cuerpo voluptuoso. Pero Gretchen tiene una cara muy dulce con enormes ojos de anime y una nariz chata con algunas pecas claras por el puente. Además, le quedan muy bien las mallas de yoga y su ajustada camiseta de cuello de pico con estampado de flores—. ¿Ahora me odias?

—Un poco —contesto.

—Yo te habría hecho la llamada de escape, Syd —dice Bonnie.

Niego con la cabeza.

—¿No estabas demasiado ocupada con tu cita con el doctor Bombón?

—Ah, ¡sí! —Los ojos de Gretchen se iluminan—. ¿De qué hablan? No sabía que estabas saliendo en serio con alguien.

—No lo estoy. —Bonnie se revuelve en su asiento—. O sea, todavía no es oficial. Él sigue siendo muy asustadizo, pero... —Una sonrisa cómplice aparece en sus labios—. Me gusta mucho. Pero mucho *mucho*.

—¿Está bueno? —pregunta Gretchen.

—Muy bueno —confirma Bonnie—. La verdad es que es... Es perfecto. Es el tipo de hombre que hace que me alegre de no haberme conformado con cualquiera.

No puedo evitar notar que mira directamente a Gretchen cuando dice lo de conformarse con cualquiera. Espero que Gretchen no se haya dado cuenta.

—Es genial, Bonnie. —Extiendo la mano para darle un apretón en la mano—. Espero que no termine siendo un cretino.

Bonnie me mira con una mueca.

—Vaya, gracias.

Me estremezco al darme cuenta de que ha sido un comentario amargo e innecesario. Bonnie ha conocido a un hombre estupendo. ¿Por qué estoy tratando de sembrar dudas en su mente? Debería alegrarme por ella. Pero me cuesta no ser escéptica después de todas mis citas en la ciudad, que culminaron anoche con la peor cita de la historia.

—Estoy segura de que es estupendo —me apresuro a añadir—. Es solo que hay mucho cretino por esta ciudad.

—Exacto, y yo he salido con muchos de ellos —aclara—. Él no lo es. Te lo prometo. Me merezco un hombre decente después de todas mis citas de mierda.

—¡Desde luego que sí! —dice Gretchen—. Apuesto a que es increíble. Espero que sean tan felices como Randy y yo.

Bonnie aprieta los labios al oír esas palabras, pero por suerte mantiene la boca cerrada. Si Gretchen supiera lo que piensa Bonnie en realidad sobre Randy, se quedaría desconsolada.

—En fin —continúa Gretchen—, cambiando un poco de tema, la nueva exposición que he estado preparando en el museo se inaugura mañana. Si están libres, ¡me encantaría que vinieran a verla!

Gretchen trabaja en el museo, supuestamente ganando casi nada. También tiene uno de esos microapartamentos del centro y estoy segura de que está deseando mudarse con Randy, que tiene un apartamento de tamaño decente que le ha proporcionado nuestro casero. No la culpo.

—¡Y a mí me encantaría ir! —contesto.

—Sí, desde luego —añade Bonnie sin entusiasmo.

Mientras Gretchen vuelve a su tarea de tratar de llamar a la camarera, mi teléfono suena en el bolso. Lo saco y, como era de esperar, hay un mensaje de Bonnie esperándome.

¿De verdad tenemos que ir a lo del museo?

Le lanzo una mirada. Está claro que Bonnie no siente ningún interés por las exposiciones de Gretchen en el museo de historia natural, pero a mí me parecen bastante chulas. Gretchen tiene un trabajo que le encanta y la felicito por ello. No es que a mí no me guste ser contadora, pero… En fin, ser contadora no es el trabajo soñado de nadie. No fue más que una de esas cosas prácticas que mis padres me dijeron que hiciera.

«Es un trabajo estupendo que puedes hacer en cualquier sitio. Y puedes seguir trabajando después de casarte y tener hijos».

Sí, incluso en la universidad, me estuve preparando para la posibilidad de casarme y tener hijos. Lamentable, ¿verdad? Jamás imaginé que diez años después no podría estar más lejos de ese objetivo. Ni una sola de mis citas en el último año ha sido decente.

Y, aunque me alegro por ellos, me cuesta ver a Gretchen con su novio... e incluso a Bonnie viviendo ahora una relación cerrada con el doctor Bombón. Echo de menos tener un novio. Echo de menos acurrucarme con él en el sofá. Echo de menos sentir un cuerpo cálido a mi lado en la cama por las noches mientras me voy quedando dormida. Echo de menos...

Bueno, ya saben. *Eso*.

Dios, ¿por qué no salieron bien las cosas con Jake?

Pero, cuando cierro los ojos, no veo a Jake. Veo a ese hombre misterioso de anoche que no consigo sacarme de la cabeza. No he tenido un flechazo así desde hace muchísimo tiempo. Anoche la cagué con mi frente llena de sangre, pero una parte de mí se pregunta si sigue habiendo una posibilidad de que pase algo. Ojalá pueda volver a encontrármelo.

—Escuchen —suelto de repente—. ¿Cómo se puede encontrar un contacto perdido?

—¿Un contacto perdido? —pregunta Bonnie.

Gretchen se gira para mirarme y, en ese momento, les cuento a las dos todo el drama. Gretchen se lleva la mano al pecho, lamentando ahora por partida doble no haber cumplido lo de su llamada de rescate. Pero cuando les explico lo del tipo que me salvó, parecen muy emocionadas. Posiblemente, Gretchen habría escupido su café si nuestra camarera hubiese venido ya.

—¡Es muy romántico! —exclama con sus ojos grandes convertidos prácticamente en círculos—. ¿Y qué pasó?

—Por desgracia, como podrá confirmarte Bonnie, yo tenía un feo tajo en la frente y se fue —contesto con una mueca.

—No era tan feo —me corrige Bonnie, aunque sus mejillas se vuelven un poco rosadas como siempre le pasa cuando miente.

—Aun así —continúo—, me pregunto si podría volver a encontrarlo y, esta vez, ir un poco más... presentable.

—¡Claro! —Gretchen inclina la cabeza—. Oí la historia de un tipo que conoció a una mujer en un avión y no consiguió sacarle ni su apellido ni su número de teléfono antes de que aterrizaran. Así que puso en marcha una campaña en Twitter para dar con ella. ¡Y lo consiguió!

—Eso suena de lo más complicado —digo yo—. Ni siquiera me he abierto una cuenta de Twitter.

—¿Y Craigslist? —pregunta Gretchen—. ¿No tienen una página para contactos perdidos?

—¿Craigslist? —Bonnie niega con la cabeza—. ¿Quieres que la asesinen?

Gretchen no le hace caso.

—O a lo mejor puedes mirar en Cynch y ver si tiene perfil. Si le viste por aquí, apuesto a que puedes filtrar tu búsqueda a un radio de pocos kilómetros.

No es mala idea. Parece que todo el mundo en esta ciudad tiene un perfil en Cynch. Si está soltero, apuesto a que está ahí.

—¿No parecería una acosadora si le enviara un mensaje por Cynch? —pregunto.

—Para nada —responde Bonnie—. La competencia que hay ahora en las citas es feroz. Cada cual hace lo posible por sobrevivir, ya sabes. Y, si es un hombre decente, merece la pena.

—Desde luego —confirma Gretchen.

Bonnie y Gretchen casi nunca están de acuerdo en nada, así que el hecho de que las dos crean que tengo que buscar a ese hombre me parece una especie de señal. Voy a buscar al Hombre Misterioso.

Aunque, incluso mientras elaboro una estrategia con mis amigas para buscar a ese hombre, no puedo evitar preguntarme si quizá no debería hacerlo. A lo mejor no es tan buena idea tener relación con un tipo cualquiera que he visto caminando por mi barrio un martes por la noche a última hora.

Pero estoy segura de que no pasa nada. Al fin y al cabo, me rescató.

8

Antes

TOM

Daisy está ocupada hoy después de clase haciendo voluntariado en un refugio para animales. Siempre está prestando servicios de voluntariado. Yo, sin embargo, sigo tratando de rellenar esa clase particular que perdí este semestre porque es el único modo que tengo de conseguir dinero. En cualquier caso, no está por aquí para poder acompañarla a casa, así que termino caminando con Babosa.

—Entonces ¿te enredaste ayer con Daisy? —me pregunta Babosa a la vez que da patadas a la tierra de la acera con sus zapatos del número 46.

—No puedo hablar de eso.

Me sonríe.

—Eso quiere decir que no.

—Eso quiere decir que no puedo hablar de eso —contesto, aunque tiene razón. Quiere decir que no.

—A lo mejor Daisy y tú podrían tener una cita doble con Alison y conmigo.

—Eh…, a Alison no le caemos bien ninguno de los dos.

Por desgracia, es verdad. Cuando hablé con Daisy junto a su taquilla después de clase, Alison se quedó cerca, lanzándome miradas asesinas. A la única persona que parece odiar más que a mí es a Babosa. Pero por poco.

Espero que no le hable mal de mí a Daisy. Si lo hace…

—Vamos. Tienes que ayudarme, Tom —insiste Babosa—. Tú gustas a todas las chicas. No es justo.

—Eso no es verdad.

—Tonterías. Sí que es verdad y lo sabes.

Okey, no se equivoca del todo. Después de dar el estirón, empecé a ser el objeto de las miradas de muchas chicas. Mi madre es muy atractiva, incluso trabajó de modelo cuando era joven, y siempre dice que yo me parezco a ella. Pero, en realidad, no me puede importar menos gustar a las chicas. Solo hay una chica que me interesa.

—Veré lo que puedo hacer —miento. No puedo conseguirle una novia a Babosa. Lo haría si pudiera, pero no puedo. En realidad, es un chico estupendo, pero tiene algo que pone nerviosas a las chicas.

—Gracias, hermano. —Se detiene en la acera para mirar un hormiguero especialmente atestado. Todo lo que esté relacionado con los insectos le fascina—. Ahora que ha terminado el invierno, apuesto a que las reinas están desovando otra vez.

Babosa es toda una fuente de información en lo referente a los hormigueros. Por ejemplo, ¿sabían que la superficie de un hormiguero está en realidad cubierta de pequeñas entradas que abren y cierran las hormigas como si fuesen puertas? ¿Y sabían que los hormigueros pueden alcanzar alturas de hasta dos metros y medio y llegar a durar cientos de años?

Si destruyes un hormiguero delante de Babosa, más te vale salir corriendo de la ciudad. Para él, es un crimen imperdonable. La única vez que lo echaron de clase fue cuando le puso un ojo morado a Johnny Calhoun por haber destrozado de una patada un hormiguero. Durante todo el tiempo que Babosa estuvo dándole la paliza a Johnny, no dejaba de gritar: «¡Has cometido un genocidio!».

Y se pregunta por qué no puede tener novia.

—¿Te parecen deliciosas esas hormigas? —le digo. A pesar de su furia hacia Johnny cuando destrozó el hormiguero, porque fue un destrozo innecesario, Babosa cree que comer insectos no tiene nada de malo. Algo así como el ciclo natural de la vida.

Se ríe.

—No sé por qué está todo el mundo tan en contra de comer insectos. Son animales, igual que cualquier otro producto cárnico que comemos. ¿De verdad es mucho peor que comerse una vaca o un pato? ¿O un cerdo?

—Eh..., sí. Sí que lo es.

—Un día voy a cocinarte un pastel hecho entero de grillos. Y va a ser el mejor pastel que hayas comido nunca.

—Probablemente será el último pastel que coma en mi vida.

Me da un puñetazo en el hombro, aunque no tan fuerte como para que me duela.

—Oye, ¿puedo ir a tu casa a hacer los deberes de matemáticas?

Lo que en realidad quiere es que yo haga los deberes y él copiar mis respuestas. Le conozco lo suficiente como para saber cómo suele actuar. Y, después de copiar mis respuestas, se quedará para cenar y acabarse todas las sobras que haya en nuestra cocina.

—¿Sabes? Si sigues copiándome los deberes, nunca podrás aprobar los exámenes —le digo.

—¿Y qué? Solo son matemáticas.

—Aun así, tendrás que aprobar.

—Bah, no son importantes para mi futura carrera. —Se encoge de hombros.

Babosa ha descubierto recientemente que el estudio de los bichos es un trabajo que la gente puede tener de verdad, así que ahora su máxima aspiración es convertirse en entomólogo. Pero ¿quién sabe cuánto tiempo le durará? Antes de eso, quería ser cartero. Y mucho antes, policía, después de que el comisario Driscoll invitara a nuestra clase a visitar la comisaría.

—De acuerdo —le digo—. Puedes venir.

Vuelve a sonreír. Aunque solo tiene diecisiete años, sus dientes ya están amarillos. Probablemente por el cigarro.

—Eres el mejor, Tom.

Okey, okey.

Cuando llegamos a mi casa, me doy cuenta de que la puerta ya no está cerrada con llave, lo que quiere decir que mi madre está en casa. La mitad de las veces deja la puerta sin cerrar porque es de ese tipo de barrios, así que no me sorprende. Pero sí que me sorprende ver a mi padre en la entrada, poniéndose una chaqueta.

—Papá —digo.

Mi padre, como el de Daisy, es mucho más alto que yo. Tiene cuarenta y cinco años, pero la telaraña de venas púrpuras de su nariz y sus mejillas hacen que parezca, al menos, diez años mayor. Sé cómo funciona la genética por mi clase de biología, pero juraría que yo no he heredado gen alguno de este hombre. Es alto y corpulento, mientras que yo tengo una complexión media y soy delgado. Aunque crezca tres o cuatro centímetros más no me voy a parecer a él. No nos parecemos en nada.

En nada.

—¿Qué haces en casa tan temprano? —refunfuña.

—Las clases han terminado —le recuerdo.

Emana alcohol de su piel. Ni siquiera son las cuatro de la tarde y mi padre ya está borracho. Genial.

Su cara es rosada por tener la sangre cerca de la piel. ¿Sabían que hay unos seis litros de sangre en el cuerpo de un hombre medio? Si pierdes más del cuarenta por ciento de esa sangre, te mueres. Para un hombre del tamaño de mi padre, eso significa estar a unos dos litros y pico de sangre de la muerte.

—Y has traído al tonto de tu amigo. Cucaracha —señala mi padre—. Estupendo.

Me planteo recordarle que su verdadero apodo es Babosa, pero no tiene sentido. De todos modos, no estoy seguro de que una babosa sea mejor que una cucaracha.

—Volveré tarde a casa —murmura mi padre—. No molestes a tu madre, ¿de acuerdo, niño?

Antes de que me dé tiempo a contestar, pasa por mi lado. Sale de la casa dando un portazo. Nunca me ha gustado mi padre, ni siquiera cuando era pequeño. Sinceramente, es un alivio cuando se va así. Con suerte, no volverá a casa para la cena.

O puede que estrelle su Dodge y no vuelva jamás.

Mientras mi padre aprieta el acelerador de su carro en el garaje, entro con Babosa en la casa. Como es típico en él, va directo a la cocina. Babosa siempre está comiendo. *Siempre*. Pesa menos que la mochila de Daisy y, sin embargo, siempre se está atiborrando.

Mi madre se encuentra en la cocina, lavando los platos en el fregadero. Lleva el pelo suelto y le cae hasta la mitad de la espalda. Cuando era más joven tenía el pelo negro azabache como el mío, pero ahora está salpicado de un montón de mechones grises. No se molesta en teñírselo.

No sé si son imaginaciones mías, pero el cuerpo de mi madre parece ponerse rígido cuando entramos. Deja caer la cabeza de modo que su pelo gris se convierte en un muro que le rodea la cara.

—Hola, señora Brewer —dice Babosa.

Mi madre murmura un saludo sin girarse. Me quedo mirándole la parte posterior de la cabeza y el corazón me late con fuerza en el pecho. Tengo el mal presentimiento de saber qué está pasando. Al fin y al cabo, ya ha ocurrido antes.

—¿Mamá? —digo.

Tarda unos segundos, pero, al final, se da la vuelta. En su rostro hay una expresión de disculpa, a pesar de ser ella la que tiene el labio partido. Me quedo mirándola mientras aprieto los puños hasta que los nudillos se me ponen blancos.

—Mamá…

—He abierto el armario y me he dado en la cara. —Se toca con cuidado el labio inferior, que está partido. No me cabe duda de que no ha sido por ningún accidente—. Parece mucho peor de lo que es.

Miro a Babosa, que ya ha abierto nuestro frigorífico y está buscando comida. No sé si ha visto la cara de mi madre, pero está decidido a mantenerse al margen.

—Tommy —dice ella con suavidad—. No le des mucha importancia. Estoy bien..., de verdad.

Han pasado seis meses desde la última vez que vi a mi madre con moretones en la cara. Seis meses desde la última vez que deseé hundir el puño en la cara de mi padre. Creía que ahora todo iba mejor. Había dejado de beber tanto. Creía...

—Estoy bien —repite mi madre con firmeza. Mira a Babosa, que ha agarrado una cuña entera de queso y algunas papas de la despensa—. Babosa y tú pueden subir a tu habitación.

—Mamá...

—Tom, déjalo.

Aprieta la mandíbula. A lo mejor era modelo de joven, pero esa época hace mucho tiempo que pasó. Al igual que mi padre, parece unos diez años mayor de lo que es en realidad. Aunque sigue siendo lo bastante atractiva como para que Babosa la mire a veces de una forma de lo más inapropiada.

No quiero dejarlo, pero ¿qué puedo hacer?

Aun así, no paro de pensar en la cara destrozada de mi madre, ni siquiera cuando Babosa y yo nos encontramos en mi habitación. Nos hemos sentado juntos en mi cama y se supone que deberíamos estar haciendo los deberes de matemáticas, pero no me concentro. No dejo de pensar en el puño de mi padre machacando la boca de mi madre.

Mi padre es mucho más grande que yo. Si alguna vez me enfrentara a él, no saldría muy bien parado. Sobre todo si estuviera en uno de sus ataques de cólera alimentados por el whisky, cuando parece que puede levantar un carro entero y darle la vuelta sobre su cabeza. En un combate entre los dos, ganaría él.

A menos que encontrara la forma de igualar la pelea.

—No me puedo creer que haya vuelto a hacérselo —suelto abruptamente.

Babosa está sentado en el otro extremo de la cama, masticando un Dorito.

—¿Estás bien, hermano?

—No. —Lanzo mi lápiz del número dos a la otra parte de la

habitación. Golpea en la pared y deja una mancha gris—. Odio a mi padre.

Babosa suelta un resoplido.

—Lo sé.

Una vez llamé a la policía para denunciarlo. Me harté de sus rabietas y pensé que quizá podría ayudar a mi madre, aunque ella me dijo que no lo hiciera. Todavía recuerdo la expresión de asombro en su cara colorada cuando apareció el policía en la puerta de nuestra casa. Me encantó ver lo asustado que parecía hasta que llegó mi madre y lo negó todo. Lo defendió. Le siguió la corriente a su mierda de historia de que ella se había caído por las escaleras. Después de eso, no había nada que pudiera hacer la policía.

—Me gustaría matarlo —se me escapa.

Babosa levanta los ojos del cuaderno que tiene en el regazo. Babosa y yo somos amigos desde hace diez años y nunca le he dicho algo así. Nunca revelo todos los pensamientos salvajes que se me pasan a veces por la cabeza. He tenido cuidado de no hacerlo. Aunque Babosa es mi mejor amigo, no espero que lo entienda. No sé por qué lo he dicho ahora, pero es que no puedo dejar de pensar en ello.

Me imagino que va a arrugar la cara en un gesto de repugnancia, pero, por extraño que parezca, eso no ocurre.

—Bueno, ¿y por qué no lo haces? —pregunta, en cambio.

¿Qué?

Me quedo mirándole.

—¿Qué has dicho?

Levanta un hombro.

—No tiene nada de malo matar a alguien si se lo merece.

—La verdad es que sí.

—En realidad, no.

—Es ilegal. Iría a la cárcel.

—Solo si te descubren.

Babosa se aprieta una espinilla de la cara que se le ha puesto completamente blanca y está a punto de explotarle. Bromea.

O sea, no es que sea una broma divertida ni nada de eso, pero tiene un sentido del humor bastante retorcido. No me está sugiriendo en serio que debería matar de verdad a mi padre.

Al menos no lo creo.

Por un momento, me permito imaginármelo. Me imagino esos dos litros y pico de líquido carmesí saliendo del cuerpo de mi padre hasta que por fin se desmorona en el suelo dejando los ojos en blanco. Y, durante una milésima de segundo, me parece tan real que casi creo que voy a vomitar.

9

En la actualidad

SYDNEY

Tras conseguir por fin nuestro café, Gretchen se dirige al museo para encargarse de algunas cosas para su exposición, que se inaugura mañana. Bonnie y yo volvemos caminando a nuestro edificio y, durante todo el tiempo, ella tiene esa sonrisa disimulada en la cara. Vaya, sí que está ensimismada. Nunca la he visto así.

Estamos a unas tres manzanas del edificio de apartamentos, en el lugar exacto donde Kevin me atacó anoche. Cuando nos vamos acercando al edificio donde fingía vivir, distingo a un hombre sentado en los escalones. Cuando nos ve, se levanta de un salto.

—¡Sydney! —exclama.

Ay, no. Es Kevin, con su pelo ralo recogido en otra coleta desaliñada. ¿No entendió el mensaje anoche cuando le di con la rodilla en los testículos? Yo creía que lo había dejado bastante claro. Pero se acerca hacia mí con los brazos abiertos, como si fuéramos amantes que hace tiempo que no se ven.

Bonnie me lanza una mirada inquisitiva, claramente preguntándose si este es el Hombre Misterioso. Le respondo con un vehemente movimiento de negación con la cabeza.

—Sydney —repite él—. ¿Puedo hablar contigo? —Mira a Bonnie—. ¿A solas?

Cruzo los brazos sobre el pecho.

—No, no puedes. Anoche me atacaste.

Bonnie me mira con los ojos abiertos de par en par.

—¿Es ese tipo?

—Sí, ese —contesto con firmeza—. Y me gustaría que te fueras, Kevin.

Lleva unos jeans azules desgastados que se le deslizan un poco por su estrecha cintura y se agarra la pretina para subírselos.

—Tuvimos un malentendido. Yo solo estaba tratando de darte las buenas noches y tú lo tomaste por lo que no era.

—Te aseguro que no.

—Sydney —insiste con tono suplicante—, eres mi mujer perfecta. No dejes que algo tan estupendo se nos escape entre los dedos.

Su mujer perfecta, salvo por mis brazos monstruosos.

—Lo siento. No estoy interesada.

Kevin mueve la cabeza hacia el edificio donde cree que vivo.

—¿Podemos entrar para hablarlo cinco minutos?

Bonnie ha estado escuchando toda la conversación y, cuando la miro, parece furiosa.

—Dios mío —dice—. ¡Es evidente que Sydney no quiere hablar contigo! —Mete la mano en el bolso y saca su móvil—. O te vas ahora mismo de aquí, o llamo a la policía para denunciar que un tipo asqueroso con coleta nos está acosando.

Kevin nos mira a las dos como pensando qué hacer. Por fin, se aparta levantando las manos en el aire.

—Okey, bueno. Pero estás cometiendo un error. —Sus ojos se oscurecen al posarlos sobre mí—. Un gran error.

Me estremezco al recordar cómo me agarró anoche. Tuve suerte de que me salvaran, pero puede que no tenga esa suerte la próxima vez que me arrincone.

—¡No, vas a ser tú quien esté cometiendo un gran error si alguna vez te vuelves a acercar a mi amiga! —salta Bonnie. Marca las dos primeras cifras del número de emergencias en su teléfono y, a continuación, lo levanta en el aire—. ¿Quieres que marque la última? Estaré encantada de hacerlo.

Esta vez, Kevin recibe el mensaje. Sale corriendo, con su coleta rebotándole por detrás. Cuando lo perdemos de vista, le doy un codazo a Bonnie.

—Buen trabajo. Desde luego, eres tremenda.

—Sí, bueno. —Se frota las uñas en la manga de su camisa—. Soy mucho mejor cuando el hombre no se obsesiona conmigo. Si hubiese venido con intención de acosarme a mí, probablemente ahora estaría invitándole a un café.

Cuando me aseguro de que Kevin se ha ido de verdad, continuamos el camino de vuelta a nuestro verdadero edificio. Al entrar en el vestíbulo, nos encontramos a Randy cambiando una de las bombillas del techo subido en un taburete, aunque apenas lo necesita porque es exageradamente alto. Aún más alto que Kevin. Sin duda, bastante más del metro ochenta, con ojeras y una suciedad que parece incrustada de forma permanente en las rugosidades de sus dedos. No es mi tipo, pero entiendo lo que a Gretchen le gusta de él. Es resuelto.

—Hola. —Nos guiña un ojo mientras la puerta se cierra a nuestra espalda—. ¿Dónde está mi chica?

—Ha vuelto al museo —le contesto.

—Ah. Ya la echo de menos.

Bonnie pone los ojos en blanco y yo le doy un codazo en las costillas.

—Ha dicho que regresará dentro de una o dos horas —le informo.

—Por cierto, mi inodoro vuelve a hacer ese ruido raro cuando tiro de la cadena —dice Bonnie—. ¿Puedes venir a echarle un vistazo?

—Claro. —Randy termina con la bombilla y se baja del taburete sacudiéndose las manos en los jeans—. ¿Te parece bien si paso mañana por la mañana? Hay bastante gente que tiene problemas con el aire acondicionado y protestarán si no voy hoy a arreglarlo.

—Supongo que sí. —Bonnie entrecierra los ojos—. ¿Mañana por la mañana? ¿Sobre qué hora?

—¿Qué tal a las nueve?

Bonnie trabaja desde casa, igual que yo, así que asiente.

—Perfecto.

Randy se dispone a cambiar otra bombilla mientras Bonnie y yo nos dirigimos hacia los ascensores. En cuanto la puerta se cierra, baja la voz para hablar.

—¿Puedes venir mañana a las nueve a mi apartamento?

—Estás de broma.

—No lo estoy. —Se ajusta el coletero del pelo—. No quiero verme a solas con Randy. Me da escalofríos.

—Bonnie, es completamente inofensivo. Vamos, Gretchen está saliendo con él.

Levanta una ceja.

—¿De verdad no te hace sentir nada incómoda?

Sinceramente, Randy me parece de lo más agradable. Lleva siendo el encargado de mantenimiento de nuestro edificio desde que me mudé y, cada vez que ha venido a mi apartamento, ha sido extremadamente respetuoso. Nunca ha hecho nada que me haya parecido amenazante en absoluto.

Y sin embargo...

Hay algo en la forma en que a veces me mira. No siempre, solo a veces. Se queda mirándome un poco más tiempo de la cuenta. Y no me parece exactamente que esté examinándome como hacen otros hombres. Es otra cosa. No sé bien qué es, pero no puedo fingir que ignoro a qué se refiere Bonnie cuando dice que le da escalofríos.

—¿Sabes? Mi inodoro hace a veces un ruido raro también —le digo—. Normalmente, le quito la tapa del depósito y muevo una manivela pequeña que tiene dentro y...

—¡No, gracias! —me interrumpe—. Voy a dejar que el encargado se ocupe de mi inodoro. ¿Vas a venir o no?

—Está bien —contesto—. ¿A las nueve?

—Mejor a las nueve menos cuarto —responde—. Prepararé café.

Últimamente, el noventa por ciento de mi vida social consiste en tomar café con amigas. Pero, bueno, hay cosas peores.

Y, oye, puede que Bonnie me ayude a localizar al Hombre Misterioso.

10

Tengo que estar en el apartamento de Bonnie dentro de quince minutos.

Me he despertado hará una hora. Me he duchado y he estado a punto de ponerme los pantalones deportivos que he estado llevando cada vez con más frecuencia entre semana. Trabajar desde casa tiene sus ventajas, pero empiezo a parecer una desaliñada. Así que me pongo unas mallas de yoga, que resultan ligeramente mejor.

Bonnie me dijo que iba a preparar café, así que ahora mismo estoy tomándome un café precafé. He pasado la última media hora absorta en Facebook mientras contemplo la idea de borrar Facebook. Antes me gustaba, pero ahora cada publicación de mis amigas parece consistir en un bebé tras otro. Aparte de mí, ¿hay alguien que no esté procreando ahora mismo?

Estas mujeres a las que antes llamaba amigas parecen estar documentando cada paso insignificante en la vida de sus bebés y publicándolo en internet. ¿Y si esos bebés quieren un poco de intimidad? A mí no me gustaría ver ocho perspectivas distintas de mis pestañas publicadas en internet.

Y claro, luego están los vientres de embarazada. ¿De verdad tengo que ver una foto de tu vientre de perfil cada semana durante nueve meses?

Y sí, puedo juzgarlas porque, a este paso, yo jamás voy a tener hijos propios. No logro ni imaginarme la situación en la que eso podría ocurrir.

Anoche, pasé una hora en Cynch. Durante el último año, se ha convertido de lejos en la aplicación de citas más popular de la ciudad, posiblemente porque se anuncia como «exclusiva» para los neoyorquinos. Es necesario tener un código postal de la ciudad para registrarse, lo cual hace que se vuelva irresistible, claro. No es para las chicas de New Jersey.

Aparte de ser exclusiva para Nueva York, por lo demás es una aplicación bastante normal. Cada perfil tiene una foto y los datos habituales: soltero o divorciado; con hijos o deseando tener hijos; empleado de banca de inversión o conserje. Pero una ventaja que ofrece es la posibilidad de buscar todos los perfiles dentro de un radio específico.

Así es como he intentado encontrar al Hombre Misterioso.

He buscado entre todos los hombres del rango de edad aproximado del Hombre Misterioso en tres kilómetros a la redonda. Lo he ampliado a cinco y luego a ocho. He mirado cada maldito perfil y no había uno solo que se pareciera al Hombre Misterioso y que viviera dentro de un radio de ocho kilómetros alrededor de este edificio.

(Sí, así de desesperada estoy).

En cualquier caso, me quedan cuatro opciones:

1. El Hombre Misterioso está soltero y es el único hombre de la ciudad que no se ha registrado en Cynch.
2. El Hombre Misterioso está soltero, pero no vive en mi barrio.
3. El Hombre Misterioso no está soltero.
4. El Hombre Misterioso es gay. (Eso requiere otro tipo de búsqueda).

La primera opción parece la más probable. A lo mejor está soltero, pero no cree en las citas por internet. Me parece justo.

La segunda opción me deja un poco perpleja. Si está soltero y no vive por aquí, ¿qué hacía en una zona residencial completamente solo un martes en plena noche?

Y es entonces cuando, de repente, se me ocurre una idea muy loca.

Bonnie estaba en el vestíbulo cuando llegué a casa, después de terminar su cita con el doctor Bombón. Y luego, por casualidad, me tropiezo con un tipo atractivo a pocas manzanas de mi edificio de apartamentos.

¿Es posible que el Hombre Misterioso y el doctor Bombón sean una misma persona?

No, no me parece posible. Esa sería una rara coincidencia, ¿no? De todos modos, Bonnie dijo que su novio médico tiene el pelo rubio y el Hombre Misterioso tiene el pelo muy oscuro.

Un momento, dijo eso, ¿no? Yo creo que sí.

Mientras me planteo esta posibilidad, aparece en mi teléfono un mensaje de la aplicación de Cynch. Cuando estuve buscando al Hombre Misterioso anoche, otro tipo que se llamaba Chad solicitó ponerse en contacto conmigo. Parecía bastante lindo en su perfil, con unos centelleantes ojos verdes y hoyuelos, y parecía agradable, así que acepté la conexión. Y por lo visto Chad quiere hablar.

¿Ven? No necesito al Hombre Misterioso. Hay bastantes hombres por ahí y yo estoy lista para volver a la carga, siempre que esta vez me limite a las zonas más concurridas.

Agarro el teléfono para ver el mensaje con la esperanza de que Chad quiera concertar una cita para tomar unas copas. No ha hecho nada heroico por mí como el Hombre Misterioso, pero no necesito a ningún héroe. Solo a un hombre decente.

Pero luego leo su mensaje. Y me vengo abajo.

Hola, Sydney, perdona por la trampa, pero soy Kevin. De verdad que quiero hablar contigo sobre lo de la otra noche. Siento que tuvimos muchísima química y no quiero que lo eches a perder por culpa de un malentendido.

¿No quiere que *yo* lo eche a perder? ¿Ese tipo habla en serio?

Bloqueo su perfil y lo denuncio a Cynch. Me fastidia que le hayan permitido siquiera registrarse con otro perfil. ¿No hacen ningún control de calidad? Ese hombre es peligroso. Me pregunto si debería ir directamente a la policía esta vez. ¿Esto se considera acoso?

En cualquier caso, ahora mismo no tengo tiempo para llamar a la policía. Debo acercarme al apartamento de Bonnie. Me dijo que estuviera a las 8.45 y es una fanática de la puntualidad. Además, Cynch comienza a deprimirme. ¿Es posible que no quede ningún hombre decente en toda la ciudad? Empiezo a creer que la mitad de los tipos de Cynch no son más que Kevin de incógnito.

Bajo un tramo de las escaleras hasta el apartamento de Bonnie, que está casi justo debajo del mío. Llego a las 8.46 y pulso el timbre con el pulgar, esperando oír sus pasos tras resonar en todo su apartamento.

Pero, después de treinta segundos, no oigo ningún paso. Bonnie no ha dejado la puerta abierta. No hay señales siquiera de que haya nadie en casa.

Estupendo.

Vuelvo a llamar y, esta vez, dejo el dedo sobre el timbre más rato. Bonnie me dijo que llegara exactamente a esta hora. No va a dejarme plantada en su propio apartamento, ¿no? Pero, claro, siempre puede surgir alguna emergencia.

Meto la mano en el bolsillo lateral de mis pantalones de yoga y saco mi teléfono. Miro mis mensajes, pero no hay ninguno de Bonnie diciéndome que no venga. Le envío uno a ella.

Hola, ¿todo bien? Creía que habíamos quedado en tu apartamento a las 8.45.

Espero a que aparezcan en la pantalla los puntos que indican que está escribiendo una respuesta. Pero no hay nada.

Después de otro minuto, se abren las puertas del ascensor en esta planta. Por fin. Debe de haber salido por más café o algo así.

Solo que no es Bonnie quien emerge del ascensor. Es Randy, vestido con sus habituales jeans desgastados y una camisa que le queda holgada sobre su cuerpo delgado.

Me saluda levantando una mano.

—Hola, Sydney. ¿Qué haces aquí?

«Bonnie me dijo que viniera porque le da mucho miedo estar a solas contigo».

—Bonnie me ha invitado a tomar un café, pero parece que no está en casa.

Igual que yo, Randy pulsa el timbre. De nuevo, esperamos el sonido de sus pasos detrás de la puerta, pero, una vez más, el apartamento está en silencio.

Esto es muy raro. No es propio de Bonnie.

Randy baja la mirada a su reloj Casio.

—Hoy estoy muy ocupado. No puedo quedarme a esperarla.

—Pero tienes la llave, ¿no?

Los delgados dedos de Randy van hacia el enorme llavero que le cuelga de los jeans. Tiene la llave de cada apartamento del edificio. Ha accedido varias veces al mío cuando yo estaba fuera. Con mi permiso, claro.

—Entonces puedes entrar, ¿no?

—Supongo que sí. —La nuez de Randy se mueve ligeramente. Es tan delgado que su nuez resulta tremendamente grande y afilada. Casi parece que podrías cortarte el dedo si la tocas—. Pero a Bonnie no le gusta que entre en su apartamento cuando ella no está.

Se me ocurre que Randy es consciente de que no le gusta a Bonnie. Me pregunto si tiene idea de lo que ella dice de él cuando no está delante. Y, lo que es más importante, me pregunto si Gretchen lo sabe. Gretchen es una de esas personas obsesionadas con caer bien a todos y estoy segura de que quiere que a todos nos guste también su novio.

—Es que estoy preocupada por ella —confieso—. Esto no es propio de Bonnie.

—Puede que le haya surgido algo.

—Mira —le digo—, no tienes por qué arreglarle el inodoro, pero ¿podemos al menos entrar a ver si está? ¿Aunque sea un minuto?

—No sé...

—Por favor. Estoy preocupada por ella. —Como veo que vacila, añado—: Le diré que yo te he obligado.

Baja de nuevo la mirada a su reloj y suspira.

—Okey. Pero muy rápido.

Randy tarda lo que parece una eternidad en buscar entre cada llave del llavero gigante hasta que encuentra la correcta. No dejo de mirar hacia los ascensores con la esperanza de que Bonnie se materialice de pronto con unos cafés del Dunkin' Donuts. O sea, estoy segura de que está bien. Probablemente tuviera una cita anoche con el doctor Bombón y ahora esté acurrucada en la enorme cama de él con sus sábanas de un millón de hilos.

Me alegro por ella. Lo juro.

Randy abre la puerta por fin, pero deja que yo entre primero. Cuando paso al apartamento de Bonnie, casi me espero verla corriendo hacia la sala de estar con una toalla envuelta en la cintura y furiosa con los dos por haber entrado mientras ella trataba de ducharse.

Pero no. Hay un silencio absoluto.

El apartamento de Bonnie tiene una distribución casi idéntica al mío, pero es muy diferente. A Bonnie le gustan cosas más bonitas. Yo tengo un sofá, una mesa y una estantería básicos, pero ella ha dedicado mucho más tiempo a escoger un caro sofá de piel, una mesita de centro color castaño y un armario antiguo. Su apartamento parece sacado de una revista sobre casas de Manhattan.

—¡Bonnie! —grito.

No hay respuesta.

—No creo que esté —dice Randy.

Tiene razón. No parece que esté. Sin duda, ha salido con su sexy novio médico. Sé lo que es estar abrazada en la cama de alguien y no querer subir a un Uber a las dos de la mañana. Pero, por el amor de Dios, al menos podría haberme llamado para decirme que no iba a estar.

—Ya que estoy aquí, voy a mirar el inodoro —dice Randy.

Sale en dirección al cuarto de baño. Yo me quedo en la sala de estar y vuelvo a sacar mi teléfono. Sigo sin tener mensajes de Bonnie. En serio, esto me parece de mala educación. Lo habría entendido si hubiese cancelado en el último minuto, pero ¿ni una sola llamada siquiera?

Por fin, busco el nombre de Bonnie en mi lista de contactos. Por lo menos, voy a decirle que he estado esperándola como prometí y que ahora me debe un café, como le pasó a Gretchen.

Solo que, cuando hago la llamada, oigo de inmediato el timbre. Viene del interior del apartamento.

Okey, esto es raro...

Giro la cabeza en dirección al sonido. Viene de la cocina.

Entro en la cocina de Bonnie, que es casi tan diminuta como la mía, así que tardo apenas cinco segundos en ver su móvil en la encimera, al lado de un coletero de tela negro. El teléfono de Bonnie sigue en su apartamento.

Y eso no es todo.

Bajo los ojos al suelo de linóleo. Por norma, Bonnie es muy rigurosa con la limpieza. Pero ahora mismo su suelo no está limpio. Tiene unas manchas redondas de color marrón oscuro que forman un rastro que, por lo que veo ahora, sale de la cocina y va por el pasillo hasta el dormitorio de Bonnie.

Dios mío.

—¡Randy! —grito.

—¡Un momento! —responde—. Estoy intentando arreglar el inodoro.

Sigo el rastro de gotas por el pasillo mientras el corazón me late con fuerza. Paso junto al baño, donde Randy está toqueteando algo en la cisterna del inodoro, ajeno a las manchas de sangre del suelo. El rastro conduce directamente hasta el dormitorio de Bonnie, que está cerrado.

A lo mejor se encuentra bien. A lo mejor ha tenido un accidente sin importancia y se ha quedado dormida mientras se recupera.

Por supuesto, Bonnie no es la que sangra tanto. Soy yo. Aparte de mí, la mayoría de la gente no va dejando rastros de sangre por todo su apartamento sin darse cuenta.

Extiendo la mano y la apoyo en el pomo. Se me ocurre que quizá debería llamar a la policía en lugar de investigar por mi cuenta. Pero, claro, ya estoy aquí. No quiero llamar a la policía sin motivo. Puede que Bonnie esté bien. Puede que todo esté perfecto.

Despacio, giro el pomo. Empujo la puerta y aparece la enorme cama de Bonnie con la colcha lavanda.

Y, cuando veo lo que hay en la cama, no puedo parar de gritar.

11

Antes

TOM

Hoy es el día en que voy a besar a Daisy.

A lo mejor.

Es la tercera vez que la acompaño a su casa desde la secundaria. Cuando dejé a Babosa, me advirtió de que no me acobardara. Estoy decidido a hacerlo hoy.

Daisy y yo nos hemos agarrado otra vez de la mano y se me está dando bien lo de no sudar. Concentro toda mi energía en ello. Daisy no deja de sonreírme mientras me habla sobre la feria de la salud donde va a estar de voluntaria este fin de semana. Siempre anda haciendo voluntariado en algún sitio. Es muy *buena*. Y yo soy muy…

—¿Vas a venir, Tom? —me pregunta.

—¿Venir? —respondo perplejo.

Ella se ríe.

—¡A hacer de voluntario en la feria de la salud! Siempre les viene bien más ayuda. Y tú quieres ser médico, así que quedaría bien en tu solicitud de la universidad.

—Claro. —Probablemente quede bien en mi solicitud de la universidad, pero eso no importa. Si Daisy me pidiera que comiera basura, lo haría.

Da una palmada con las manos.

—¡Maravilloso! ¿Y Babosa? ¿Vendrá?

—Lo dudo. A menos que crea que puede encontrar allí una novia.

Ella se ríe.

—¿Sigue comiendo bichos?

Aunque no lo haga en público, me sorprendería mucho que Babosa no se meta de vez en cuando al menos uno o dos escarabajos. Parece que le gustan de verdad. Pero no le vendría nada bien a sus deseos que se extienda el rumor de que sigue comiendo bichos, así que me limito a contestar:

—No.

—Bueno, pues quedamos en la puerta del centro comunitario el sábado por la tarde, antes de que empiece —dice Daisy.

—O podríamos comer antes.

Daisy hace una mueca.

—Lo siento, no puedo. ¡Estoy muy ocupada!

Rechazado. A lo mejor Daisy se lo está pensando mejor con respecto a mí. A lo mejor es esta la última vez que me pide que la acompañe a casa. A lo mejor no debería intentar besarla…

—¿Y el domingo? —me propone—. Podríamos vernos después de ir a la iglesia.

Sonrío y asiento sin molestarme en mencionar el hecho de que mi familia no va a la iglesia. Mi madre iba cuando era joven, pero mi padre opina que todos los de la iglesia son «una banda de estafadores» y no permite que ninguno de nosotros vaya. Tampoco iría si me dejaran. Hay algo en lo de entrar en una iglesia que me pone nervioso.

Mientras pasamos por el patio de atrás de alguien, veo una flor que está creciendo en la hierba con el centro amarillo y unos suaves pétalos blancos. Antes de pasar de largo, arranco la flor del suelo y la extiendo hacia ella.

—Para ti —digo.

Estaba seguro de que le iba a encantar, pero, en cambio, su cara se pone seria.

—Creía que te gustaban las margaritas.

—Sí, pero… —Arruga la cara mientras baja la mirada a la flor, que sigue en mi mano—. La has matado. Estaba creciendo feliz en el suelo y ahora se va a morir.

—Ah. —Nunca se me habría ocurrido que pudiera pensar eso—. ¿Hay alguna forma de salvarla?

Niega con la cabeza con expresión triste.

—No la hay. —Agarra el tallo de mi mano—. Pero la pondré en agua cuando llegue a casa. Al menos durará así unos días.

Estupendo. Ahora soy un asesino de flores.

—No pasa nada, Tom. —Me aprieta la mano—. No lo sabías.

Me llevo la otra mano al pecho.

—Jamás en la vida volveré a matar una flor.

Y lo digo en serio. Nunca más volveré a matar *una flor*.

Mi declaración hace que en la cara de Daisy se dibuje una sonrisa. Me tira del borde de la camiseta para acercarme a ella. Me doy cuenta de que ahora estamos como a quince centímetros de distancia y ella me está mirando con sus ojos azul claro. Apenas puedo pensar, pero hay una idea en mi cabeza que sí es muy clara.

«¡Bésala!».

Y eso hago. Bajo la cabeza y junto los labios con los de ella. Y son tan suaves y perfectos como imaginaba. Es muy delicada. Yo no soy un tipo grande, pero ella es mucho más pequeña que yo. Si le cogiera la cabeza y la girara con fuerza hacia la izquierda, podría romperle el cuello. Ni siquiera resultaría difícil.

—Se le da muy bien besar, señor Brewer —susurra Daisy cuando nuestros labios se separan por fin.

—Gracias —contestó.

Me guiña un ojo.

—¿Tu primera vez?

Vacilo un momento antes de decidir si voy a mentir.

—Sí.

—La mía también. —Me pasa un dedo juguetón por el pecho—. Siempre he sabido que ibas a ser mi primer beso.

Y ahora me alegro doblemente de haber mentido. No es que haya forma alguna de que ella sepa la verdad. No hay nadie más aparte de mí que se lo pueda decir.

—Me gustaría volver a hacerlo muy pronto —añade.

—Y a mí —respondo con torpeza.

Solo cuando ella se separa de mí me doy cuenta de que, mientras nos besábamos, se le ha caído la margarita de los dedos. Cuando bajo la mirada, la veo debajo de mi zapatilla, con sus pétalos blancos aplastados en la acera.

12

En la actualidad

SYDNEY

No puedo dejar de temblar.

La policía está aquí. Unos agentes con guantes y cubrezapatos desechables salen y entran del apartamento de Bonnie, haciendo lo que sea que hagan los agentes de policía en la escena de un homicidio. He estado sentada en el caro sofá de piel de Bonnie, del que ella estaba tan contenta porque había conseguido una gran rebaja, y he pasado los últimos veinte minutos meciéndome adelante y atrás, abrazándome el pecho. Nadie me ha pedido que salga, lo cual es bueno, porque no creo que ahora mismo pueda caminar.

Ha sido Randy el que ha llamado a la policía. Todavía puedo oír su voz resonando en mi cabeza. «Se llama Bonnie Griffin. Me pidió que viniera a arreglarle el inodoro y la hemos encontrado en el dormitorio. Y está..., está muerta».

Jamás me sacaré de la cabeza la imagen de Bonnie tumbada en esa cama, no mientras viva. No era una mujer que se había acostado sin más y no se había vuelto a despertar por la mañana. No era ese tipo de muerte.

Creo que jamás he visto tanta sangre en mi vida, y he visto mucha sangre.

Una agente se acerca y se sienta a mi lado. Lleva el pelo recogido en un moño tirante, pero tiene un rostro amable. Apoya con cuidado una mano en mi hombro, como si le preocupara que me fuera a romper.

—¿Cómo está, señorita Shaw? —pregunta.

No consigo pronunciar una respuesta. Supongo que eso ya es una respuesta.

—Hay un inspector fuera al que están informando —me dice la agente—. Le gustaría formularle unas preguntas si le parece bien. ¿Cree que podrá hacerlo?

De nuevo, no consigo que mis cuerdas vocales funcionen.

—Sé que es duro —prosigue con dulzura—. Pero seguro que quiere saber quién le ha hecho esto a su amiga, ¿verdad?

Sí. Desde luego que sí. Quienquiera que haya sido el monstruo que le ha hecho esto a Bonnie, quiero que lo pague. Porque no se merecía este final. Nadie se lo merece.

Y quienquiera que le haya hecho esto es un individuo completamente enfermo. Tienen que encerrarlo y tirar la llave.

—Está bien —contesto con voz ronca—. Haré lo que pueda.

Levanto la cabeza al oír que se abre la puerta del apartamento. Supuestamente es el inspector al que han asignado la investigación de lo que le ha pasado a Bonnie. A pesar de lo terriblemente mal que me siento en este momento, ahora mismo tengo que actuar como una adulta. Es la única forma de ayudar a que se haga justicia con mi amiga. Espero que hayan asignado a uno de sus mejores inspectores y que localice al asesino cuanto antes.

Y, entonces, entra el inspector en la habitación y le miro a la cara.

Ay, no.

La agente se levanta de un salto y se lanza a hablar con él.

—Inspector Sousa —dice—. Esta es Sydney Shaw. Es amiga de Bonnie Griffin. Ha sido la que ha encontrado el cadáver.

El inspector me está mirando. No se presenta, pero tampoco es necesario. Ya sé que se llama Jake Sousa.

Lo conozco porque vivimos juntos un año entero.

—Conozco a la señorita Shaw —consigue decir—. Nosotros..., eh... En fin, yo me encargo, Morales. Gracias.

No me imagino cuántos inspectores hay en el Departamento de Policía de Nueva York. ¿Cientos? ¿Miles? ¿Por qué han tenido que asignarle este caso a Jake? ¿No podría haber sido otro que no me traiga recuerdos dolorosos?

Jake da unos pasos vacilantes hacia mí, como si no estuviese seguro de que no vaya a saltar y arrancarle la cabeza de un bocado. Es una clara posibilidad. Aprovecho la oportunidad para echar un vistazo a mi exnovio. Por desgracia, sigue teniendo un aspecto estupendo. Casi cuarenta años, con un leve rastro de canas en las sienes. Es tan alto como el Kevin Real, pero, en lugar de estar en los huesos, es musculoso y todavía se le da de maravilla rellenar un traje. Poso los ojos en su mano izquierda. No tiene anillo de casado, pero no me sorprende. Estará soltero hasta el día en que se muera.

Jake me mira con una sonrisa forzada.

—Sydney —dice—. Cuánto tiempo.

—Sí —respondo tensa. No creo que sea una coincidencia que esté aquí. Me niego a creer que a mi antiguo novio le hayan asignado el caso por simple casualidad.

—Cuando he oído la dirección, he pedido que me asignaran el caso —explica por fin—. Recuerdo que fue aquí donde estuve reenviando tus cartas el año después de que te mudaras.

—Entiendo.

Desearía con todas mis fuerzas que no estuviera aquí ahora. Esto ya es bastante duro sin tener que enfrentarme a mi ex por primera vez desde nuestra ruptura.

Jake se sienta a mi lado en el sofá, con sus ojos marrones a la altura de los míos.

—Oye, Sydney. No voy a fingir que esto no resulta incómodo. Pero tengo que hacer mi trabajo.

No contesto, aunque reconozco que tiene razón.

—Necesito tu ayuda —continúa con esa voz firme y grave tan suya. Jake siempre consigue que creas que lo tiene todo bajo control. Es algo que me encantaba de él—. Debemos encontrar al monstruo que le ha hecho esto a tu amiga.

Me limpio las lágrimas que aparecen por el rabillo de mi ojo derecho. Está en lo cierto. Tengo que apartar a un lado mi sentimiento de rabia hacia Jake porque lo más importante es que se haga justicia con Bonnie.

—Está bien.

—En primer lugar, cuéntame lo que ha pasado esta mañana.

La voz me tiembla un poco mientras le hago un resumen de todo lo sucedido durante la mañana, incluido lo de bajar al apartamento de Bonnie, encontrarme con Randy en la puerta y, después, hallar el cadáver despedazado en su dormitorio. Esto no ha sido un crimen pasional. A Bonnie la han torturado. La han mutilado.

Jake escucha en todo momento con esa actitud calmada e intensa que siempre tiene. De todos los hombres que he conocido, Jake es a quien se le da mejor escuchar. Hace que sientas que se ha olvidado de todo lo demás y que tú eres la única persona que existe en el universo.

—Lo siento mucho, Syd —dice cuando termino mi relato—. Parece espantoso. Pero tienes mi palabra. —Coloca una mano sobre su pecho—. Voy a encontrar a la persona que le ha hecho esto y voy a hacer que pague.

—Gracias —contesto en voz baja. Y le creo de verdad.

—Y ahora dime. —Se aclara la garganta—. ¿Conoces a alguien que quisiera hacerle daño a Bonnie?

—No, era estupenda. Caía bien a todo el mundo.

—¿Estaba saliendo con alguien?

Salía con todos. Pero no quiero decir eso. Parecería que estoy tildando a Bonnie de prostituta a título póstumo. De todos modos, estaba tratando de tener una relación exclusiva con alguien.

—Salía con muchos hombres. Utilizaba la aplicación de Cynch. ¿La conoces?

—La conozco.

—¿Se puede buscar con quién quedaba por la aplicación?

—Sí, lo estamos mirando. No había rastro de que la puerta

estuviera forzada, así que quien haya hecho esto era alguien a quien conocía y le dejó pasar.

No le cuento a Jake nada que él no sepa ya. Es de esas personas que siempre van un paso por delante. Aun así, quiero darle un dato que quizá no conozca todavía. Algo que pueda ser importante.

—Pero había alguien especial —digo.

—Ah, ¿sí? —Me mira con interés—. ¿Quién es?

—Un hombre con el que ha estado saliendo el último año —le explico—. Pero hace poco decidieron ser una pareja cerrada.

Asiente despacio.

—¿Cómo se llama?

Abro la boca, pero no sale ningún sonido. ¿Cómo diablos se llamaba? Nos dijo su nombre, ¿no? Juraría que lo dijo en algún momento. Algo que empezaba por… ¿J, quizá? ¿O era por G?

A lo mejor no nos lo dijo. Siempre era muy reservada con respecto a los hombres que le gustaban de verdad porque no quería echarle mal de ojo. Y lo cierto es que yo estaba tan celosa de su reciente felicidad que no me esforcé mucho por conocer más detalles.

—No lo sé —confieso—. Pero me dijo que era médico.

—¿Qué tipo de médico? ¿Dijo dónde trabajaba?

No y no.

—Lo siento.

Jake me mira como si fuera la persona más inútil del mundo. Y no lo culpo. Bonnie era una de mis mejores amigas y no sé absolutamente nada de ese hombre que la tenía tan enganchada. ¿Por qué? ¿Por qué no la obligué a que nos dijera su nombre?

—Le estuvo enviando mensajes anteanoche —recuerdo—. Habían salido juntos y, después, estuvieron enviándose mensajes. Puedes mirar su teléfono y ver a quién escribió.

Se rasca el mentón como si estuviese pensando si decirme algo. Por fin, suelta un suspiro.

—Hemos visto los mensajes de su teléfono de lo que parecía un novio. Pero todos procedían de un teléfono de prepago.

Un escalofrío me recorre la espalda. El médico sexy del que Bonnie estaba enamorada el otro día le había estado enviando mensajes desde un teléfono de prepago. Por supuesto, es probable que no fuese médico. Posiblemente, todo lo que le decía era mentira. Aunque le hubiese dicho su nombre, es probable que no fuera el verdadero.

¿Es posible que ese hombre planeara matar a Bonnie desde su primer encuentro?

—Entonces es él. —Trago el nudo que siento en la garganta—. Ese tipo con el que se veía es el que la ha matado.

—Es una posibilidad que estamos considerando —confiesa él—. Pero no es la única.

Parece muy evidente y, sin embargo, no se equivoca. Hay otras posibilidades. Por ejemplo, hay un hombre que tiene una llave del apartamento de Bonnie. Un hombre que podría haber entrado sin ningún esfuerzo. Un hombre con el que la misma Bonnie temía quedarse a solas.

Pero ¿podría yo señalar de verdad a Randy? Es el novio de una de mis mejores amigas y le conozco desde hace años.

Y, sin embargo, si es capaz de hacerle esto a Bonnie, es mi obligación contárselo a los demás.

—Oye —digo—. Nuestro encargado de mantenimiento del edificio, Randall Muncy..., tiene la llave del apartamento de Bonnie y...

Jake asiente despacio. No parece nada sorprendido al oír esto.

—El señor Muncy tiene una coartada para anoche. Su novia estuvo con él todo el tiempo.

Claro. No me sorprende que Randy y Gretchen pasaran la noche acurrucados, porque es lo que hacen cada noche. Me alivia saber que Randy no ha podido hacer esto. Pero hay otro posible sospechoso que tengo que mencionar.

—Además —añado—, tuve una cita bastante mala hace un par de noches con un tipo que conocí por Cynch al que probablemente deberías investigar.

—¿Estás saliendo con gente? —suelta.

Le lanzo una mirada mordaz.

—Sí. En fin, ese tipo casi... —No quiero contarle a Jake qué pasó exactamente entre el Kevin Real y yo porque no me puedo enfrentar a la mirada sentenciosa de sus ojos, pero también tengo que asegurarme de que se lo toma en serio—. La cita no fue bien y él apareció de nuevo ayer para tratar de hablar conmigo. Bonnie... salió en mi defensa.

No puedo hablar más por el nudo que tengo en la garganta. Me dan ganas de llorar cuando recuerdo cómo Bonnie le echó ayer la bronca al Kevin Real. Era una amiga de verdad. Si existe una posibilidad de que la hayan matado por mi culpa...

—Oye, vamos a encontrar al hombre que ha hecho esto —me asegura Jake—. Créeme, tenemos muchos recursos destinados a averiguarlo y cuentas con mi garantía personal de que le voy a encontrar. Vamos a investigar a ese tipo de Cynch y a cualquier posible sospechoso hasta que encontremos al asesino. —En su frente aparece una arruga—. Me crees, ¿verdad?

Sí que le creo. No hay nadie más entregado a su trabajo que Jake Sousa. De hecho, esa es la razón de que su primer matrimonio terminara en divorcio. También es la razón por la que puse fin a nuestra relación, al darme cuenta de que no había visto a mi novio más que para una comida durante las dos últimas semanas porque no podía parar de trabajar. «¿Qué sentido tiene mantener una relación con alguien a quien nunca ves?», fue lo que le grité mientras hacía las maletas con mis cosas.

Ni siquiera me prometió tratar de reducir su trabajo. Me dijo, con esa voz sincera tan propia de él, que su trabajo era lo más importante de su vida y que cualquier mujer que estuviera con él tendría que entender eso y respetarlo.

Y esa, señoras y señores, es la historia del primer hombre al que he querido.

Ya no quiero a Jake. Durante un tiempo le odié, pero ahora mismo me alegro de que esté aquí. Si alguien puede averiguar la verdad de lo que le ha pasado a Bonnie es este hombre.

13

Antes

TOM

Mi madre insiste en llevarme al centro comunitario para la feria de la salud porque está al otro lado de la ciudad.

Al principio, le digo que no. Tiene un Chevy sucio y destartalado que parece salido del desguace. Me avergüenza que me vean montado en él. Pero luego se ofrece a dejar que me ponga al volante y me convence. Me saqué la licencia de conducir en verano y apenas la he usado.

—¿Has comprobado los espejos? —pregunta mi madre por enésima vez mientras cambio de carril preparándome para girar a la izquierda.

—Sí, claro.

—Era solo por asegurarme.

—Uf. Mamá, sé conducir.

Por fin, deja de preguntarme por los espejos y los intermitentes y me deja conducir sin más. Solo son unos quince minutos en carro, pero disfruto cada uno de ellos. Puede que el año que viene me deje ir en carro a la secundaria por las mañanas. Muchos de los de último curso van a clase en carro. Yo he ahorrado un poco de las clases particulares y probablemente me compre un carro al menos tan bueno como este.

—Entonces ¿tu novia va a estar? —me pregunta mi madre.

Menos mal que nos hemos detenido en un semáforo en rojo, porque, de no ser así, seguro que me habría chocado contra algo.

—¿Qué?

—Daisy Driscoll. Es tu novia, ¿no?

¿Cómo lo sabe? Me pongo coloradísimo.

—Algo así. Supongo. No lo sé.

Daisy y yo no hemos hablado nunca sobre si somos novios. No estoy seguro de que piense en mí de esa forma. Pero, claro, ¿por qué no? Nos hemos besado. Y no es que yo esté saliendo con nadie más.

Aun así, no quiero hacer suposiciones.

Mi madre sonríe mientras observa mi expresión. Cuando sonríe, las arrugas de su cara se vuelven más marcadas. No sé cómo mi madre ha envejecido tanto últimamente. A veces, me pone triste.

—Daisy es una buena chica —dice—. Me alegra que por fin hayas reunido el valor para pedirle salir.

No sé qué responder a eso. «¿Gracias?». Así que me limito a soltar un gruñido.

—Si alguna vez necesitas algún consejo, Tom…

—No.

—Asegúrate de no olvidarte de su cumpleaños ni del día de San Valentín —dice—. Y a todas las chicas les encantan las flores.

A Daisy no. Casi se pone a llorar cuando arranqué aquella margarita del suelo. A lo mejor puedo regalarle una flor en una maceta o algo así. De todos modos, no me apetece hablarlo con mi madre. En lugar de eso, concentro todas mis energías en no chocar con el carro.

Llegamos al estacionamiento del centro comunitario diez minutos antes. Le doy a mi madre un rápido beso en la mejilla y, después, corro a la puerta con la esperanza de poder pasar un rato con Daisy. Por desgracia, cuando llego es Alison la que está esperando delante de la puerta.

No me apetece aguantar a Alison. Anoche no dormí bien. Me desperté a las dos de la mañana con el ruido de mis padres gritándose. Bueno, mi padre gritaba y mi madre sollozaba. Luego, oí un fuerte golpe y bajé corriendo las escaleras. Para entonces, mi padre ya se había metido en el sótano y mi madre estaba sentada en el sofá fingiendo que no lloraba.

Cuesta volver a dormir después de algo así. Pero lo bueno es que no le vi ningún moretón en la cara. Aunque no sé en el resto del cuerpo.

Intento no pensar en ello. Me pone furioso.

Cuando Alison ve que me acerco, suelta uno de sus típicos refunfuños.

—Vaya, eres tú —dice—. No sabía que venías.

—Daisy me ha pedido que venga —contesto intentando no emplear un tono a la defensiva. ¿De verdad tengo que justificar que me presento voluntario en una feria de la salud?

—Maravilloso —replica sin entusiasmo.

Alison no me ha dicho nada agradable desde que la conozco. Una parte de mí desea preguntarle por qué le caigo tan mal. Pero hay otra que ya sabe el motivo y no quiere oírselo decir.

—Bueno —dice por fin—. Daisy se alegrará de que hayas venido.

—Pues sí.

Se le ocurre una idea y arruga toda la cara.

—Babosa no vendrá, ¿verdad?

—No. —Babosa no vendría a algo así ni aunque su vida dependiera de ello. Ni aunque tuviese oportunidad de enredarse con Alison, cosa que está claro que es imposible.

Se estremece, exagerando el sinsentido de que Babosa esté encaprichado con ella. La verdad es que no comprendo por qué le gusta Alison. Él siempre dice que parece una bibliotecaria sexy, aunque no entiendo qué tiene eso de atractivo, sobre todo para alguien como Babosa.

Estamos delante de un tablón de anuncios grande. Hay un cartel gigante que anuncia clases de guitarra. Me pregunto si a Daisy le gustaría que yo aprendiera a tocar la guitarra. ¿A las chicas no les gustan esas cosas? Haría lo que fuera con tal de impresionarla.

Alison gira la cabeza para seguir mi mirada. Al principio, creo que está mirando el cartel de la guitarra, pero luego dice:

—No la encontraron nunca, ¿verdad?

—¿A quién? —empiezo a preguntar, pero entonces veo qué está mirando. Es uno de esos viejos carteles de la desaparición de Brandi Healy, la que se escapó—. Ah. Supongo que no.

—¿Cuánto tiempo ha pasado?

Me encojo de hombros.

—No lo sé. ¿Cuatro o cinco meses?

—Tú la conocías, ¿verdad?

Una desagradable y fría sensación me recorre la espalda.

—Bueno, sí. Estaba en nuestra clase.

Los ojos de color barro de Alison están clavados en mi cara.

—Ya. Pero tú le dabas clases particulares de matemáticas, ¿no?

Se dispara una alarma en la parte posterior de mi cabeza. Tiene razón. Brandi fue una de mis alumnas hasta que desapareció. Pero ¿y qué? Tampoco es que nadie me culpara de que se escapara. Yo solo era el tonto que la ayudaba a aprobar geometría. La policía apenas habló conmigo.

Abro la boca, aunque no estoy seguro de qué voy a decir. Pero me interrumpe Daisy, que viene corriendo hacia nosotros con su precioso rostro encendido y feliz.

—¡Tom! ¡Alison! —exclama sin aliento—. ¡Han venido!

—Claro que he venido —contesta Alison, cortante.

A pesar del tono de Alison, Daisy la envuelve en un cálido abrazo. Cuando termina de abrazar a Alison, hace lo mismo conmigo. Y nuestro abrazo dura más tiempo. Mucho más tiempo. El suficiente como para sentirme agradecido cuando Daisy me da un delantal de voluntario para taparme la tienda de campaña que va creciendo en mis pantalones.

—Bueno —me dice Daisy—. Tengo que buscarte una tarea, Tom. ¿Sabes cómo tomar la presión arterial?

No.

—Puedo aprender.

Se queda pensándolo, pero después niega con la cabeza.

—Alison, ¿por qué no tomas tú la presión? Pondré a Tom a sacar sangre.

A sacar… ¿qué?

Cuando entramos en el edificio, Daisy me agarra de las manos y me lleva hasta una mujer de mediana edad con un sujetapapeles.

—Hola, Elise —le dice a la mujer—. Traigo un voluntario nuevo para hacer pruebas de diabetes.

Elise me sonríe con el bolígrafo apoyado en el sujetapapeles.

—Eso es maravilloso. ¿Y cómo se llama?

—Es Tom Brewer —contesta ella—. Es mi novio.

La sonrisa de mi rostro se queda congelada. ¿Daisy acaba de decir que soy su novio? ¿De verdad soy su novio? ¿He conseguido pasar la prueba? De repente, estoy dando volteretas en mi cabeza.

Después de que Elise registre mis datos, Daisy me lleva a una mesa con un cartel encima donde dice: PRUEBAS DE DIABETES. Hay varias sillas alrededor de la mesa y algunos medidores de azúcar en sangre.

—Pues lo que tienes que hacer —me explica con un raro tono firme— es usar el glucómetro Accu-Chek para pinchar a la gente y, después, echas una gota de sangre en una de las tiras reactivas para ver el nivel de azúcar.

—No hay problema —contesto.

No dejo que se me note lo mucho que me entusiasma dedicar la tarde a esta tarea. Había supuesto que estaría encargándome de algo parecido a repartir folletos sobre dietas adecuadas y ejercicio. No me había imaginado que estaría clavando agujas a la gente. Jamás pensé que podría hacer una cosa así antes de ir a la facultad de Medicina.

Tengo que empezar a hacer voluntariado en ferias de salud con más frecuencia.

Ella me sonríe.

—Imaginaba que sabrías ocuparte de esto. A Alison le da aprensión, pero sé que a ti no.

—En absoluto.

—Perfecto. Pero no le digas a nadie que tienes menos de dieciocho años porque se supone que los menores de edad no pueden hacer pruebas de azúcar en sangre.

Es la primera vez que Daisy me propone hacer algo inmoral como mentir y, en cierto modo, hace que me guste aún más, y no sabía que eso fuera posible. No puedo dejar de pensar en ella; cuando estamos juntos, es casi abrumador. Me gusta tanto que, a veces, siento como si me estuviera ahogando.

—Por cierto, espero que lo que he dicho antes te parezca bien —añade con voz vacilante.

—¿Qué has dicho?

Cambia el peso del cuerpo de una zapatilla a otra.

—Ya sabes, lo de que eres mi novio. Sé que nunca lo hemos hablado. —Toma aire con cierto temblor—. Es que..., no sé, me ha salido de repente. Pero no es necesario que seas mi novio si no quieres. No tiene mucha importancia.

—No —me apresuro a decir—. Quiero ser tu novio.

Sus ojos azules se iluminan.

—¿De verdad?

No tiene ni idea de cuánto.

—De verdad de la buena.

Daisy parece ponerse muy contenta después de que yo diga eso. Empieza a tararear mientras me enseña la caja de almohadillas del sensor y me explica cómo conectarlas al monitor. Yo la observo con atención, en parte porque me cuesta apartar los ojos de ella y, en parte, porque tengo que saber cómo se hace esto.

Después de que Daisy me lo haya enseñado todo, me pregunta:

—¿Entendido?

—Entendido. —No es ingeniería aeroespacial ni nada parecido.

Inclina la cabeza a un lado.

—¿Quieres practicar conmigo?

El corazón se me acelera. ¿Clavar una aguja en el dedo de Daisy? En cierto modo, no me parece una gran idea. He estado usando toda mi fuerza de voluntad para no pensar en cosas así.

—No sé…

—Vamos. No puedo dejarte con la gente sin una sesión práctica.

¿Y no podría ser con otra persona que no fuera Daisy Driscoll?

Pero no, va a tener que ser con ella. Daisy se sienta en una de las sillas de plástico y no se queda satisfecha hasta que me siento a su lado. Coloca su suave mano sobre la mesa y casi puedo verle el pulso en la arteria radial de su muñeca.

—Tienes que cargar la lanceta en el dispositivo —me explica—. No se pueden volver a usar, evidentemente.

—Ajá.

Daisy me enseña lo que tengo que hacer, pero las manos me tiemblan tanto que hacen falta cuatro intentos para cargar la lanceta. Es bochornoso. De hecho, empieza a reírse.

—¿Por qué tiemblas tanto? ¿No quieres ser cirujano?

Cuando por fin consigo cargar el dispositivo, Daisy me acerca su dedo índice. Aprieto la punta en la suave almohadilla de su dedo. Pulso el botón del lateral y el aparato da una sacudida a la vez que sale la aguja. Cuando lo aparto, sale una gota de sangre roja de la punta del dedo.

—¿Es suficiente sangre? —pregunto.

—Puede que tengas que apretar un poco para que salga más. Yo no sangro mucho.

Sujeto el dedo de Daisy entre los míos y presiono para sacar sangre suficiente para la almohadilla del sensor. Observo fascinado cómo el punto carmesí aumenta de tamaño. Es increíble ver que, aunque Daisy es la chica más atractiva que he visto en mi vida, su sangre es igual que la de todo el mundo. El mismo color, la misma consistencia.

Y, si perdiera dos litros y medio, moriría como cualquier otro.

De hecho, es probable que estuviera muerta con menos de esa cantidad. A lo mejor solo con litro y medio o dos litros. Me imagino cómo el color va desapareciendo de sus suaves mejillas a la vez que su cuerpo se va aflojando. Bueno, se le quedaría flojo al principio. Pero luego terminaría quedándose rígido con el *rigor mortis*. Lo he leído todo al respecto.

Sería muy fácil matar a Daisy. Apenas supondría ninguna dificultad.

—¿Tom? —La voz de Daisy suena cargada de preocupación—. ¿Estás bien? Te has quedado muy pálido.

—Estoy bien.

—Me estás haciendo un poco de daño en el dedo.

Todo lo rápido que puedo, pongo la sangre de Daisy en el sensor. Ella aparta la mano con cierta expresión de inquietud. El monitor de glucosa va contando hacia atrás mientras analiza el nivel de azúcar en su muestra de sangre. Treinta, veintinueve, veintiocho...

—¿Necesitas una curita? —le pregunto.

Se queda mirándome un momento y, después, niega con la cabeza.

—Yo me la pongo.

Toma una curita de la caja de la mesa y se la pone con la otra mano. Le cuesta un poco, pero, cuando intento ayudarla, me aparta. He metido la pata. Debería haber mentido y haberle dicho que sabía tomar la presión arterial. Me las habría ingeniado.

La presión arterial habría sido para mí algo mucho menos peligroso.

—¿Seguro que te encuentras cómodo haciendo esto, Tom? —me pregunta.

—Estoy cómodo.

—¿Seguro?

—Seguro.

Se oye un pitido en el monitor de glucosa. Aparece la lectura de Daisy: 120.

—Es normal si no lo haces en ayunas —explica—. Tienes una tabla de resultados aquí para que la puedas consultar. Si el azúcar en sangre es alto, puedes aconsejarles que vayan a ver a su médico cuanto antes.

—Entendido. —Consigo mirarla con una sonrisa—. Han sido

los nervios de la primera vez. Pero me ha quedado claro. Lo prometo.

Daisy me mira durante un momento largo, pero a continuación su expresión se relaja. Acerca la mano para apretarme el brazo.

—Te creo.

Me pregunto si seguiría pensando lo mismo si supiera los pensamientos que han ido apareciendo en mi cabeza mientras le apretaba el dedo para sacarle la sangre.

14

En la actualidad

SYDNEY

Gretchen y yo hemos agotado una caja entera de pañuelos esta noche. Y una botella de vino.

Después de cada copa de vino, nuestros recuerdos de Bonnie han ido volviéndose cada vez más tristes. Gretchen tiene los ojos y la nariz rojos e hinchados y estoy segura de que, si me viera en el espejo, tendría el mismo aspecto. Se ha hecho tarde, pero no parece que quiera irse. Y yo no quiero que se vaya.

—¿Alguna vez viste a Bonnie ensayando sonrisas? —me pregunta Gretchen.

—¿Ensayando sonrisas?

—¡Sí! —Se las arregla para sonreír a pesar de las lágrimas—. La sorprendí una vez haciéndolo delante del espejo. Me dijo que le gustaba ensayar distintas sonrisas para situaciones diferentes y no mirar raro a la gente. Por ejemplo, tenía una sonrisa si estaba contenta, evidentemente. Y otra si estaba tratando de impresionar a un cliente. Y otra sonrisa diferente si alguien hacía alguna tontería.

—Vaya —contesto—. ¡No tenía ni idea! ¿Qué sonrisa crees que nos dirigía a nosotras?

Gretchen parece ofendida.

—La sonrisa de verdad, por supuesto.

—Puede ser…

Aunque una parte de mí se pregunta si Bonnie tenía una faceta que ignorábamos. Pese a que llegué a conocerla bastante bien, había un lado de Bonnie que no conseguía entender. Por ejemplo, estaba enamorada del doctor Bombón, quería tener una relación de pareja cerrada con él y, sin embargo, nunca nos dijo siquiera su nombre ni nos lo presentó.

Si lo hubiera hecho, quizá todo hubiese sido distinto. A lo mejor no se habría arriesgado a matarla de haber sabido que sus amigas podrían identificarlo.

Esa idea hace que los ojos se me vuelvan a inundar de lágrimas.

—Ah, oye. —Gretchen busca en su bolso—. Te he traído una cosa.

Agarro otro pañuelo y me seco los ojos.

—¿Qué?

Con gesto triunfante, saca dos coleteros.

—Bonnie se los dejó en mi apartamento. He pensado que podríamos ponérnoslos. En su honor, ya sabes.

Acepto con solemnidad el coletero y meto mi pelo entre la tela. Gretchen hace lo mismo. Por supuesto, las dos tenemos un aspecto ridículo. Solo Bonnie era capaz de lucir bien estos coleteros.

Gretchen agarra de mi mesita de centro su copa, que contiene el resto de vino tinto de la botella que esta mañana estaba llena.

—Por Bonnie.

Choco mi copa de vino contra la suya.

—Por Bonnie.

Y, a continuación, las dos nos bebemos lo que queda de tinto. Ojalá tuviéramos otra botella. Debo guardar una en casa por si en un futuro próximo asesinan a otra de mis amigas más íntimas.

Gretchen toma aire con un sonido tembloroso.

—Será mejor que me vaya a casa. Se está haciendo muy tarde.

No quiero que se vaya, pero no puedo negar que es casi medianoche. Yo debería intentar acostarme, pero estoy segura de que no voy a dejar de dar vueltas en la cama.

—¿Quieres que llame a un Uber?

Niega con la cabeza.

—Voy a pasar la noche en el apartamento de Randy.

Es verdad, Gretchen no tiene que pasar la noche sola como yo.

—¿Cómo se encuentra?

Sigo teniendo sentimientos contradictorios con respecto a él, pero debo admitir que esta mañana Randy se ha portado genial. En cuanto empecé a gritar, apareció a mi lado al instante. Yo estaba a punto de desmayarme, pero él tomó el control de la situación. Me llevó a la sala de estar, cerró la puerta del dormitorio tras él y, a continuación, llamó a emergencias. En ese momento, yo prácticamente hiperventilaba, pero él estaba completamente calmado. Lo agradecí, aunque él también debía de estar impactado.

—Se encuentra bien —contesta Gretchen—. Estas cosas se las toma con filosofía.

¿Se toma con filosofía encontrarse un cuerpo mutilado? Okey...

—En fin... —Gretchen se frota sus hinchados ojos mientras se pone de pie—. Me voy, pero hablamos mañana, ¿okey?

Mientras la acompaño a la puerta, lo único que se me ocurre pensar es que no quiero que Gretchen se vaya. Es tarde, pero estoy segura de que podemos encontrar otra botella de vino. Lo único que quiero es que Gretchen se quede en mi apartamento y sigamos recordando a Bonnie hasta que se me cierren los ojos.

Pero no puedo impedirle que se vaya. Me abraza en la puerta y, después, veo cómo va por el pasillo hasta el ascensor. Mantengo la puerta abierta hasta que se ha ido.

Y ahora estoy sola.

Hay veces en las que me encanta disfrutar del apartamento yo sola. He tenido compañeras de apartamento bastante malas en el pasado y soy del tipo de personas que aprecia la soledad. Pero ahora mismo la odio. El apartamento me parece vacío. Me siento absoluta y completamente sola.

Como no hay más vino, entro en la cocina a buscar la segunda mejor opción: un bote de helado. Miro el sabor. Menta con chispas de chocolate. Odio la menta con chispas de chocolate. Teniendo en cuenta que vivo sola, no estoy segura de por qué el único helado que tengo en el congelador es un sabor que ni siquiera me gusta, pero después me acuerdo de que lo trajo Bonnie. Estuvimos cenando juntas. Yo cocinaba y ella se encargaba del postre. Le reproché que hubiera traído el sabor de helado que menos me gusta, pero su respuesta fue: «Es helado, Sydney. Por definición, cualquier sabor es bueno».

Al parecer, voy a llevar un coletero mientras como helado de menta con chispas de chocolate en su honor.

Vuelvo a tirarme en el sofá con mi helado. Puede que no sea mi sabor favorito, pero, aun así, me sabe de maravilla. O sea, es helado. Nada puede salir mal.

Mientras lo engullo, agarro el teléfono. Lo primero que hago es abrir la aplicación de Cynch. Esta mañana me dediqué a buscar al Hombre Misterioso. Parece como si hubiesen pasado cien años. Ahora mismo no puede estar más alejado de mi mente.

Esta vez, escribo algo muy específico en el buscador. Escribo el nombre de Jacob Sousa.

Y ahí está.

15

Si alguna vez necesité la confirmación de que Jake seguía soltero, ya la tengo. Todavía está en Cynch. Todavía busca a la definitiva, después de haberse convencido de que yo no lo era.

Jake está atractivo en su foto. No es una foto falsa como la de Kevin. Lo representa más que la mayoría de las fotos de la gente, pero no me sorprende. Jake no ha sido nunca del tipo de hombres que tenga algo que ocultar. Lo que ves es lo que hay. Va vestido con la misma camisa y corbata que suele ponerse para trabajar y luce su perpetua barba de dos días. Lo juro, cinco segundos después de afeitarse, la barba vuelve a crecerle al instante. También le tapa algunas marcas de acné que le han quedado de la adolescencia, aunque cuesta imaginarse a Jake como un adolescente flacucho. Parece haber salido al mundo ya con treinta y cinco años.

Leo los datos que Jake ha puesto en su perfil. «No tiene hijos. Quiere hijos. No fumador. Sin afiliación política. Pasatiempo favorito: ver fútbol americano».

Bueno, eso es mentira. Jake no tiene tiempo para entretenimientos.

En el apartado de lo que busca ha escrito: «Quiero encontrar una mujer con la que reunirme en casa al final de una larga noche de trabajo, disfrutar de una cena caliente juntos y ver una película en la televisión».

Más mentiras. Jake no quiere una mujer con la que reunirse en casa. No quiere volver a casa.

A pesar de mi efervescente resentimiento, cuando miro su foto me acuerdo de esa sensación que tenía cuando estaba con él. Nos conocimos por Cynch hace años, después de que los dos pasáramos por montones de malas citas, y en cuanto lo vi... En fin, fue un flechazo. Supe que no iba a tener más citas malas en mucho tiempo.

¿Por qué no pudo salir bien? Jake y yo deberíamos estar ahora casados. Deberíamos tener hijos y un Facebook lleno de odiosas fotos de bebés.

Busco los contactos de mi teléfono y, como era de esperar, el nombre de Jake sigue estando. Una mujer más inteligente lo habría borrado después de nuestra ruptura, pero yo no lo hice. Siempre que no haya cambiado de número, sigo teniéndolo guardado en mi teléfono.

Antes de poder evitarlo, pulso en su nombre.

Me parece poco probable que de verdad responda al teléfono —al fin y al cabo, es medianoche y está trabajando en un caso—, así que me sorprendo cuando oigo su voz grave al otro lado de la línea. Bueno, me sorprendo hasta que recuerdo que ese hombre jamás duerme.

—¿Sydney?

—Hola.

No me pregunta por qué llamo, pero el hecho de que no me haya borrado de su teléfono indica muchas cosas.

—Hola.

A pesar de estar igual de sola que un minuto antes, me siento mejor ahora que tengo a Jake al otro lado. Siempre sabe cómo transmitirme seguridad. Su presencia puede llenar una habitación, incluso por teléfono.

—¿Cómo va el caso? —le pregunto—. ¿Has encontrado a ese novio?

—Sabes que no puedo hablarte de eso, Syd. Es una investigación en curso.

Jake siempre se ciñe a las normas.

—Está bien. Lo entiendo.

Suelta un largo suspiro.

—Puedo decirte que aún no hemos arrestado a nadie.

—¿Tienen algún sospechoso?

Vacila.

—No.

Estupendo. Así que el tipo que ha matado a Bonnie sigue por ahí mientras ella está en la morgue.

—No lo entiendo. ¿No tienen una tecnología increíble para buscar huellas y ADN? ¿Cómo es posible que no hayan detenido al asesino?

—No es tan sencillo, Sydney. Tenemos ADN y huellas dactilares, pero no hay ninguna correspondencia en nuestra base de datos. —Hace una pausa—. Bueno, salvo Randall Muncy, pero sabemos que no es nuestro hombre.

—Estupendo.

He llamado a Jake en busca de consuelo y quizá para averiguar si han agarrado al cabrón que ha hecho esto. Pero saber que ni siquiera tienen sospechosos... En fin, estoy asombrada. ¿Cómo es posible que no puedan localizar al novio de Bonnie?

—Oye, ¿sigues viviendo sola? —me pregunta.

Se me eriza la piel.

—¿Perdona?

—No, lo que quiero decir... —Se aclara la garganta—. Deberías tener cuidado. Asegúrate de cerrar la puerta con llave. ¿Tienes cerrojo de seguridad?

—Sí.

—Pues úsalo. ¿Sigues en Cynch?

—Sí.

—¿Crees que podrías tomarte un descanso durante un tiempo?

Aprieto los dientes.

—Anoche asesinaron a una de mis mejores amigas. No estoy pensando precisamente en mi próxima cita.

—Okey, bueno. Bien.

Esta conversación me está poniendo nerviosa.

—¿Hay alguna razón por la que debería estar preocupada, Jake?

Se queda en silencio durante un largo rato, y, si estuviera sentado a mi lado, me darían ganas de retorcerle el cuello.

—Está bien —dice por fin—. Te voy a contar una cosa que todavía no hemos filtrado a la prensa. Pero creo que deberías saberlo.

—¿Saber qué?

—¿Me juras que esto se queda entre nosotros?

—¡Sí!

—Antes no he sido del todo sincero contigo. —Jake toma aire—. La verdad es que sí ha habido una correspondencia de huella dactilar.

Ahogo un grito. Eso es genial. Significa que deben de andar cerca de arrestar a alguien.

—¿Y por qué no han detenido ya a ese hombre?

—Porque no sabemos de quién son las huellas.

Frunzo el ceño.

—No lo entiendo. Entonces ¿con qué tienen correspondencia?

—Con la escena de otro crimen.

Se me revuelve el estómago cuando caigo en la cuenta de lo que está tratando de decirme. Las huellas en el apartamento de Bonnie coinciden con las que encontraron en otro crimen. ¿Significa eso…?

—Fue otra mujer de, más o menos, la edad de Bonnie —me explica—. Se parecía también un poco a ella. Y había otros detalles que eran parecidos. Como lo que le hizo al cuerpo antes y después de matarla.

Oí que uno de los agentes de policía decía que creían que a Bonnie la habían torturado antes de matarla. Es del tipo de cosas que cuesta sacarse de la cabeza.

—¿Algo en particular que fuese parecido? —pregunto.

—Sí —me confirma—. Pero tienes que jurar que no vas a contárselo a nadie, Syd. No es información pública, pero mereces saberlo.

Por su forma de decirlo, ni siquiera estoy segura de querer saber nada más. Y, sin embargo, no voy a poder dormir esta noche si no me lo cuenta.

—¿Qué es?

—A las dos mujeres... les habían cortado un mechón grande de pelo muy cerca del cuero cabelludo, exactamente en el mismo punto. Y no hemos podido encontrar el pelo por ningún sitio en los apartamentos. Así que parece que el asesino se lo pudo llevar... como recuerdo.

Y ahora me imagino a un lunático guardando el pelo de Bonnie en un frasco de su sótano.

—La otra víctima también había salido con muchos hombres de Cynch —añade Jake—. Pudieron localizar a varias de sus citas recientes y descartarlos como sospechosos, pero había huellas en el apartamento y también ADN que no pudieron identificar.

—¿Cuándo fue eso?

—Hará unos dieciocho meses.

Bonnie me dijo que había empezado a salir con ese hombre hacía como un año. Así que, al parecer, asesinó a una mujer, se dio un descanso de seis meses y, después, encontró a su siguiente víctima.

La cabeza me da vueltas y no es por el vino. Lamento haberme comido ese helado de menta con chispas de chocolate, porque siento que voy a vomitarlo todo.

—Sydney —dice con firmeza—. Vamos a encontrar a ese hombre. Te lo prometo.

—Todavía no lo han encontrado.

—Oye, si no fuese un crimen pasional, tardaríamos más tiempo. —Aparece en mi mente la sensual arruga que se le pone entre sus oscuras cejas—. Un asesino en serie que hubiese preparado esto con antelación habría borrado mejor su rastro. Es evidente que tuvo cuidado de no dejarse ver con ella en público ni aparecer juntos en redes sociales. ¿Quién sabe si ella conocía siquiera su verdadero nombre? Pero no te preocupes. Vamos a encontrarlo. Tarde o temprano.

No sé si creerle, pero ¿qué alternativa me queda? No es que yo tenga ningún control sobre este caso. Pero creo que, si de verdad piensan que hay un asesino en serie deambulando por la ciudad cuyo objetivo son mujeres jóvenes, van a hacer todo lo que esté en su mano por encontrarlo.

—Syd —me dice—. ¿Estás bien?

Miro mi botella de vino vacía, mi caja de pañuelos vacía y el helado que se derrite.

—He estado mejor.

—¿Quieres que vaya?

Mi rostro se enciende.

—¿Me estás pidiendo que tengamos sexo?

—¡No! Dios, no. —Veo que se aturulla de una forma que antes me resultaba muy encantadora—. Solo he pensado que a lo mejor no quieres estar sola esta noche. Y yo podría..., ya sabes, estar ahí. En tu sofá, evidentemente. Si quieres.

—¿No tienes que dormir un poco?

—¿Dormir? ¿Qué es eso?

A pesar de todo, suelto una carcajada. Era verdad que Jake parecía resistir solo con un par de horas de sueño cada noche.

—No te preocupes —respondo—. Mi amiga Gretchen ha estado aquí toda la noche. Y ahora me voy a acostar. Además, sería raro si vinieras.

—Yo no permitiría que resultara raro.

—No sé si depende solo de ti. —Suelto un bostezo—. En fin, supongo que voy a intentar irme a dormir ahora.

—Okey —responde—. Pero asegúrate de echar el cerrojo.

—Dios —murmuro—. No te preocupes tanto. Esta noche no va a entrar nadie en mi casa para asesinarme. Me parece muy poco probable.

—Tú hazlo.

—Sí, mamá —gruño—. En fin, buenas noches. Y gracias por las aterradoras noticias.

—Buenas noches, Syd.

Colgamos y, por un momento, lo único que puedo hacer es quedarme ahí sentada, mirando la pantalla negra de mi teléfono. Y después me levanto del sofá, me acerco a la puerta del apartamento y me aseguro de que el cerrojo está echado.

16

Antes

TOM

Me despierto bañado en sudor.

Estaba soñando con Daisy. *De nuevo*. Alguna que otra noche sueño con ella. Y, cada vez, me despierto con el corazón acelerado y las sábanas empapadas.

En este sueño, Daisy y yo estábamos juntos en la cocina, preparando comida. Cuando era niño me encantaba cocinar con mi madre, y todavía me sigue gustando, a pesar de que mi padre dice que cocinar es «cosa de mujeres». Aprendí a afilar cuchillos con el borde de una taza de cerámica, así que todos los cuchillos de nuestra cocina están muy afilados. Demasiado afilados.

Daisy estaba cortando unas judías verdes cuando soltó un grito. En la vida real, lo único que podría haberse hecho es un corte en la punta del dedo, pero en mi sueño se las había arreglado de algún modo para rebanarse la mano entera. La mano cortada estaba en la mesa, con los dedos retorciéndose. Y Daisy me miraba con sus ojos azules llenos de lágrimas. «He tenido un accidente, Tom».

«¿Qué debo hacer?», preguntaba yo desesperado mientras veía la sangre saliéndole a borbotones del muñón del brazo izquierdo.

«Bueno —contestaba Daisy—. Ahora estoy descompensada, así que vas a tener que cortarme la otra mano para volver a ser simétrica».

Incluso en mi sueño, yo reconocía que eso no era una buena idea. Pero sacaba obediente el cuchillo de trinchar del bloque de cuchillos mientras Daisy colocaba la mano derecha sobre la encimera de la cocina. Levantaba el cuchillo por encima de mi cabeza y lo dejaba caer con fuerza sobre su antebrazo derecho. Le hacía un corte limpio en el hueso y le rebanaba la mano derecha.

Y fue entonces cuando me desperté.

Unas tres o cuatro veces a la semana tengo un sueño en el que estoy apuñalando o estrangulando a mi preciosa novia. En dos ocasiones me he imaginado sujetándola debajo del agua hasta que se ahogaba. Y cada vez que me despierto, siento una oleada de alivio.

No lo he hecho. No le he hecho nada. Daisy está bien.

Pero esta noche mi alivio solo dura unos segundos. Es lo que tardo en darme cuenta de qué me ha despertado. Es el sonido de unos gritos.

Mi madre está gritando.

Me levanto de la cama de un salto sin molestarme en vestirme, así que estoy solo con mi camiseta blanca y mis calzoncillos. Llevaba mucho tiempo sin oírla gritar así. Durante un tiempo, cuando era niño, pasaba continuamente. Mi madre me ordenó que no saliera de mi habitación si oía voces. «Escóndete en el armario, Tommy —me dijo—. Prométeme que no saldrás hasta que yo te lo diga».

Cuando bajo, me doy cuenta de que los gritos vienen de la cocina. El sonido de la voz atronadora de mi padre resuena por toda la casa.

—¡No es asunto tuyo lo que yo haga cuando salgo, carajo! —le grita—. ¡Tu deber es estar arreglada y tener la cena en la mesa por las noches! ¡Y las dos cosas se te dan muy mal!

Se oye otra cosa rompiéndose en la cocina. Le está tirando más platos. Mi cuerpo se ve invadido por una rabia candente. No puede hablarle así a mi madre. A lo mejor cuando yo era niño podía salirse con la suya. Pero ya no.

Solo que sigue siendo más grande que yo. Tengo que igualar la situación.

Necesito un arma.

La mayoría de las cosas de esta casa que podrían servir de arma están en la cocina, y él también se encuentra ahí dentro. Miro por la sala de estar y mis ojos se posan en el atizador que está apoyado en la chimenea. El extremo del atizador es lo suficientemente afilado como para atravesar la piel. Me imagino hundiéndolo hasta el fondo en el pecho de mi padre.

Sí, eso servirá.

Entro en la cocina con el atizador en la mano derecha. Mi madre está acurrucada en el suelo, con las manos sobre la cara mientras llora, y mi padre está de pie encima de ella, apestando a whisky. Llego justo en el momento en que él le lanza una taza de cerámica a la cabeza y se rompe en pedazos a dos centímetros de su cara mientras ella vuelve a gritar.

—Eh —le gruño—. Déjala en paz.

Aunque he hablado, mi padre tarda un poco en darse cuenta de que estoy en la cocina. Y, cuando me mira, sonríe con suficiencia al verme en ropa interior.

—Vete a la cama, niño —dice.

Nunca me llama por mi nombre. Siempre dice «niño» o «muchacho». Pues esta noche va a descubrir que ya no soy un niño.

—Déjala en paz. —Levanto el atizador de la chimenea con gesto amenazante—. O ya verás.

Mi padre me mira de arriba abajo. Se queda observando el extremo afilado del atizador en mi mano derecha y, después de unos segundos, suelta una carcajada. Mira a mi madre.

—¿Te puedes creer a este hijo tuyo, Luann? Amenazándome con un atizador de la chimenea.

Mi madre levanta la cara de entre las manos. No sé si tiene los ojos hinchados por haber llorado o porque él le ha pegado.

—Tommy, por favor, no te metas. Vuelve a tu habitación.

—Haz caso a tu madre, muchacho —dice él—. Vuelve a tu habitación y no te metas donde no te llaman.

—No. No me voy.

Mis ojos miran directamente a los suyos. Me parezco mucho más a mi madre —tengo su nariz, su mentón y su complexión—, pero él y yo tenemos los mismos ojos. Oscurísimos y fijos como un rayo láser en lo que queremos ver.

Con dos pasos rápidos, mi padre atraviesa la cocina. Por un momento, está lo bastante cerca como para que pueda golpearle. Podría hincarle la afilada punta del atizador en su barriga cervecera y todo habría acabado. Jamás volvería a hacer daño a mi madre.

Pero vacilo. Al fin y al cabo, es mi padre. ¿De verdad podría hacerlo?

Esa duda es suficiente. Extiende la mano y me quita el atizador de las manos antes de que yo pueda impedirlo.

—Muy bien, Tom. —Tiene sus ojos oscuros clavados en mí—. ¿Qué estabas diciendo?

No me lo puedo creer. ¿Cómo he dejado que esto termine volviéndose contra mí? Mi madre, que antes estaba encogida en el suelo, consigue ponerse de pie y se lanza desde el otro extremo de la cocina.

—¡No te atrevas a hacerle nada, Bill!

Él la aparta fácilmente con un empujón, como si fuese una muñeca de trapo. Su cuerpo vuelve a caer al suelo y se golpea la cabeza con el lateral del mueble de los fogones haciendo un ruido seco y espantoso. El golpe no es suficiente para dejarla sin sentido, pero se queda sin fuerzas.

Y ahora solo estamos mi padre y yo, él con el atizador en su mano derecha.

—Escúchame, niño. —Su voz suena grave y amenazante—. Lo que pase entre tu madre y yo no es asunto tuyo. ¿Entendido?

No le respondo. Levanta el atizador y lo lanza sobre mi vientre. No es suficiente para rasgarme la piel, pero sí me rompe la camiseta y yo suelto un gemido de dolor.

—¡Bill! —solloza mi madre en el suelo—. ¡Para, por favor! ¡Por favor!

Él gira la cabeza.

—Cállate, Luann. O te juro por Dios que le atravesaré el vientre con este atizador.

Lo haría. Está lo bastante borracho y es lo bastante malvado, y no hay forma de que yo pueda quitarle el atizador de las manos. Un buen empujón y la punta me atravesará la piel y los intestinos. Será una forma espantosa de morir.

—¿Nos vas a dejar en paz a partir de ahora, muchacho? —gruñe mi padre.

Como yo no contesto, empuja el atizador con más fuerza. La punta afilada me rasga la piel y el blanco de la camiseta rajada se vuelve rápidamente rojo con la sangre. El dolor es lo bastante intenso como para hacer que mis rodillas se tambaleen. Mi madre está llorando y suplicándole que no me haga daño, pero no se mueve. Sabe que no puede ayudarme.

Una parte de mí quiere que lo haga. Que me mate y, después, pase el resto de su vida en la cárcel para que mi madre esté a salvo. Pero otra parte mucho mayor no desea morir. Hay muchas cosas que quiero hacer en la vida. Quiero ser cirujano. Quiero perder la virginidad con Daisy Driscoll y, algún día, casarme con ella. No estoy seguro de si todo eso será posible, pero sé qué es lo que *no* quiero. No quiero morir en la cocina de esta casa sucia y en ruinas a manos de mi padre.

—Muy bien —contesto con voz ronca. Levanto las manos en el aire—. Lo que tú digas.

Suelta un fuerte resoplido.

—¿Y qué vas a hacer si oyes algo en mitad de la noche? ¿Vas a ocuparte de tus asuntos?

—Sí —respondo con los dientes apretados.

—¿Qué? No te he oído muy bien.

—Sí.

Satisfecho, mi padre baja el atizador. El fuerte dolor desaparece, sustituido por otro más apagado. La parte inferior de mi camiseta está empapada con mi sangre. Tengo que limpiármela antes de irme a la cama. No quiero llenar de sangre todas las sábanas.

—Vete de aquí, muchacho —me ordena mi padre.

No quiero bajo ningún concepto dejar sola a mi madre, pero ella me está suplicando con la mirada, así que obedezco. Pero esto no ha terminado. Cualquier día, él va a pasarse de la raya y la va a matar. Y no voy a permitir que eso ocurra.

17

En la actualidad

SYDNEY

Hoy es el funeral de Bonnie.

Se celebra en una iglesia de Brooklyn, que es donde viven sus padres. Resulta irónico, porque estoy bastante segura de que durante el tiempo que conocí a Bonnie ni una sola vez pisó una iglesia. No es que no fuese religiosa exactamente, pero… En fin, no era religiosa. Pero tampoco antirreligiosa. No le ofendería que su funeral se celebrara en una iglesia, sobre todo si es eso lo que sus padres quieren.

Lo que podría haberle resultado más ofensivo es necesitar un funeral a los treinta y tres años.

Gretchen, Randy y yo estamos apretados en el interior de un taxi amarillo de camino a Bensonhurst, con el intenso olor de los asientos de piel calientes. Randy quería que tomáramos la línea D en lugar de un taxi, pero no me apetecía tener que enfrentarme al metro con mi elegante atuendo de funeral. ¿Y si pasa algo y no llegamos a tiempo? Bonnie era una obsesa de la puntualidad. Nos perseguiría durante un año al menos si llegamos tarde.

—¿Has traído pañuelos desechables? —le pregunto a Gretchen, que está metida a presión en el asiento de atrás entre Randy y yo.

—Montones —confirma.

—¿Por qué necesitan tantos pañuelos? —pregunta Randy—. ¿Es que va a haber comida?

Randy lleva un traje azul marino que casi puede pasar por negro. Parece que ha hecho un intento de peinar su pelo castaño oscuro habitualmente revuelto, pero, como lleva la ventanilla abierta durante todo el trayecto en taxi, esa ardua labor ha quedado deshecha por el viento.

—Vamos a un funeral —le recuerdo. Cuando veo que me mira sin entender, añado—: Es triste.

—Está bien, pero... —Frunce el ceño—. A ver, eran solo amigas, no es que fuera tu hermana o tu madre.

No puedo evitar mirar a Randy con expresión de asombro. Ni siquiera está intentando ser un cretino. De verdad no entiende por qué tendríamos que estar tristes por la muerte de Bonnie. Por suerte, antes de que yo diga nada de lo que me pueda arrepentir, Gretchen le da un codazo en las costillas.

—Eres un imbécil —sisea.

Bien dicho.

La iglesia es un edificio gigantesco que parece ocupar media manzana. Mis ojos recorren la torre, que tiene una cruz en lo alto. El taxi se detiene delante de lo que parecen unas escaleras infinitas para acceder al interior.

Antes de que pueda agarrar mi bolso, Randy le da al conductor un puñado de billetes.

—Pago yo —nos dice—. Es el funeral de su amiga y están tristes.

Me siento un poco culpable porque no creo que Randy gane mucho dinero con el mantenimiento del edificio, pero he aprendido a comportarme de forma cortés cuando la gente se ofrece a pagar. Bajo del taxi y Gretchen sale detrás de mí. Trata de estirar una falda negra que deja ver sus delgadas pero bien torneadas piernas.

—Uf —dice—. ¿Crees que esta falda es demasiado corta para un funeral?

—Está bien —contesto, aunque en el fondo pienso que es demasiado corta. Pero ¿qué se supone que va a hacer? No puede volver a casa a cambiarse, precisamente.

Estoy a punto de ir detrás de Randy y Gretchen por las largas escaleras que llevan a la puerta cuando veo a un hombre apoyado en el lateral de la iglesia. El estómago se me revuelve un poco al reconocer al inspector Jake Sousa. Les digo a mis amigos que sigan y me guarden un asiento y, a continuación, me acerco a Jake con el bolso agarrado al pecho.

Jake me ha visto un segundo después de verlo yo a él. Me saluda con una triste sonrisa.

—Mi más sentido pésame —dice.

No quiero que me dé el pésame. Solo me importa una cosa.

—¿Han arrestado a alguien ya?

Deja caer la cabeza.

—No, por desgracia.

No me lo puedo creer. Ha pasado una semana desde el asesinato de Bonnie y, cada día que pasa, hay menos probabilidades de que arresten a nadie.

—¿Han encontrado a su novio?

Niega con la cabeza.

—Por eso he venido. Tengo la esperanza de que pueda aparecer.

—¿Crees que será tan tonto?

—Los asesinos suelen ir a los funerales de sus víctimas. A varios los han arrestado en esas circunstancias.

—Vaya —respondo con desdén—. Debes de estar de lo más desesperado.

Jake mira al suelo.

—Oye, lo siento. Ojalá tuviera mejores noticias que darte. No sabes cuántas horas he dedicado a tratar de encontrar a ese cabrón. Ni siquiera sabemos si el novio es quien la mató. Puede que sea otra persona.

La frustración se deja ver en todo su rostro. Cuando salíamos juntos, Jake tenía una increíble tasa de éxito en la resolución de homicidios. Si me asesinaran, él sería el inspector a quien yo querría que asignaran el caso. Y estoy convencida de que, si él no puede encontrar a la persona que ha matado a Bonnie, nadie puede.

Pero a lo mejor nadie puede. Lo cual resulta muy deprimente. Y aterrador.

—Sigues echando el cerrojo de seguridad por la noche, ¿verdad? —me pregunta Jake.

—Sí —le confirmo—. Pero no te preocupes. No estoy saliendo con nadie.

Me mira como si no supiese qué pensar de esas palabras. Jake es un inspector grande y musculoso que parece que nunca pierde la compostura, y siempre me divertía hacer que se avergonzara un poco.

No puedo evitar pensar en el perfil de Jake en Cynch. Por mucho que dijera que estaba demasiado ocupado como para tener a alguien importante en su vida, el caso es que sigue buscando. Sigue teniendo la esperanza de encontrar a su media naranja, aunque no sea capaz de ofrecerle lo que ella desee.

—¿Me avisas si ves algo sospechoso en el funeral? —me dice.

—Sí.

Me mira con el ceño fruncido y los labios apretados.

—Ten cuidado, Syd.

Sí, como si no estuviese ya bastante aterrorizada sin necesidad de que diga eso.

Cuando entro en la iglesia, veo a una mujer de unos sesenta y tantos años de pie en la parte de atrás, vestida con una chaqueta y una falda negras, los ojos hinchados y tremendamente enrojecidos. Me doy cuenta de que es la madre de Bonnie. Siento una punzada de dolor nada más verla. Por muy espantoso que esto resulte para mí, debe de ser un millón de veces peor para ella.

Está teniendo una conversación con otra persona, pero entonces nuestras miradas se cruzan.

—Perdona —le murmura a la persona con la que está hablando y se acerca rápidamente hacia mí. De manera instintiva, me estremezco. No es que no quiera hablar con la señora Griffin, pero solo mirarla me llena de tristeza.

—¿Eres Sydney? —me pregunta.

—Sí —asiento—. Yo... lo siento mucho, señora Griffin.

—Gracias. —Las lágrimas fluyen de sus ojos ya humedecidos—. La echo mucho de menos. Me duele el alma.

—Lo siento mucho —repito porque, la verdad, no sé qué otra cosa decir.

—Pero tú fuiste una buena amiga para ella, Sydney. Lo agradezco de verdad.

—Gracias. Para mí también era una buena amiga. La voy a echar mucho de menos.

Se da toques en los ojos con un pañuelo que no está en muy buen estado. Ni siquiera se ha molestado en ponerse rímel, lo que ha sido una idea sensata.

—La policía me ha dicho que se veía con un hombre con regularidad. ¿Tienes idea de quién era?

—Sí me contó que se estaba viendo con alguien, pero no sé más.

—¿Te..., te mencionó su nombre? ¿Te enseñó una foto?

—No, lo siento.

—Pero ¿cómo es posible? —exclama—. ¡Las chicas hablan todo el rato! Y constantemente están sacando fotos de cada tontería. ¡Bonnie me envió una vez cinco fotos de un plato de sushi! ¿Cómo es posible que no hubiera en su teléfono una sola fotografía de ese hombre con el que salía?

Doy un paso atrás.

—Yo... no lo sé.

—¡Debes saber algo! —Las lágrimas salen ahora sin control—. ¡Por favor, Sydney! ¡Tienes que recordar algo de ese hombre! ¡No puedes permitir que se escape tras haber matado a mi niña!

—Yo...

—¡Si hubieses sido tú, Bonnie habría hecho todo lo posible por averiguar quién es el culpable! —me grita—. ¡No se limitaría a encogerse de hombros y decirle a tu madre que lo siente mucho!

La señora Griffin está ahora casi histérica. Por suerte, se acerca una de sus amigas o parientes, le pasa un brazo por los hombros y la aleja de mí. Aunque, para entonces, yo ya estoy temblando como un flan.

Lo peor es que tiene razón. Todavía recuerdo el modo en que Bonnie amenazó al Kevin Real para alejarlo de mí. Si nuestra situación hubiese sido al contrario, ella no se habría rendido con tanta facilidad. No he hecho nada para ayudar a atrapar al monstruo que la ha asesinado.

Ojalá pudiera volver en el tiempo y hacerle más preguntas sobre ese hombre. ¿Cómo se llama? ¿Puedo ver una fotografía? ¿Dónde trabaja? Por supuesto, es posible que de todos modos sus repuestas hubiesen sido mentiras. Pero, al menos, habría sido algo.

Las piernas apenas me sostienen mientras me dirijo adonde Gretchen y Randy han encontrado unos asientos, cerca de la parte delantera de la iglesia. Me cuesta avanzar por el pasillo para sentarme con ellos y Gretchen ha empezado a llorar otra vez.

—He visto que la madre de Bonnie te estaba gritando —dice Gretchen—. ¿Te encuentras bien?

—Sí —miento—. Es que está destrozada. Eso es todo.

—¡Claro que está destrozada! —exclama Gretchen sorbiéndose la nariz—. ¡Es espantoso!

Por un momento, me imagino a mi madre en la iglesia en mi funeral, llorando histérica como hizo cuando mi padre murió. El asesinato de tu hija es de ese tipo de cosas de las que nunca te recuperas. Gretchen y yo terminaremos saliendo adelante, pero la señora Griffin no. Jamás.

Randy acerca la mano y entrelaza los dedos con los de Gretchen. Ella le mira con una sonrisa de agradecimiento, lo que hace que me sienta aún más triste por no tener a nadie que me agarre la mano. Y puede que nunca lo tenga. Al fin y al cabo, mis citas últimamente han ido de mal en peor y ahora me aterra incluso usar Cynch.

Me giro para mirar hacia la parte de atrás de la iglesia por si ha entrado Jake. Al menos es una presencia reconfortante, a pesar de que las cosas no salieran bien entre los dos. Pero, en lugar de a Jake, veo algo que me deja completamente impactada.

Es Kevin.

Kevin está en el funeral de Bonnie.

18

¿Qué está haciendo el Kevin Real en el funeral de Bonnie? Jake me ha dicho que vigile por si veo algo sospechoso y la madre de Bonnie prácticamente me ha abordado para que le dé detalles de su asesinato. Tengo que reconocer que ver al hombre al que Bonnie amenazó sentado en la parte posterior de la iglesia es lo más sospechoso que he visto desde que encontré el cadáver de Bonnie.

Pero… ¿es él de verdad?

No estoy del todo segura. Se encuentra al otro lado de la nave y la oscuridad en la iglesia es sorprendentemente densa. Así que es posible que me equivoque. Absolutamente posible.

Levanto el cuello para tratar de ver mejor, pero me interrumpen las puertas de la iglesia al abrirse. Son los portadores del féretro, trayendo el ataúd de Bonnie.

Me resulta imposible apartar la mirada del ataúd de roble que va avanzando hacia la parte delantera de la iglesia. Teniendo en cuenta que, hace apenas un par de semanas, Bonnie y yo estábamos haciendo la postura del árbol en yoga y disfrutando de nuestros chai lattes juntas, me parece imposible que ahora vaya a estar metida en esa caja toda la eternidad. Reconozco a su hermano entre los portadores, y apenas puede mantener la compostura.

Dejan el ataúd en su sitio, aunque más tarde la enterrarán en un cementerio de la ciudad. Es un ataúd cerrado, por lo que le hicieron a Bonnie, pero a ella no le habría importado. En una ocasión me dijo que le daba escalofríos que la gente tuviera ataúdes abiertos. ¿Quién quiere mirar a una persona muerta?

Pero a mí me habría gustado verla una vez más. Me habría gustado confirmar que le han puesto sus zapatos de tacón negros preferidos. Y que quienquiera que la haya vestido se haya asegurado de ponerle un coletero de tela fruncida en el pelo. Eso es lo que a ella le habría gustado.

Mientras el sacerdote nos habla, no puedo dejar de mirar el ataúd. No me puedo creer que Bonnie esté muerta y que su cuerpo esté en esa caja. ¿Cómo es posible? ¿Cómo puede estar *muerta*? Era muy joven y había muchas cosas que quería hacer en la vida. Solía decir que quería dejar el trabajo un tiempo para hacer un viaje por Latinoamérica y pasar allí un año, yendo de un país a otro. Se imaginaba ahorrando suficiente dinero para comprarse una casa en la playa. Nunca había aprendido a tocar un instrumento y decía que estaba decidida a aprender un día de estos a tocar la guitarra. «Cuando mi vida no sea tan ajetreada».

Pero una cosa a la que de verdad daba importancia era a encontrar a su media naranja. No le gustaba tener una cita cada noche. Lo hacía porque estaba buscando el amor. Quería encontrar a alguien con quien pasar la vida.

Nada de eso va a suceder ya. Nunca se va a enamorar. Nunca va a tocar la guitarra. Nunca va a tener una casa en la playa. En lugar de eso, va a pasarse toda la eternidad enterrada bajo tierra.

Esa idea hace que sienta que voy a empezar a hiperventilar. Me agarro las piernas y trato de tomar bocanadas de aire. No pasa nada. No va a pasar nada. No voy a terminar muerta a los treinta y pocos años como Bonnie.

Gretchen ve que me estoy poniendo nerviosa y me pasa la mano por la espalda.

—¿Estás bien? —susurra.

—Ajá —consigo responder.

Gretchen mueve la mano en círculos por mi espalda mientras yo trato de controlar la respiración. Pero es difícil. No dejo de pensar en Bonnie dentro de ese ataúd. Muerta. Para siempre. Pudriéndose bajo tierra.

Esa no voy a ser yo. No lo voy a permitir.

Jamás.

19

Antes

TOM

Cuando llego a la secundaria, veo dos carros de policía estacionados en la puerta.

Casi doy media vuelta y me voy a casa. La presencia de varios carros de policía no puede significar nada bueno. Me acaricio el abdomen, que ha cicatrizado casi del todo desde que mi padre estuvo a punto de ensartarme con el atizador de la chimenea.

Babosa está apoyado en la pared de la secundaria y se apresura a apagar un cigarro con su zapatilla al ver al comisario de policía. Aunque a ellos parece no importarles nada ver a un par de adolescentes con cigarros.

—Hola, Babosa. —Me acerco corriendo a mi mejor amigo convencido de que él sabrá qué está pasando. Siempre lo sabe—. ¿Por qué hay carros de policía?

Una sonrisa atraviesa el rostro de Babosa. Tiene una espinilla con mal aspecto en la comisura de los labios.

—¿No te has enterado? Han encontrado a Brandi Healey.

—¿Qué? ¿Te refieres a que ha vuelto a su casa?

—No, han encontrado su cuerpo. —Se ríe al ver mi cara—. Supongo que, al final, no se había escapado.

Siento que estoy a punto de ahogarme. Han encontrado a Brandi. Eso quiere decir…

—Estaba enterrada en el bosque a apenas media hora de aquí

—continúa—. Con toda la nieve del invierno, nadie la había descubierto. Al parecer, una mujer estaba paseando a su perro y ha sido el perro el que ha desenterrado el cadáver.

Me apoyo en la pared de la secundaria deseando por una vez fumar igual que Babosa, porque me parece que un cigarro me vendría de maravilla ahora mismo.

—Eso es... terrible.

Babosa asiente.

—Y he oído que creen que quien la asesinó la torturó antes de matarla. Parece que la hicieron sufrir un montón.

—Dios.

—Alguna gente está fatal de la cabeza —dice Babosa, aunque su tono es casi alegre—. Oye, tú la conocías bastante bien, ¿no, Tom?

Tomo una buena bocanada de aire.

—La verdad es que no.

—Sí. Le dabas clases particulares, ¿no?

—Apenas. La mitad de las veces ni aparecía.

—Hermano. —Babosa niega con la cabeza—. Si yo le hubiese dado clases a esa chica, no habría podido apartar las manos de ella. Estaba buena, ¿eh? —Se ríe—. Pero ya no tanto.

Aprieto los puños. No me gusta lo que está diciendo.

—No hables así de ella.

Me mira sorprendido.

—¿Qué te pasa, Tom?

Niego con la cabeza. No quiero seguir hablando de Brandi, aunque tengo la mala sensación de que es de eso de lo que va a hablar todo el mundo durante todo el día. Y si alguno averigua que yo...

—¡Tom!

Es la voz de Daisy. Viene corriendo hacia mí con la cara manchada de lágrimas. Antes de saber qué está pasando, se abalanza sobre mí y me abraza. Aparto de mi cabeza todos los pensamientos oscuros y me concentro en consolar a Daisy.

—Es espantoso —murmura Daisy—. Lo que le hicieron a Brandi.

Como es lógico, Alison la sigue de cerca. Mientras tengo a Daisy en mis brazos y le acaricio su pelo dorado, Alison me mira fijamente. Me cuesta entender bien su expresión, pero sus labios apretados forman una línea recta. El otro día, en la feria de la salud, mencionó que yo le daba clases particulares a Brandi. Pero eso no es ningún secreto ni es tan importante.

—Mi padre ha dicho que van a averiguar quién se lo hizo —gimotea Daisy sobre mi camiseta.

—¿Sospechan de alguien? —pregunta Babosa.

Alison no deja de mirarme y me está dando escalofríos.

—Daisy, ¿no has dicho que tu padre te ha contado que está bastante seguro de que el asesino era alumno de la secundaria?

—Es lo que ha dicho —confirma Daisy—. Por eso la policía va a preguntar a todos si saben algo.

La idea de que me interrogue un agente de policía me da ganas de vomitar. Y si no le gusta lo que yo pueda decir…

—¿Me acompañas hoy a casa, Tom? —me pregunta Daisy con ternura—. Sé que tienes clases particulares, pero…

—Las cancelaré.

—¿En serio?

Asiento. El niño al que doy clase hoy va a escaquearse de todos modos. Su madre es la que me paga. ¿Y quién sabe? Cuando suene la campana, es muy posible que yo esté saliendo de la secundaria esposado.

20

Antes

TOM

Al parecer, ocupo un lugar muy inferior en la lista de personas que conocían a Brandi Healey.

Paso toda la mañana en clase oyendo cómo van diciendo nombres por el altavoz. Los primeros veinte o por ahí son amigos de Brandi. Desde luego, tenía muchos. Y, luego, algunos de los chicos de nuestra clase a los que se les vio besándose con Brandi en alguna que otra ocasión.

Cuando oigo el nombre de Thomas Brewer por el altavoz es la última hora de la mañana y ya soy presa de un pánico absoluto. Estoy tan asustado que apenas consigo levantarme de mi asiento y casi me tropiezo con mis propios pies de camino a la puerta.

—¿Estás bien, Tom? —me pregunta la señora Anthony, nuestra profesora de Lengua.

Antes de que yo pueda responder, grita un chico del fondo de la clase:

—Le asusta que Daisy crea que estaba saliendo a escondidas con Brandi.

Y, entonces, unos cuantos idiotas que están a su lado empiezan a reírse. Si piensan que es divertido burlarse de eso, significa que nadie cree que yo saliera con ella. Así que me estoy preocupando por nada.

Entre la puerta de mi clase de Lengua de la tercera planta y el despacho del director en la primera, casi consigo convencerme de que no tengo por qué preocuparme. Ensayo una sonrisa segura y relajada que pienso usar cuando hable con el agente de policía. Esto no tiene importancia. Ya han hablado, al menos, con dos docenas de chicos. Yo solo soy uno de muchos.

Pero entonces, cuando veo al comisario Driscoll sentado en el despacho del director, con su enorme cuerpo embutido en la silla de madera, toda mi seguridad sale volando por la ventana. No tenía ni idea de que el padre de Daisy iba a ser el que me interrogara. Por mucho que me intimide mi padre, me da infinitamente más miedo el comisario de policía. Que me interrogue el comisario Driscoll es la peor de mis pesadillas.

No, no me va a interrogar. Simplemente me va a hacer algunas preguntas. Tengo que tranquilizarme.

«¡Por el amor de Dios, Tom, tranquilízate!».

El comisario Driscoll sonríe al verme en la puerta. De manera instintiva, me quedo inmóvil y agita una mano en el aire para que entre en la habitación. Señala la pequeña silla de madera que está delante de la mesa del director.

—Hola, Tom —dice con su voz retumbante—. Siéntate.

Más que sentarme en la silla, me dejo caer sobre ella, con mis piernas incapaces de sostenerme en pie.

—Hola, señor —digo manteniendo un tono bajo y respetuoso.

—Bueno, Tom. —La sonrisa desaparece de su rostro y su expresión se vuelve seria—. ¿Sabes por qué te hemos hecho venir?

—Yo... he oído lo de Brandi.

Asiente.

—Una cosa terrible. Verdaderamente terrible. Y tenemos que atrapar al monstruo que le ha hecho eso.

—Sí. Claro.

—Así que... —Se frota sus dos grandes manos. Las mías están cubiertas de sudor—. Me han dicho que tú le diste clases particulares de matemáticas a Brandi.

—Sí, solo unos meses. Y, sinceramente, se saltaba muchas de las clases.

Eso no es del todo cierto. Brandi nunca se saltaba nuestras clases. «No quiero perder la oportunidad de verte, Tom».

—¿La conocías bien? —pregunta el comisario.

—No mucho.

—Ajá. —Se frota la barba incipiente de su mentón, aunque sospecho que se ha afeitado por la mañana—. ¿Sabes si tenía un novio?

—¿Un novio?

Un extremo de sus labios se levanta.

—Les contó a algunas de sus amigas más íntimas que le gustaba un chico de tu clase, pero no dijo quién. Al parecer, a él también le gustaba ella. Y según un par de sus amigas, Brandi y el chico habían quedado en verse la noche que desapareció. Pero, como te he dicho, no sabemos quién era.

Me esfuerzo por mantener un tono tranquilo.

—No tengo ni idea, señor. Yo solo era el tonto que le daba clases de matemáticas. No es que ella me confiara sus cosas.

—Claro. Supongo que no. —Suspira y apoya la espalda en su silla, que suelta un gemido aterrador—. Una cosa terrible lo de Brandi. Hace que me den ganas de dejar encerrada a Daisy bajo llave.

Asiento, tratando de mostrarme empático.

—Por supuesto me fío de ti, Tom. —Me sonríe—. Anoche le dije a Helen: «Gracias a Dios que Daisy está con Tom y no con uno de esos otros chicos salvajes. Él es de los buenos».

Trato de tragar saliva, pero parece que la garganta se me ha cerrado.

—Gracias, señor.

—¿Cuándo vas a venir a cenar, por cierto? —pregunta—. Mi mujer siempre me lo está preguntando.

La invitación a cenar me tranquiliza. Si tuviera alguna sospecha de mí, no me invitaría a cenar a su casa. ¿O sí? No lo sé con seguridad, pero, desde luego, no le parecería bien que yo saliera con su única hija.

Estoy a salvo. Por ahora. Pero si averigua…

—Deje que le pregunte a mi madre si le parece bien —contesto—. Pero…, eh…, sí. Sería genial.

No pienso ir jamás a su casa a cenar.

21

En la actualidad

SYDNEY

Cuando termina el funeral de Bonnie, Gretchen y yo hemos acabado con todos los pañuelos que hemos traído. Pero lo bueno es que me siento tan vacía emocionalmente que mi ataque de pánico ha desaparecido.

La gente empieza a salir de la iglesia y es entonces cuando recuerdo haber visto al Kevin Real en la parte de atrás. Me emocioné tanto cuando trajeron el ataúd que me olvidé por completo. Giro la cabeza pensando que puedo ver mejor ahora, pero...

Un momento, ¿dónde está?

Lo vi sentado en la última fila. Justo en el extremo. Pero ya no lo veo. En el sitio donde estaba sentado hay ahora un anciano.

—¿Qué estás mirando? —me pregunta Gretchen.

—Eh... —No sé bien cómo explicárselo—. ¿Te acuerdas de ese tipo con el que tuve aquella cita espantosa? ¿El que me atacó?

—Sí.

—Pues ha estado aquí. En el funeral.

—¿En serio? —Abre los ojos de par en par—. ¿Dónde?

—Estaba aquí —rectifico—. Pero... ya no lo veo. Supongo que se ha marchado.

—¿Qué hacemos? —Me agarra del brazo—. ¿Deberíamos llamar a la policía?

Puede que Jake siga aquí, pero me sentiría una estúpida contándole esto. Cuanto más lo pienso, menos segura estoy de que fuera de verdad Kevin. Sigo tan asustada por nuestros encuentros que a lo mejor mi imaginación se ha descontrolado. Ahora mismo no pienso con claridad.

De todos modos, ni siquiera estoy segura de que Kevin sea su verdadero nombre y no tengo más información. No, ya le hablé a Jake de Kevin, dejaré que sea él quien lo investigue.

—Da igual —murmuro.

—¿Estás segura?

Asiento.

—Sí…, es probable que me haya confundido.

Aun después de convencerme de que no era el Kevin Real quien estaba en el funeral, no puedo quitarme esa sensación de intranquilidad. Pero no debo permitir que esto me domine. Tengo que seguir el consejo de Jake. Continuaré echando el cerrojo cada noche y me mantendré alejada de Cynch, y con suerte él atrapará al monstruo que le ha hecho esto a Bonnie.

Y después la vida proseguirá.

22

Dos meses después

SYDNEY

Estoy teniendo la cita más fantástica de la historia.

Durante el mes que siguió a la muerte de Bonnie sentía miedo hasta de mi propia sombra y, desde luego, me asustaba mucho volver a zambullirme en el mundo de las citas. Sobre todo porque ni Jake ni el resto del Departamento de Policía de Nueva York consiguieron arrestar a su asesino. Eso me enfurecía más que nada. Al principio, le llamaba cada pocos días para preguntarle por novedades y le reprendía cuando no las había. Me comprometí a no tener ninguna otra cita hasta que averiguaran quién le había hecho eso a Bonnie.

Pero un día, estaba cenando en mi sofá delante de la televisión, con mi habitual uniforme de camiseta y pantalón deportivos, y pensé que en seis meses exactos iba a cumplir treinta y cinco años. La vida se me estaba yendo y, tras dos meses seguidos sintiéndome triste por Bonnie, decidí que ya estaba harta. Había llegado el momento de seguir adelante.

Reactivé mi perfil de Cynch al día siguiente.

Y me alegro de haberlo hecho porque me lo estoy pasando genial en esta cita. Se llama Travis y su aspecto es exactamente el mismo que en la foto. Tiene el pelo castaño rojizo, mentón cuadrado, fuertes músculos en los antebrazos y una altura perfecta de quince centímetros más que yo.

Y, lo que es aún mejor, parece simpático. Tenemos cosas en común. Nos gustan las mismas películas (¡*Rocky* no!), compartimos el mismo sentido del humor y, lo mejor de todo, no ha llamado a su madre por FaceTime ni una sola vez en todo el tiempo que hemos estado tomando café juntos.

—Sydney —me dice mientras da un sorbo a su taza de café—, quiero que sepas que esta es la mejor cita que he tenido en mucho tiempo.

—Para mí también —asiento.

Hemos quedado a tomar café en esta pequeña cafetería pretenciosa que está abarrotada porque hace poco ha salido en el *New York Times*. Le propuse tomar café para no tener que estar atrapada con él si no conectábamos, pero ya hemos pedido dos muffins de arándanos, una dona de chocolate blanco y frambuesa y también una cosa que se llama cronut, que no es ni un croissant ni un donut pero, sin duda, tiene un millón de calorías. Nos hemos quedado sin apetito para la cena porque no queríamos irnos.

—Sinceramente, estaba a punto de renunciar —continúa—. Últimamente he tenido algunas citas difíciles.

—Qué me vas a decir a mí. —Me río—. Podría contarte algunas que te volverían loco.

—Apuesto a que las mías son más fuertes.

—No estoy tan segura.

Me sonríe y yo le respondo de la misma forma. No quiero entusiasmarme, pero creo que esto va a tener futuro. Estoy convencida de que va a haber una segunda cita, una tercera y puede que muchas más después.

Y entonces, por el rabillo del ojo, veo que se abre la puerta de la cafetería. Entra un hombre y casi me quedo mirándolo fijamente cuando reconozco quién es.

El Hombre Misterioso. Después de tanto tiempo.

Aunque me lo estoy pasando estupendamente con Travis, no puedo evitar mirar al hombre atractivo de pelo moreno que se está sentando en una de las mesas de madera redondas. Travis es genial, pero no ha habido ninguna descarga eléctrica cuando le he puesto los ojos encima. No la he sentido ni una sola vez desde la noche que vi al Hombre Misterioso, y de eso me parece que ha pasado una eternidad. Pero él, aunque yo le recuerdo bastante bien, o no me ve, o no se acuerda de mí, porque ni siquiera ha mirado en mi dirección.

Pues mejor. Travis es estupendo y no necesito que me distraiga un chico sexy que claramente no está interesado en mí.

—Eh —dice Travis clavándome sus ardientes ojos azules—. Creo que ya voy por la tercera taza de café y no voy a poder dormir, pero quiero que esto continúe. ¿Qué te parece si vamos a otro sitio a cenar?

Sonrío al pensar que yo también había estado planteándome lo mismo.

—Me encantaría cenar.

—¿Sí? —Todo su rostro se ilumina—. Eso es genial.

Travis parece tan entusiasmado que me olvido por completo del Hombre Misterioso. Estoy deseando cenar con este hombre. Podemos comparar nuestras anécdotas de citas malas y compartir una botella de vino. Me alegra mucho no haber renunciado a salir. Bonnie tenía razón. Es una lotería. Aunque se equivocó con el doctor Bombón.

Pero, entonces, la sonrisa de Travis desaparece de su rostro. De repente, me está mirando con una expresión de espanto. La piel se le vuelve del mismo color que la crema de leche que hay sobre la mesa.

—Sydney —dice ahogando un grito.

No sé por qué parece tan espantado. Entonces, me veo las manchas de sangre en la blusa.

—¡Ay, Dios mío! —Me coloco una mano en la nariz—. Lo siento mucho, yo…

Esta sí que es buena. Llevo más de un año sin sufrir mis tristemente célebres hemorragias nasales y, *por supuesto*, tenía que pasar durante la mejor cita de los últimos años.

Agarro unas cuantas servilletas del dispensador de la mesa en un intento por limpiarme la sangre de la cara.

—Deja que vaya al baño y…

Y, entonces, ocurre algo realmente desagradable.

Antes incluso de poder terminar la frase, a Travis se le ponen los ojos en blanco y, a continuación, se desliza por su asiento y cae al suelo dándose un fuerte golpe en la cabeza con las baldosas.

Maravilloso. La mejor cita que he tenido desde hace años y he hecho que se desmaye por culpa de mi estúpida hemorragia nasal.

Toda la cafetería se queda en silencio, mirando fijamente el espantoso espectáculo de la nariz sangrándome y mi cita inconsciente en el suelo. Una mujer grita, cosa que sinceramente me parece innecesaria.

—No pasa nada —consigo decir con una servilleta apretada todavía a mi nariz—. Todo va bien. Es solo que…

Es entonces cuando veo que el Hombre Misterioso se ha levantado y se mueve entre las mesas acercándose a mí. Vaya, él también ha visto mi épica hemorragia nasal. Esto se pone cada vez mejor.

El Hombre Misterioso se acuclilla junto a Travis, que empieza a volver en sí gimiendo y frotándose la cabeza. El Hombre Misterioso lo mira con el ceño fruncido.

—¿Está bien, señor? —pregunta.

—Sí —Los párpados de Travis aletean y vuelve a frotarse la cabeza. Está tratando de incorporarse—. ¿Qué ha pasado?

—Parece que ha tenido un síncope vasovagal y se ha desmayado —le explica el Hombre Misterioso—. Soy médico, solo quería asegurarme de que se encuentra bien. Podemos llamar a una ambulancia si lo desea.

—¿Un síncope vaso… qué? —Travis se frota de nuevo la cabeza—. No, yo… estoy bien. —Me mira y se estremece—. Perdona, es que… no soy muy fan de la sangre, ¿sabes?

El Hombre Misterioso vuelve a mirarme y, durante una milésima de segundo, pone los ojos en blanco. Pero, después, mira de nuevo a Travis y empieza a hacerle varias preguntas sobre cómo siente la cabeza y el cuello y si puede mover los brazos y las piernas. Parece que Travis está bien, aunque avergonzado. No me mira como antes. De hecho, parece que está evitando mirarme directamente.

—Estoy bien —le asegura Travis al Hombre Misterioso—. De verdad. Debería ayudarla a ella.

—Yo estoy bien —le tranquilizo, aunque ya he gastado cinco servilletas en mi intento por limpiarme toda la sangre. Tengo la blusa hecha un verdadero desastre. Al menos por ahora. A lo largo de los años he aprendido algunos buenos trucos para sacar las manchas de sangre.

—No parece que estés bien —comenta Travis. Sigue sin querer mirarme y su cara está un poco demasiado pálida. Por la frente le han aparecido varias gotas de sudor.

—No hay de que preocuparse —le contesto—. Me pasa a veces.

Si había algo que pudiera decir para reducir las probabilidades de que Travis quisiera volver a verme, desde luego he acertado.

—Oye, Sydney. —Travis se aclara la garganta—. Parece que necesitas un tiempo para recuperarte de... todo esto. Así que ¿por qué no cenamos en otro momento?

—Claro —respondo—. ¿Qué tal el viernes?

—Eh, puede ser. —Travis agarra su chaqueta del respaldo de su silla con las manos algo temblorosas—. Te envío un mensaje por la aplicación. O lo que sea. —Mete los brazos en las mangas de la chaqueta—. En fin, adiós.

No exagero si digo que Travis ha salido corriendo de la cafetería todo lo rápido que ha podido. Ni siquiera ha pagado su parte del café.

Y, ahora, me he quedado con mi hemorragia nasal, una cuenta de unos seis cafés y varios muffins y donas, un montón de servilletas arrugadas llenas de sangre seca y el Hombre Misterioso mirándome fijamente.

—Creo que no vamos a cenar el viernes —digo por fin.

El Hombre Misterioso estalla en una carcajada.

—Eso me ha parecido, sí.

—No tiene gracia. —Aunque, contra mi voluntad, noto que mis labios se retuercen ligeramente—. Lo creas o no, hasta que mi nariz ha empezado a echar sangre a borbotones, estaba siendo la primera cita buena que he tenido en mucho tiempo.

—¿Con ese tipo? —El Hombre Misterioso mira en dirección a la puerta por la que Travis ha desaparecido para no volver—. Me cuesta creerlo. Estás mucho mejor sin él. A ver, ¿qué hombre adulto se desmaya ante una hemorragia nasal? Un poco lamentable, ¿no te parece?

—Bueno…

—En serio —dice—. No te interesa tener hijos con un hombre como ese. ¿Qué va a hacer cuando a tu hijo le den un pelotazo en la nariz con un balón de fútbol? Te has librado de una buena.

—Puede ser.

—Además, te ha dejado la cuenta. Vaya cretino. —El Hombre Misterioso mete la mano en su bolsillo trasero y saca su cartera. Agarra suficientes billetes para cubrir de sobra nuestros cafés y dulces y, después, los lanza sobre la mesa—. Qué fuerte.

La contracción de mis labios se convierte en una diminuta sonrisa.

—Gracias.

Me aparto la servilleta de la nariz. Parece que la hemorragia está parando por fin. ¿Por qué no? Ya ha cumplido su cometido.

—Hay una tienda de souvenirs al lado —me dice el Hombre Misterioso—. Deja que te compre una camiseta nueva para que no tengas que ir a tu casa llena de sangre.

—¿En serio? Esos sitios son una estafa. Vas a pagar una fortuna.

Se encoge de hombros.

—Mejor que ir cubierta de sangre, ¿no? —Cuando ve mi expresión de vacilación, añade—: Insisto.

No puedo evitar sonreír.

—De acuerdo.

—Y luego, si te apetece, me encantaría llevarte a cenar —dice.

Me quedo mirándolo, asombrada. ¿De verdad me está pidiendo una cita después de presenciar cómo un volcán de sangre ha entrado literalmente en erupción en mis fosas nasales? Pero no parece que bromee. Sus bonitos ojos marrones están clavados en los míos y tiene una sugerente sonrisa en los labios.

—Bueno —contesto—. De acuerdo.

La sonrisa del Hombre Misterioso se vuelve más amplia dejando ver sus perfectos dientes blancos y, de nuevo, siento esa descarga eléctrica. Travis parecía estupendo, pero no he sentido esa misma atracción eléctrica con él. Es el tipo de cosas que no se experimentan con mucha frecuencia. Y, al fin y al cabo, parece que el Hombre Misterioso siente lo mismo conmigo.

A lo mejor esa estúpida hemorragia ha sido lo mejor que me ha pasado en la vida.

—Soy Sydney —digo.

—Encantado, Sydney —contesta—. Yo soy Tom, Tom Brown.

23

Antes

TOM

Ha pasado una semana y, al parecer, «no ha habido ningún arresto por el asesinato de Brandi Healey».

El comisario Driscoll volvió a la secundaria por segunda vez y llamó de nuevo a varios alumnos al despacho del director, pero esta vez yo no estaba entre los elegidos. Siguen buscando al novio misterioso de Brandi, sin mucha suerte.

La mayor parte de la gente a la que han convocado eran amigos íntimos de Brandi. La única persona de la lista a la que conozco bien es a Babosa. No se me ocurre por qué quiere la policía hablar con él sobre Brandi. Apenas la conocía.

No solo no me ha vuelto a interrogar el comisario, sino que me ha pedido personalmente si puedo acompañar a su hija a casa desde la secundaria todos los días hasta que atrape al monstruo que mató a Brandi. Sigo teniendo que dar clases particulares, pero Daisy me espera. No parece que le importe. Se sienta en la biblioteca de la secundaria a leer en silencio alguno de sus gruesos libros. Cuando está concentrada en algo, saca un poco la lengua. Es adorable.

Acompañar a casa a Daisy todos los días es algo que espero con ganas. Aunque de lo que tengo ganas hoy es de otra cosa. En nuestra clase de biología, vamos a diseccionar el feto de un cerdo. Llevo meses esperando esta clase en particular de disección y solo la va a echar un poco a perder el hecho de que Alison es mi compañera de laboratorio.

No sabía que fuera posible, pero Alison ha estado aún más fría conmigo desde que encontraron el cadáver de Brandi. Ya apenas puede mirarme, y cuando lo hace, es con ojos llenos de veneno.

Esta es nuestra primera clase en el laboratorio de biología desde que ocurrió todo y casi me espero que ella haya pedido a la profesora cambiar de compañero. No me importaría. De hecho, lo preferiría. Pero no he tenido esa suerte. Cuando llego al laboratorio, Alison ya está en su asiento.

—Hola, Alison —digo con mi voz más amigable.

Ella se queda mirándome, como si le asombrara que yo haya tenido la osadía de saludarla.

—Acabemos con esto —refunfuña.

Ya me leí el libro de texto la noche anterior para prepararme para la práctica, así que, cuando la profesora coloca la bandeja con el pequeño cerdo en ella, sus ojos cerrados, sus rasgos faciales casi perfectamente formados, sé exactamente qué hay que hacer. Pero estoy tratando de ser simpático con Alison, así que deslizo el bisturí hacia ella.

—Puedes hacer los honores —le digo.

—No, gracias. —Lo empuja de nuevo hacia mí—. Puedes hacerlo tú.

—¿Estás segura?

—Completamente. —Y, entonces, murmura en voz baja—: Siempre lo haces.

No voy a decir que no me molesta que Alison esté sentada a mi lado, juzgándome en silencio mientras yo me ocupo de hacer todo el trabajo necesario para sacar un sobresaliente en biología. Debería sentirse afortunada por tenerme de compañero de laboratorio. La estoy ayudando. No parece nada interesada en la disección. No parece siquiera tener ganas de mirar cuando desenmaraño los intestinos del feto del cerdo. Si no fuera por mí, ella no aprobaría siquiera.

Y sí, yo disfruto con estas prácticas. ¿Y qué? ¿Tiene eso algo de malo?

La hora pasa rápidamente y, casi al final, la señora Shipley se acerca para ver nuestro trabajo. Ve los órganos dispuestos ordenadamente y me lanza una mirada de aprobación.

—Buen trabajo, Tom, Alison.

—Tom ha hecho todo el trabajo —dice Alison—. Yo prácticamente me he quedado aquí sentada.

No parece que la señora Shipley sepa qué hacer con ese comentario.

—¿Sí?

—Sí —asiente Alison—. Le gusta mucho, ¿sabe? Yo no quería que renunciara a eso.

La frente de la señora Shipley se arruga.

—Bueno, pues los dos deberían compartir la tarea por igual. Es lo justo.

Y, tras esas sensatas palabras, se acerca a la siguiente mesa. Alison se está mirando las uñas, que tiene muy cortas. Ha estado haciendo comentarios maliciosos sobre mi pericia en el laboratorio durante todo el tiempo que hemos sido compañeros y ya me estoy hartando.

—¿Qué rayos te pasa? —le suelto.

Ella levanta los ojos hacia mí con un aleteo de pestañas.

—A *mí* precisamente no me pasa nada.

Por su forma de decirlo, hace que todo mi cuerpo se quede frío. Nunca le he caído bien, pero, en cierto modo, últimamente esto ha alcanzado otro nivel. Sobre todo durante la última semana.

Sin embargo, no puedo permitir que Alison me afecte. Las clases casi han llegado a su fin por hoy y, después, iré por Daisy y la acompañaré a su casa. Alison no va a quitarme eso.

Al menos me ayuda a limpiar; después de pasar el trapo por nuestra mesa, suena la campana. Hora de irse. Por fin puedo salir de aquí. No tendré que aguantar a Alison durante toda una semana, hasta nuestro próximo laboratorio.

Agarro mi mochila de debajo de la mesa, dispuesto a ir a ver a Daisy junto a nuestras taquillas. Pero, antes de ponerme en marcha, siento que una mano me agarra del brazo. Cuando me giro, Alison está detrás de mí. Tiene su pelo liso y castaño recogido tras las orejas y me está mirando con sus ojos de barro a través de sus gruesas gafas.

—Tom, tenemos que hablar —me dice—. *Ahora.*

24

Antes

TOM

Tenemos que hablar. *Ahora.*

La expresión de Alison es completamente seria cuando pronuncia esas palabras. Tiene ojeras y me hago una rápida idea del aspecto que va a lucir cuando sea mucho mayor. Alison parece del tipo de personas que nacen ya con mediana edad.

—No puedo —mascullo—. Debo ir a ver a Daisy.

No es mentira del todo. Sí que tengo que ir a ver a Daisy. Pero esa no es la razón por la que no quiero hablar con Alison.

—Es importante. —Ladea la cabeza para mirarme y, de repente, me doy cuenta de lo bajita que es Alison, aún más que Daisy. Hay algo en ella que la hace parecer más alta, especialmente porque la mayor parte del tiempo en el laboratorio estamos sentados, pero de pie apenas me llega a los hombros—. No tardaremos mucho.

Hay cierto tono en su voz que hace que piense que no hay otra opción. De un modo u otro, Alison y yo vamos a tener que hablar. Más vale que me lo quite de en medio.

—Está bien.

La campana ya ha sonado y los chicos van saliendo de la secundaria. Daisy me está esperando junto a su taquilla, así que le envío un mensaje rápido para decirle que voy a retrasarme. Tengo que inventarme una mentira para explicarle el motivo, pero de eso me preocuparé después.

Unas cuantas puertas más allá del laboratorio de biología hay una clase que parece vacía. Alison me agarra del brazo y tira de mí hacia el interior. Empiezo a ponerme muy nervioso cuando cierra la puerta. ¿Qué es todo esto? ¿Qué tiene que decirme que no quiere que nadie más oiga?

—¿Qué pasa? —Empleo un tono de fastidio para ocultar mi angustia—. ¿Qué es tan importante?

Alison levanta los ojos hacia mí. Las luces de la clase están apagadas y, aunque por las ventanas entra un poco de luz natural, las sombras de su cara resultan siniestras.

—Quiero que te alejes de Daisy.

—¿Qué?

—Ya me has oído.

—Daisy es mi novia. —A pesar de todo, cada vez que pronuncio esas palabras siento una oleada de felicidad. «Daisy es mi novia». Soy el tipo con más suerte del mundo por estar en situación de decir esas palabras—. No puedo alejarme de ella.

—Exacto. Por tanto, tienes que romper con ella —replica.

¿Qué?

—Te has vuelto loca, Alison. —Muevo la mochila en mi hombro—. No voy a mantener esta conversación contigo. Me voy.

Me dispongo a ir hacia la puerta. Tengo la mano casi en el pomo cuando Alison suelta:

—Te vi besándote con Brandi Healey.

Okey, ya ha captado mi atención.

Me doy la vuelta y dejo que la mochila caiga al suelo con un fuerte golpe seco.

—No sé de qué hablas.

—No mientas, Tom. —Su voz está llena de odio. Me detesta—. Los vi. En la parte trasera de la secundaria, unos días antes de que desapareciera. Y no fue solo un beso en la mejilla. Te estabas enredando con ella.

Voy a vomitar. Creía que nadie lo había visto. Creía que nadie lo sabía aparte de Brandi y de mí. Y, luego, solo yo. Ahora, al parecer, Alison también lo sabe.

Esto es un problema.

—Eres el novio —continúa—. El novio misterioso que había quedado con Brandi la noche en que la mataron.

Eso no es ninguna falsedad.

—El que la policía está tratando de encontrar —continúa—. Solo que Brandi no le contó a nadie que eras tú. Pero yo los vi.

Me apoyo en uno de los pupitres, tratando de mantener bajo control los latidos de mi corazón. Bajo los ojos, incapaz de mirarla.

—No era su novio. Solo fue ese beso. No significó nada.

—¿Y por qué ibas a verla en secreto esa noche tan tarde?

No sé qué responder a eso. No voy a mentir. Brandi y yo compartimos un beso muy intenso. Tampoco voy a mentir diciendo que no me gustó. Pero al final decidí que ahí iba a quedar todo. Aunque no había tenido el valor de decirle todavía lo que sentía, yo estaba enamorado de Daisy. No quería salir con Brandi, aunque ella parecía que sí estaba deseando salir conmigo.

La noche que se suponía que iba a quedar con Brandi tenía pensado decirle exactamente eso. Pero no apareció.

—¿Se lo has contado a alguien? —pregunto.

—No —responde—. Y no lo voy a hacer siempre que dejes a Daisy en paz a partir de ahora.

—A ella no le va a gustar.

—Lo superará. No voy a permitir que le hagas daño.

—Jamás le haría daño a Daisy.

—Sinceramente, no sé de qué eres capaz —contesta—. Todos creen que Babosa es el rarito y tú el simpático, porque eres educado, listo y atractivo. Pero eres tan malo como él. No, en realidad eres mucho peor. Porque lo ocultas. Él es repugnante, pero tú eres peligroso.

—Eso no es verdad —protesto.

—Tonterías. —Sus ojos se encienden—. He trabajado mano a mano contigo todo el año en el laboratorio de biología. Veo cómo eres. ¿Por qué se te dan tan bien las disecciones? Nadie se muestra tan cómodo solo por haberse leído el libro de texto. Tú estás... entregado. ¿Qué pasa? ¿Matabas animales cuando eras niño y los destrozabas? ¿No es eso lo que hacen los psicópatas?

Cada palabra que dice es como un puñetazo en el estómago. Me inclino hacia delante y apoyo las manos en los muslos para mantener el equilibrio mientras tomo aire.

—Por favor, deja de hablar.

—Aléjate de Daisy.

A pesar de todo lo que está diciendo, a pesar de todas las amenazas, niego con la cabeza.

—No me pidas que haga eso. Quiero a Daisy. Jamás le haría daño.

—Si de verdad quieres a Daisy, sabes que tengo razón —dice—. Sabes que estará mejor sin ti. Mientras esté saliendo contigo, su vida corre peligro y no voy a quedarme quieta y dejar que eso pase. Yo también quiero a Daisy.

Sus palabras se me clavan en lo más profundo. Sí que quiero a Daisy. Pero tengo sueños con ella todas las noches que parecen salidos de una película de terror de bajo presupuesto. No deseo que le pase nada y hay una parte diminuta en mi interior que no se fía de mí. A veces, me preocupa que mi relación con ella sí pueda poner su vida en peligro.

—¿Por qué no vas a la policía para contar lo mío con Brandi? —pregunto—. ¿Por qué hablas conmigo primero?

Se encoge de hombros, no está dispuesta a responder. Pero veo la verdad en sus ojos. Alison me tiene miedo. Sabe que he ocultado muy bien mi rastro y que el comisario es ahora mismo mi mayor fan. Tiene miedo de que lo que pueda contarle a la policía no sea suficiente para llevarme a la cárcel, y entonces ella habrá jugado todas sus cartas. Me habrá convertido en un enemigo peligroso, y no quiere eso.

Ese es el miedo que le inspiro.

—Te daré unos días para que te lo pienses —dice—. Y luego iré a hablar con el comisario Driscoll.

Si le cuenta al padre de Daisy que yo era el novio secreto de Brandi, hay una posibilidad de que él no la crea, pero hay más posibilidades aún de que no vuelva a dejar que me acerque a Daisy. Solo eso podría acabar con nuestra relación. Alison me ha puesto en una situación imposible. Quiero a Daisy, pero cada camino que yo elija me llevará al final de lo nuestro.

No sé qué hacer.

Daisy está esperándome junto a su taquilla, como había prometido. Cuando me ve, toda su cara se ilumina. Reconozco esa expresión porque es exactamente como yo me siento ahora mismo. Cada vez que la miro, me descubro sonriendo como un idiota.

—¡Tom! —Agarra su pesada mochila del suelo. Me avergüenza admitir que no he vuelto a ofrecerme para llevársela desde aquel primer día—. ¿Va todo bien?

—Claro. Todo va bien. Es solo que he tardado un poco más en limpiar después del laboratorio.

Todo va bien, salvo que podríamos romper porque tu mejor amiga me pilló besando a esa chica que asesinaron y va a decírselo al comisario de policía, que resulta que es tu padre. Aparte de eso, ¡todo va genial!

—Pareces... —Inclina la cabeza a un lado—. ¿Seguro que estás bien?

—Ajá. —Finjo una sonrisa—. Vamos.

Sigo a Daisy a la calle e iniciamos el camino hacia su casa sin ningún desvío, tal y como prometí a su padre que haríamos. El tiempo se ha vuelto bastante más cálido. Toda la nieve que se había acumulado durante el invierno hace tiempo que ha desaparecido. Normalmente no soy muy fan de la nieve, pero ahora desearía que se hubiese seguido manteniendo. Para así haber contado con más tiempo antes de que encontraran el cuerpo de Brandi, aunque era inevitable.

—Siento que mi padre te esté obligando a acompañarme a casa todos los días —dice ella—. Sé que es una tontería. Tampoco es que vaya a aparecer algún hombre de un salto entre los arbustos y me vaya a matar a plena luz del día.

Extiendo la mano hacia la de ella.

—No me importa acompañarte a casa.

—¿Seguro?

—Es la mejor parte del día —respondo con sinceridad.

Daisy me sonríe.

—Para mí también.

«Te quiero, Daisy. Te he querido desde el momento en que te vi. Haría lo que fuera por no tener que dejarte. Pero no sé si hay otro modo…».

—Mi padre está intentando convencerme de que no me vaya a la universidad. —Pone los ojos en blanco—. Como si yo estuviese dispuesta a quedarme aquí después de graduarme.

—¿A qué universidades piensas enviar tu solicitud?

Me mira con una tímida sonrisa.

—Todavía no estoy segura. ¿Adónde piensas pedir tú?

—Tampoco estoy seguro.

—Bueno, cuando llegue el momento, podemos comparar nuestras listas —dice—. ¿No crees?

Hace un par de semanas, un comentario así me habría dejado pasmado. Puede que otros chicos quieran ir de flor en flor en la universidad, pero eso no es lo que yo quiero. Lo único que deseo es pasar el resto de mi vida con Daisy. Y ahora, por culpa de Alison, eso va a ser imposible.

Aunque, siendo justos, antes ya era bastante imposible. Si alguna vez pensé lo contrario, me estaba engañando.

—Te quiero, Daisy —suelto de repente.

Ella deja de caminar, sorprendida. Sus pestañas claras aletean mientras asimila mis palabras. No sé por qué he sentido la necesidad de decirlo. Quizá porque he pensado que, si no lo decía ahora, no iba a tener otra oportunidad. Porque hay muchas posibilidades de que dentro de una o dos semanas no sienta lo mismo por mí. Puede que dentro de una o dos semanas ya no me hable.

Incluso puede que me tenga miedo.

Así que tenía que decirle lo que de verdad siento mientras todavía exista una posibilidad de que lo sepa apreciar. Aunque, al mirarla ahora a la cara, no sé si ha sido una buena idea.

—Yo... —dice.

Ay, Dios, he cometido un error. No debería haber dicho eso. Estúpido, estúpido.

—Da igual.

—¿Da igual?

—No, o sea... —Aparto mi mano de la suya porque me está sudando—. Solo... ha sido una tontería. No debería haberlo dicho.

—Sí que deberías. —Vuelve a extender la mano para agarrar la mía. Sus manos siempre están muy suaves. ¿Cómo consigue tenerlas tan increíblemente suaves? Debe de usar una crema especial—. Porque yo siento lo mismo. Yo... también te quiero, Tom.

Y, mientras Daisy me besa, me doy cuenta de que nunca volveré a ser tan feliz como en este momento. Intento recordarlo y saborearlo, porque muy pronto las cosas se van a poner fatal.

25

En la actualidad

SYDNEY

Parezco la víctima de alguna película gore.

Me he encerrado en el baño de la cafetería, esperando a que el Hombre Misterioso, alias Tom, vuelva con una camiseta limpia para mí. He conseguido quitarme toda la sangre de la cara, pero cometí el estúpido error de vestir de color rosa claro. Tengo un aspecto horrible. Si fuera andando a casa así, está claro que recibiría muchas miradas. Hay una clara posibilidad de que alguien llame a la policía.

Y, para colmo, tampoco estoy de lo más favorecida. Cuesta parecerse a una estrella de cine después de haber perdido casi la mitad de la sangre del cuerpo por la nariz. Una parte de mí desea que Tom pida que aplacemos nuestra cena para otra noche, pero otra parte cree que, si lo hacemos, jamás volveré a saber de él.

Llaman a la puerta del baño y, cuando la abro, veo a Tom con una camiseta blanca arrugada en la mano. Me la lanza.

—Talla pequeña, ¿no?

Agarro la camiseta y la levanto por delante de mí. Ay, no.

—¡No voy a llevar una camiseta en la que pone «*I Love New York*»!

Me sonríe con aire de suficiencia.

—¿Por qué no? ¿No te gusta Nueva York?

—¡Voy a parecer una maldita turista!

—Al menos no parecerás la víctima de un asesinato.

No puedo negar que tiene razón. A regañadientes, me quedo con ella y vuelvo a encerrarme en el baño. Me quito la blusa sucia y me pongo mi nueva y bochornosa camiseta de turista. Bueno, podría ser peor. Como mínimo no lleva una foto de una manzana. Y tengo una chaqueta con la que poder taparla.

Me aliso el pelo y me aplico una nueva capa de labial. Un minuto después, vuelvo a verme casi presentable. Intento meter la blusa en el bolso a la fuerza, pero es en vano. En mi pequeño y delicado bolso cabe la cartera y poco más. Supongo que tendré que tirarla o, si no, llevarla en la mano durante el resto de la cita, lo cual no es una opción agradable.

Abro la puerta del baño y Tom me está esperando ahí con una chaqueta ligera de Thinsulate y los brazos cruzados sobre el pecho. De nuevo, me impresiona lo atractivo que es.

Me hace un gesto con los pulgares hacia arriba.

—Te queda genial. Ojalá te hubiese comprado también una bola de nieve con la Estatua de la Libertad.

—¿Qué te debo por la camiseta? —Es probable que este horror cueste como cincuenta dólares.

—No seas tonta. Es un regalo.

—Pues gracias. —Levanto en el aire mi blusa llena de sangre—. Perdona la asquerosidad, pero no sé qué hacer con esto. No me cabe en el bolso.

Se palpa la chaqueta.

—Esto tiene unos bolsillos enormes. Dámela.

Me impresiona ver que no le da repugnancia mi camisa empapada en sangre, que esté dispuesto a tocarla y que incluso se arriesgue a mancharse los bolsillos. Pero claro, es médico.

—¿Preparada? —pregunta Tom—. Si vamos hasta la calle Seis, podremos elegir entre varios restaurantes indios estupendos. Si es que te gusta la comida india.

—Me encanta —contesto.

Me sonríe.

—Anda, tenemos una cosa en común.

Atravesamos la cafetería y Tom sostiene la puerta para que pase. Después de montones de citas, puedo asegurar que es muy raro que un hombre te sostenga la puerta. Aparte de todo lo demás, también es un caballero.

—Por cierto —digo—. No quiero que pienses que me dan hemorragias como esa a todas horas.

—Me alegra saberlo. —Inclina la cabeza con gesto pensativo—. Pero ha sido una epistaxis espontánea bastante impresionante. Es decir, no había tanta sequedad en la cafetería. Espero que no te estuvieras hurgando la nariz.

Aunque está burlándose de mí, la cara se me sonroja.

—No.

—Recuerdo que la primera vez que nos vimos tenías… —Se toca la frente, por la que me estaba saliendo un bonito chorro de sangre cuando nos conocimos—. Ya sabes…

Será mejor que sea sincera. Debe de sospechar algo y es mejor que sepa la verdad y no piense que me paso el día metiéndome el dedo en la nariz.

—La verdad es que tengo un pequeño trastorno hemorrágico.

—Ah, ¿sí? —Levanta sus negras cejas—. ¿La enfermedad de Von Willebrand? ¿Deficiencia de factor X? ¿De factor II?

—La enfermedad de Von Willebrand —confirmo antes de que siga adivinando. Estoy ligeramente impresionada. Ni siquiera mi médico de atención primaria parecía saber mucho al respecto. Tuvo que buscarlo en Google delante de mí.

—Es el trastorno hemorrágico heredado más común. —Sonríe avergonzado—. Perdona, soy un poco friki con estas cosas. En la facultad de Medicina yo era siempre el que sabía más de lo que era necesario para los exámenes. Pero, a veces, me viene bien en el trabajo.

Tom no me parece ningún friki. De hecho, me resulta bastante perfecto, hasta el punto de resultar molesto. Es atractivo, está claro que muy listo y encantador, y es médico. Por supuesto, yo sentía cierta reticencia ante la idea de salir con un médico después de lo que le pasó a Bonnie, aunque ahora estoy convencida de que ese tipo mintió sobre su profesión y sobre todo lo demás. En cualquier caso, la mayoría de las mujeres no sienten rechazo alguno a salir con médicos.

Pero a sus treinta y tantos años sigue soltero. Así que debe de tener algo malo. Probablemente una seria aversión al compromiso, como la mitad de los hombres solteros de treinta y tantos años.

Llegamos al restaurante indio y, una vez más, Tom sujeta la puerta para que yo pase. Observo con atención todo lo que hace, buscando las habituales señales de alarma. No se niega a sentarse en la primera mesa a la que nos llevan porque él tiene que estar mirando al norte o algo así, no supervisa los cubiertos en busca de imperfecciones y, cuando estamos acomodados, no dice que el restaurante tiene un olor raro y que debemos irnos de inmediato. De hecho, retira la silla para que me siente, lo cual resulta sorprendentemente encantador.

—Tienes muy buenos modales —le digo.

Parece encantado con el cumplido.

—Mi madre me enseñó.

Ah, un niño de mamá. Espero ahora un largo soliloquio sobre su santa madre y que ninguna mujer estará jamás a su altura, pero no sucede. Sigue siendo molestamente perfecto.

—¿Tienes buena relación con tu madre? —pregunto.

Levanta un hombro.

—Algo así. Mi padre murió de un infarto cuando yo iba a la secundaria, así que hemos estado solos desde entonces.

—Ah. —Me llevo la mano a la boca—. Lo siento mucho. Mi padre murió de un infarto hace unos años y fue muy repentino y terrible. Debió de ser aún más duro siendo tan joven.

—Sí —contesta, aunque aprieta la mandíbula. Está claro que no está dispuesto a hablar de la muerte de su padre en nuestra primera cita y no le culpo. Ha llegado el momento de cambiar de tema.

—Bueno —digo—, ¿y dónde trabajas?

—Estoy en el hospital de la Universidad de Nueva York.

Qué bien. No queda lejos de mi apartamento.

—¿Y qué tipo de médico eres?

Vacila, como si no estuviese seguro de querer decírmelo.

—Soy patólogo.

—¿Patólogo? ¿No son los que se pasan el día diseccionando cadáveres?

Frunce el ceño mientras hace un pequeño corte en la servilleta que tiene delante.

—No es lo único a lo que se dedican los patólogos, ¿sabes? Si tienes un tumor y tu médico te hace una biopsia, el patólogo es el que lo mira por el microscopio y te dice si tienes cáncer o no.

—Ah. —Me arden las mejillas—. Perdona. Entonces... ¿te dedicas a eso? ¿A mirar muestras de tumores por el microscopio?

—Bueno, no —confiesa—. Soy médico forense. Así que, sobre todo, hago autopsias.

—Así que te pasas el día rajando cadáveres.

Me mira con una mueca.

—¿Y te gusta?

—Bueno, es mi trabajo. Me resulta estimulante intelectualmente, si es eso lo que me estás preguntando.

Así que este hombre se gana la vida rajando cadáveres. Eso es... interesante. Puede que haya una buena razón por la que sigue estando soltero.

—¿A qué te dedicas tú? —pregunta, claramente con ganas de cambiar de tema.

—Soy contadora.

Su expresión se relaja.

—Ah, eso es estupendo. Muy práctico.

—Gracias. Estuve planteándome ser pitonisa, pero luego pensé que no, que no era nada práctico. Contadora sería mejor.

Se ríe.

—Entiendo por qué alguien podría quedarse indeciso entre esas dos carreras.

—En fin —continúo—. Me gusta bastante. —Me aclaro la garganta—. Es decir, no lo odio.

—A lo mejor tengo algunas preguntas que hacerte sobre planes de jubilación.

—Ponte a la cola.

Vuelve a reírse y sus ojos se arrugan de una forma que me resulta indudablemente sexy. Me encanta cómo me mira. Una parte de mí piensa que está fuera de mi alcance, pero no me mira así. Me mira como si quisiera lanzarme sobre la mesa y hacerme el amor ahora mismo, pero es demasiado educado como para hacerlo.

La camarera nos trae vasos de agua y nos pregunta si queremos pedir. Yo apenas he tenido tiempo de mirar la carta, así que pido mi plato preferido: pollo tikka masala. Agradezco que Tom me deje pedir primero y que no juzgue mi preferencia de comida o insista en que pida algo que no quiero. Además, tampoco se queda mirando los pechos bastante grandes de la camarera.

—¿Sabes? —dice después de que la camarera se va—. Quise pedirte tu número de teléfono la primera vez que te vi.

—¿Por qué no lo hiciste?

—¿En serio? —Da un sorbo a su vaso de agua—. Te acababa de atacar tu cita. ¿Qué clase de tonto crees que soy? Además... —Hace una pausa—. En ese momento yo estaba casi terminando una relación.

—Ah. —Levanto las cejas—. ¿Una relación seria?

—No exactamente. —Se remueve en su silla, claramente sin muchas ganas de hablar de ello—. En fin, ya terminó. Del todo.

Me fijo en su mano izquierda y confirmo de nuevo que no lleva nada en el dedo anular. Y que no tiene tampoco marcas de una alianza.

—¿Has estado casado?

—No, nunca. —Hace cierta mueca al decirlo, como si le molestara no haber estado casado nunca—. ¿Y tú?

—No, nunca. Pero me gustaría casarme. —Ay, Dios, ¿por qué he dicho eso? Jamás de los jamases se dice eso en una primera cita. Es una norma sagrada. Hay algo en este hombre que hace que baje la guardia—. Quiero decir, en un futuro.

—Muy bien. —Tom levanta su vaso de agua—. Por el futuro.

Y mientras chocamos nuestros vasos, me pregunto si será posible que Tom sea mi futuro.

26

Antes

TOM

Mi tío Dave, el marido de la hermana de mi madre, sufrió un infarto hace un par de días.

Mis tíos viven en Seattle y mi madre va a tomar un avión para ir a verlos. Cuando yo era pequeño, la acompañaba cada vez que iba a visitarlos, pero ahora tengo clase y debo quedarme. Con mi padre.

No me entusiasma quedarme solo con él en la casa, pero, por otra parte, es probable que no me haga ningún caso. Él tiene que trabajar y yo tengo clase. Existe una posibilidad de que ni siquiera nos veamos durante todo el tiempo que mi madre esté fuera.

—Sé bueno con tu padre, Tommy —me dice mi madre antes de salir con su Chevy hacia el aeropuerto.

Sí, como si fuera yo el que se emborracha y empieza a tirar cosas por la casa.

—Está bien.

Retuerce las manos.

—Déjalo tranquilo, ¿okey?

—Okey.

Se despide con un beso y promete llamar en cuanto aterrice su avión. Como si yo fuera a quedarme sentado preocupado por que el avión de mi madre se estrelle. Tengo cosas mucho más importantes de las que preocuparme.

Por ejemplo, han pasado dos días desde el ultimátum de Alison y Daisy sigue siendo mi novia. Alison no deja de lanzarme miradas de advertencia, pero todavía no he dado ningún paso para poner fin a la relación. Sigo esperando que pase algo para no tener que hacerlo, aunque eso es imposible.

No puedo permitir que Alison vaya a la policía. Daisy me dijo en secreto que la policía no está teniendo suerte a la hora de averiguar quién asesinó a Brandi y que han puesto todas sus esperanzas en encontrar al novio secreto. No puedo permitir que se enteren de que yo soy el chico que buscan.

Si el padre de Daisy no estuviese tan ansioso por su seguridad, me habría gustado llevarla a cenar esta noche, pero en su lugar me he preparado la entraña de ternera que mi madre ha dejado en el frigorífico. Estoy comiéndomela ya tarde en la mesa de la cocina cuando recibo en mi teléfono un mensaje de Daisy.

Aburrida. ¿Q haces?

Cenar

¿Q cenas?

Filete. Lo he hecho yo.

¡Ñam! ¿Cocinarás algo x mí alguna vez?

Estaría encantado de que Daisy viniera a comer filete si su padre la dejara. Le prepararía todo un banquete. Asistiría a una academia de cocina solo por hacerla feliz. Haría lo que fuera por ella. Lo que fuera.

No puedo romper con ella. No puedo. Tiene que haber otra solución.

La puerta de la calle se cierra de golpe y me meto el teléfono en el bolsillo. Mi padre debe de haber vuelto de su trabajo en la ferretería. Siempre se queja de tener que hacer tareas insustanciales, pero es afortunado de contar con un empleo, considerando que se presenta borracho la mitad de las veces y con resaca la otra mitad.

Y, como es de esperar, cuando entra tambaleándose en la cocina tiene los ojos un poco enrojecidos y apesta a whisky. Debe de haber hecho una parada en el bar O'Toole's de camino a casa, que es lo que hace la mayoría de las noches.

—¿Dónde está Luann? —pregunta.

Estoy seguro de que mi madre le ha dicho cien veces adónde iba, pero no me sorprende que se haya olvidado.

—Mamá ha ido a ver al tío Dave.

—Siempre le pasa algo —refunfuña mi padre en voz baja.

No sé qué decir. Es raro que mi madre no esté en casa para cenar. Solo va a ver a mi tía Gloria dos veces al año.

—¿Y dónde está la cena? —me ladra—. Estoy muerto de hambre.

Bajo la mirada a mi plato. Solo he preparado un filete y casi me lo he terminado.

—No sé.

Me fulmina con los ojos.

—Así que te has preparado cena solo para ti y no te has molestado en hacer nada para tu viejo, aunque soy yo el que te da techo y paga toda tu comida.

—No sabía que vendrías a casa.

—Increíble —murmura—. Cualquiera pensaría que no te hemos enseñado buenos modales.

Se tambalea por la cocina, pero, en lugar de ir al frigorífico, va al mueble bar, que está lleno de botellas casi vacías. El alcohol no dura mucho en nuestra casa. Agita las botellas.

—¿Qué coño es esto, chico? ¿Dónde está todo mi whisky?

—Te lo habrás bebido.

Cierra con un golpe el mueble bar, con fuerza suficiente como para que parezca que toda la cocina tiembla.

—No me mientas. Sé que estás agarrando bebida de mis reservas.

Yo no le agarro bebida. En absoluto. Jamás he probado el alcohol. No pienso tocar eso después de ver lo que le provoca a mi padre.

Pero lo conozco, y una vez que se le mete una idea en la cabeza, cuesta sacársela. Si cree que le estoy robando su alcohol, no va a dejar de pensarlo.

—¿Sabes? —comenta dando un paso hacia mí—. No te has hecho tan grande como para que no pueda darte una paliza.

Mientras lo dice, se pone la mano en la hebilla del cinturón. Cuando era más pequeño, mi padre me pegó varias veces con la hebilla del cinturón. Lo suficiente para que yo aprendiera que debía mantenerme alejado de él. Mi madre era siempre la que recibía el embate de sus malos tratos.

—Voy a subir a mi cuarto —contesto—. Tienes bastante comida en la cocina.

Suelta un bufido, aunque retira la mano de la hebilla.

—¿Qué vas a hacer ahí arriba? ¿Hablar con tu novia, la hija del comisario de policía?

Me pongo en tensión. No tenía ni idea de que supiera lo mío con Daisy. Esa idea me intranquiliza.

A mi padre le hace gracia mi expresión.

—¿Creías que no lo sabía? Me lo ha contado tu madre. Esa chica es demasiado buena para ti, ¿sabes?

No se equivoca del todo.

—Sí —mascullo.

—Tráela un día. —Me guiña un ojo—. Esa Daisy Driscoll es atractiva. No me importaría probarla. Estaría bien darme un descanso de las tetas caídas de tu madre.

Nada de lo que ha dicho mi padre antes me ha afectado. Sus amenazas con la hebilla del cinturón no son nada nuevo. Acusarme de robar su alcohol es lo normal. Pero no me gusta cómo habla de Daisy.

No me gusta nada en absoluto.

Puede ver que por fin sus provocaciones me fastidian y una sonrisa atraviesa su rubicunda cara.

—La vi el otro día por la calle —continúa—. Se veía bien. ¿No viven los Driscoll en Peach Street? ¿Y su dormitorio no es el que da atrás..., en la segunda planta?

Aprieto el puño al pensar que mi padre pueda acercarse a Daisy.

—Apuesto a que eso le gustaría. —Se lame los labios—. Nada de lo que tú puedas hacerle la colmaría.

—Déjala en paz —mascullo entre dientes.

—Yo la haría muy feliz. —La peste a alcohol que sale de su boca es suficiente como para que los ojos se me humedezcan. Y hay otro olor rancio que no sé identificar—. Le guste o no. Pero yo creo que le va a gustar mucho.

Ni siquiera me doy cuenta de que he agarrado el cuchillo que he estado usando con el filete hasta que lo tengo en la mano y estoy apuntando con él al pecho de mi padre.

—Ni se te ocurra acercarte a Daisy.

Baja la mirada al cuchillo y después la levanta hacia mi cara. Tarda un segundo en estallar en una carcajada.

—¿Estás de broma, muchacho? ¿No probamos esto en otra ocasión y no terminó muy bien para ti?

Sí que probamos esto en otra ocasión. Pero esta vez no me va a quitar el cuchillo. Lo tengo bien sujeto en la mano.

—Mantente alejado de Daisy.

Cuesta no ver lo irónico de que sean las mismas palabras que Alison me dijo hace un par de días.

—No lo creo. —Ignorando de forma descarada el cuchillo, mi padre mete la mano en el mueble bar y agarra una botella de whisky, aunque está casi vacía. Se termina los restos—. De hecho, puede que después de esto me acerque a saludar a tu dulce Daisy. —Baja los ojos al cuchillo—. ¿Por qué no apartas eso antes de que te hagas daño?

He visto cómo mi padre pega a mi madre con sus propias manos. He sentido cómo me golpea la espalda con un cinturón. Pero nunca le he odiado tanto como cuando le hundo la hoja del cuchillo en el vientre.

El cuchillo está afilado. Lo afilé hace apenas una semana con el borde de una de las tazas de cerámica, como mi madre me enseñó. La hoja se desliza limpiamente por su barriga y, después, cuando está dentro, la retuerzo por si acaso. Es al sacarla cuando me aventuro a mirar la cara de mi padre.

Su rostro se ha congelado en una expresión de absoluta sorpresa. La boca le cuelga y su habitual piel rojiza se ha vuelto pálida.

—Tom —jadea mientras se aferra a la encimera de la cocina.

Y después cae al suelo.

Está sangrando mucho. Un charco de sangre se va formando en el suelo debajo de él, pero no son dos litros y medio. No es suficiente para matarlo, ni siquiera para quedarse inconsciente. Sigue vivo y está intentando levantarse. Consigue apoyarse en las manos y los pies, pero es todo lo que puede hacer.

—Tom. —Tose, y su saliva es roja cuando cae sobre el linóleo—. Yo... no sabía que serías capaz...

A lo mejor él no lo sabía. Pero yo sí.

—Tommy. —Arrastra las palabras y ya no estoy seguro de que sea por el alcohol—. Tienes que llamar a una ambulancia, niño. Tienes que ayudar a tu padre...

Cuando levanta la vista, sus ojos marrones, del mismo color que los míos, me miran. Y es entonces cuando se da cuenta de que no voy a llamar a ninguna ambulancia. Que voy a dejar que muera desangrado en el suelo de la cocina.

Busca en su bolsillo el teléfono. No está. Siempre se le queda en el bar o puede que en el trabajo, así que supongo que es allí donde está ahora mismo. Tenemos un teléfono fijo al lado del sofá, pero, teniendo en cuenta que ni siquiera es capaz de ponerse de pie, puede ser como atravesar el océano.

Aun así, lo intenta. Me quedo inmóvil en la cocina mientras se arrastra por el suelo dejando un rastro de sangre. Consigue llegar a la alfombra favorita de pelo largo de mi madre y casi se da por vencido, pero no. El muy cabrón es más fuerte de lo que yo creía. Puede que consiga llegar al teléfono. En cualquier caso, no parece que vaya a morir pronto.

Y es entonces cuando me doy cuenta de que tengo dos opciones:

1. Llevar a mi padre al hospital para que le salven la vida.
2. Acabar con él.

No es una decisión difícil. Ya lo he hecho un millón de veces antes en mis sueños.

Atravieso la cocina con cuidado de no resbalarme con la sangre de mi padre. Voy dejando huellas de sangre por toda la casa, pero no estoy seguro de que eso importe ya. Me pongo delante de mi padre, impidiéndole avanzar. Él me agarra el tobillo y me mancha de sangre toda la pernera de los jeans.

—Tommy —dice con voz ronca—. Por favor. Tu viejo está muy grave. Tienes que ayudarme.

Me arrodillo a su lado. Miro sus ojos inyectados en sangre, que son un reflejo de los míos.

—Nunca más vas a hacerle daño.

Son las últimas palabras que oye antes de que le corte el cuello.

27

En la actualidad

SYDNEY

Tom y yo lo pasamos genial en la cena.

Va todo igual de bien que en mi café con Travis. Aún mejor, porque con Travis no he tenido esta especie de química eléctrica. Además, Tom es un conversador magnífico y parece capaz de hablar con inteligencia de todo tipo de cosas. Y me encanta que, cuando llega la cuenta, la toma sin siquiera darme la oportunidad de permitir que yo pague.

—Podemos compartirla —le ofrezco.

—Estás de broma. No me he pasado toda la noche sosteniéndote las puertas y retirándote la silla para que me des dinero para la cena.

De acuerdo, puede que sea un poco anticuado, pero me parece de lo más encantador. Sí, puedo permitirme compartir la cuenta de la cena. Pero me parece bonito que no me deje. Me encanta que me ayude a ponerme la chaqueta cuando me levanto y me la abotono hasta el cuello para que nadie sepa que amo Nueva York.

Después de salir del restaurante, nos quedamos en la puerta. Está refrescando y me aprieto la chaqueta sobre el pecho mientras miro la cara de Tom.

—¿Puedo llevarte a casa? —pregunta.

Siempre me ha parecido una buena norma no dejar que en las

primeras citas el hombre sepa dónde vivo, sobre todo cuando es un tipo cualquiera que he conocido en una cafetería (aunque vino en mi ayuda anteriormente). Además, me preocupa que, si Tom me acompaña a casa, yo sea incapaz de no invitarle a subir y, una vez que esté arriba, me sea imposible evitar que terminemos en el dormitorio.

Lo cual no sería del todo terrible, aparte de por no haberme afeitado las piernas. Así que…

—Voy a tomar un taxi —digo—. No hace falta.

—De acuerdo. Entonces ¿me puedes dar tu número?

Sus ojos chocolate oscuro no dejan de mirarme.

—Sí, claro —susurro.

Le dicto los dígitos de mi número de teléfono y él los apunta en el suyo. Sí que parece que va a llamarme, pero nunca se sabe. Ha habido muchas veces en las que he estado completamente segura de que iba a recibir una llamada y no ha sido así.

—Llevo tiempo sin tener una primera cita —dice—. Así que voy a necesitar que me recuerdes cuál es el protocolo. Si te llamo mañana, ¿estaría muy mal? ¿Pensarías que soy un tonto?

Curvo los labios.

—Bueno, ya opino que eres un tonto, así que harás bien en llamarme mañana.

Parece que le gusta la respuesta.

—Aparte de eso —añade—, ¿qué se suele hacer ahora en las citas? ¿Se permite besar en la primera o…?

Se me corta la respiración. La idea de besar a este hombre me resulta casi más de lo que puedo soportar.

—Sí. Está permitido.

Los ojos le brillan.

—Bien.

Y entonces lo hace. Me besa justo en la puerta del restaurante indio y es como si todos los besos que me han dado a lo largo de mi vida no fueran más que un ensayo, una preparación para este. *Esto* sí que es un beso. Es el tipo de beso con el que cada parte de mi cuerpo se derrite a la vez y me preocupa que, cuando dejemos de besarnos, pueda caerme al suelo formando un montón de baba viscosa. Ese tipo de beso.

Aunque besar a Jake también era bastante agradable. No quiero quitarle ese mérito.

Cuando Tom se aparta, la expresión aturdida de su rostro es igual que la mía. Me alegra que no nos encontremos en mi apartamento, porque sin duda nos estaríamos quitando la ropa ahora mismo.

—Te llamo mañana —me promete.

—Más te vale.

Y a continuación vuelve a besarme. Igual de bien que la primera vez, y lo único que se me ocurre pensar es: «¿Cómo he tenido tanta suerte?».

Y es después de llegar a casa cuando me doy cuenta de que Tom no me ha devuelto la blusa manchada de sangre.

28

Esta noche vuelvo a salir con Tom.

Es nuestra tercera cita, si contamos la de después de mi épica hemorragia nasal. Por suerte, tuvimos una segunda cita durante la cual ninguna parte de mi cuerpo empezó a chorrear sangre, y me pareció un enorme triunfo. Esta noche me estoy planteando invitarlo a mi apartamento y, sinceramente, es lo único en lo que puedo pensar durante nuestra clase de yoga de las cuatro.

—¿Por qué sonríes? —me pregunta Gretchen mientras enrolla su esterilla. Después del asesinato de Bonnie no hemos vuelto a yoga durante todo un mes porque nos parecía que sería raro sin ella. Pero, luego, Gretchen dijo que le dolía la espalda y yo empezaba a sentirme tensa sin las clases, así que aquí estamos. Y la verdad es que no resulta tan diferente solo con nosotras dos.

—Esta noche tengo una cita —le confieso.

—¡Ooh! —Los ojos de Gretchen brillan de la emoción—. ¿Es con el doctor Perfecto?

Ese es el apodo de Gretchen para Tom. Es curiosamente acertado. Hasta ahora, no he visto nada malo en ese hombre. Bueno, aparte del hecho de que se gana la vida rebanando cadáveres.

—Sí, con él.

—Vaya, te gusta mucho, ¿no?

—Mucho.

Me estoy enamorando de Tom más rápido y con más intensidad de lo que esperaba. Solo hemos tenido dos citas y ya estoy fantaseando con los servicios de mesa para nuestra boda y la casa que compraríamos en un barrio residencial de las afueras. Por supuesto, soy consciente de lo estúpido que resulta. Solo vamos por la tercera cita. Queda mucho tiempo para descubrir que Tom es un verdadero cretino.

Y, sin embargo, no lo parece. Lo que parece es un tipo agradable de verdad.

—¿Crees que podría ser el definitivo? —me pregunta con tono de burla.

—Es demasiado pronto para saberlo.

—Mentirosa. Sí que piensas que lo es. Se te nota en la cara.

Apenas puedo mirarla a los ojos porque tiene toda la razón.

En la salida de la clase de yoga, Arlene ha colocado una bandeja con muestras de chocolate. ¿Ves? Por esto me encanta el yoga. Pasamos una hora estirando mientras escuchamos música relajante y después, al terminar, nos dan chocolate. Tanto Gretchen como yo cogemos una pequeña onza.

—¡Disfrutadlo! —exclama Arlene—. Este chocolate lo fabrican en la empresa de mi amigo. Es todo natural, cultivado a la sombra y comprometido con el comercio justo. Y tiene más de un noventa por ciento de cacao.

—Parece delicioso —contesta Gretchen.

—Me alegra ver que las dos han vuelto a clase. Quería decirles lo mucho que lo sentí cuando me enteré de lo de Bonnie.

—Gracias —murmuro.

—Si sirve de algo —continúa Arlene mientras se pasa la mano por el collar que siempre lleva en el cuello—, he sentido el espíritu de Bonnie en el estudio cuando estaban aquí. Creo que sigue viniendo con ustedes a la clase.

Quiero decir que eso no sirve absolutamente de nada, pero Gretchen se lleva la mano al pecho y le da las gracias. A pesar de lo que Arlene y Gretchen puedan creer, el espíritu de Bonnie no se ha quedado en el estudio de yoga. Mi amiga está muerta y enterrada y nadie sabe siquiera quién ha sido el causante. Y empieza a preocuparme que nunca se sepa.

Mientras Gretchen y yo bajamos los escalones hacia la salida, las dos nos metemos nuestra onza de chocolate en la boca. Intercambiamos una mirada y Gretchen escupe su chocolate en la mano.

—¡Dios mío! —exclama—. ¡Es como comerse un puñado de tierra!

Yo no me atrevo a escupir el chocolate, así que sufro en silencio hasta que consigo tragármelo. Vaya, sí que es un chocolate asqueroso. (Nota mental: nunca más volver a aceptar chocolate que te ofrezcan durante la clase de yoga).

Mientras miro hacia la puerta de cristal del edificio donde está el estudio de yoga, el corazón me da un brinco. Hay un hombre junto a la puerta con una coleta. ¿Es... el Kevin Real?

He estado viéndolo más de lo que debería por pura casualidad. Al menos media docena de veces desde nuestra cita, incluida esa visión dudosa en el funeral de Bonnie de la que cada vez estoy más segura de que sí era él. Hace unos días, estaba comprando un bagel en una tienda y se puso en la cola detrás de mí. Actuó como sorprendido de verme, pero yo no me lo creí. Salí de la cola y me encerré en el baño hasta estar completamente segura de que se había hartado y se había ido. Antes de eso, apareció detrás de mí hace varias semanas cuando estaba comprando chicle en un quiosco. Trató de entablar conversación antes de que yo saliera corriendo hacia la estación de metro. Es como si pudiera aparecer en cualquier momento y me está asustando.

¿Es el Kevin Real el que está en la puerta del estudio de yoga?

—¿Syd? —Gretchen frunce el ceño—. ¿Estás bien?

El hombre se acerca un poco y sus rasgos se definen. Y, Dios santo, sí que es él. Es Kevin. Al otro lado de la puerta de cristal del estudio de yoga, asomándose al interior para verme.

Nuestras miradas se cruzan antes de que yo tenga oportunidad de disimular que lo he visto. Él finge sorpresa y me saluda con la mano. No le respondo.

—¿Quién es ese? —me pregunta Gretchen.

Me doy la vuelta con la esperanza de que le quede claro que no voy a salir ni a tener ninguna conversación con él.

—Es ese idiota con el que salí hace meses. Ya sabes, el que intentó besarme y le tuve que dar una patada en la entrepierna. Creo que me está siguiendo.

—¿Te refieres al que te pareció ver en el funeral de Bonnie?

Asiento.

Gretchen gira la cabeza para intentar mirarlo y yo la agarro del brazo.

—¡No mires!

—Perdón... Lo siento. —Tira de mí para meterme en el estudio principal, alejadas de la puerta de cristal—. ¡Esto es espantoso, Syd! Tienes que hacer algo.

—Ni siquiera sé su nombre completo. —Sinceramente, ni siquiera estoy segura de que Kevin sea su nombre de pila—. Le denuncié en Cynch. Y se lo conté al inspector que está investigando el asesinato de Bonnie. ¿Qué más puedo hacer? Y, en fin, tampoco es que haya intentado nada intimidatorio de verdad.

—Uf, ¿por qué son tan idiotas los hombres?

Es la pregunta de siempre.

—No pasa nada. Estoy segura de que al final se cansará.

Gretchen parece dispuesta a aceptar este análisis de la situación. Bonnie no me habría permitido plantearlo así. Probablemente, me habría llevado a la comisaría para pedir una orden de alejamiento. Pero está muerta.

—Hablando de hombres que no son cretinos —dice Gretchen—. Tengo estupendísimas noticias.

Me odio por prepararme para lo peor.

—¿Sí?

—¡Randy y yo nos vamos a vivir juntos!

Me olvido al instante de haber visto a Kevin en la puerta.

—¡Gretchen, eso es genial!

Parece muy feliz y yo no puedo evitar lanzar los brazos sobre ella, aunque no estoy emocionada del todo. Gretchen merece alguien mucho mejor que Randy. Puede que yo no crea que sea tan repulsivo como pensaba Bonnie, pero hay algo en él que me inquieta.

Aun así, ¿cómo se supone que se lo voy a decir a mi amiga? No tengo más opción que alegrarme por ella.

—Tardaré como cinco minutos en trasladar mis cosas a su apartamento —dice—. Prácticamente, lo dejo todo. ¿Y sabes qué? ¡Esto significa que las dos vamos a ser vecinas!

—¡Bien! —exclamo, tratando de mostrar la cantidad adecuada de entusiasmo.

—Bueno, voy ahora a mi apartamento a recoger algunas cosas. ¿Te apetece un viaje en metro?

Niego con la cabeza.

—No precisamente.

—Ah, claro. Tienes tu cita con el doctor Perfecto. —Me guiña un ojo—. ¡Pues pásalo bien! Supongo que no vas a necesitar ninguna llamada de rescate.

—Absolutamente no.

Por suerte, Arlene puede indicarme otra salida del estudio, por detrás, y así evitar a Kevin. Gretchen sale en dirección al metro mientras yo vuelvo a mi edificio de apartamentos. Mi cita con Tom no es hasta dentro de un par de horas, pero tengo que ducharme y probablemente voy a probarme como una obsesa toda la ropa que tengo en el armario de aquí a entonces.

Mientras cruzo la Octava Avenida, mi teléfono empieza a sonar dentro del bolso. Lo saco justo a tiempo de que un conductor de taxi pase a toda velocidad por mi lado salpicándome agua de lluvia en las zapatillas. Toda la lluvia se vuelve negra nada más chocar contra el pavimento de Nueva York. El número de Jake aparece en la pantalla.

Dios mío, ¿han averiguado quién mató a Bonnie?

La luz del paso de peatones está en rojo y descontando los segundos hasta que llego al otro lado. Nunca te dan tiempo suficiente para cruzar las avenidas. Es como si el que hubiese puesto esos cronómetros en los semáforos creyera que somos velocistas olímpicos. Pero, aun así, contesto la llamada.

—Jake.

—Hola, Syd. —Hace una pausa—. ¿Dónde estás? Hay mucho ruido.

—En la calle. La calle es ruidosa.

—Okey, okey. —Suelta un suspiro al otro lado de la línea—. ¿Puedes hablar un minuto?

Aprieto el teléfono con más fuerza.

—¿Has encontrado al asesino?

—No.

Una sensación de decepción me recorre el cuerpo.

—Prometiste que lo encontrarías. Han pasado dos meses, Jake.

—Lo sé, pero…

Llego a la acera tras conseguir cruzar la Octava Avenida sin que me lleve por delante un taxi amarillo, lo cual nunca está garantizado.

—Entonces ¿por qué diablos me llamas?

—Solo estoy preocupado por ti. Quería asegurarme de que te encuentras bien.

—No lo entiendo. ¿Por qué estás preocupado?

Se queda en silencio un momento al otro lado.

—Oye, hay una cosa que deberías saber.

—¿Una cosa que debería saber? —Eso no suena bien—. ¿Qué debería saber?

—Hemos encontrado otra víctima.

—¿Qué?

—Lo que has oído. —Parece como si estuviese apretando los dientes—. Ha saltado otra correspondencia en la base de datos de hace unos tres años. Un *modus operandi* parecido a las otras dos, con el pelo cortado desde el cuero cabelludo. Han encontrado restos de ADN que se corresponden con el que hallamos en el apartamento de Bonnie.

Me detengo en seco en medio de la acera, sintiendo de repente que no puedo respirar.

—¿Lo dices en serio? Entonces ¿se trata de un asesino en serie?

—Sí.

—Pero yo no he visto nada de eso en la prensa.

—Estamos haciendo lo posible por no filtrarlo a la prensa. No queremos que la gente entre en pánico.

—¿Te refieres al pánico que yo estoy sintiendo ahora mismo?

—Oye. —Jake parece demasiado calmado dada la gravedad de lo que me acaba de contar—. Vamos a encontrar a ese hombre. Pero, mientras tanto, sigue actuando como hasta ahora. Echa el cerrojo. Sigues sin entrar en Cynch, ¿verdad?

—¿Te preocupa mi seguridad o simplemente quieres que muera soltera y sola?

—Sydney...

—Olvídalo. Estoy de broma.

Sigo inmóvil en la acera. Los peatones pasan junto a mí por ambos lados. Varios de ellos me miran mal, pero parece que no consigo que mis pies se muevan.

—Oye, Syd. —Jake se aclara la garganta—. Si estás..., o sea, si no tienes planes, podría acercarme esta noche para hacerte compañía. Llevaré comida china. No tenemos por qué hablar del caso. Podemos ver una película o algo así.

Me quedo con la boca entreabierta.

—¿Me estás pidiendo una cita?

—¡No! Solo decía que si quieres compañía esta noche... Has dicho que no quieres estar sola, así que se me ha ocurrido...

—Bueno, no tienes por qué preocuparte por mí. La verdad es que ya tengo una cita hoy.

—Ah, ¿sí? —Intento no sentirme ofendida por lo sorprendido que parece Jake—. ¿Con quién?

Un hombre con un abrigo acolchado me hace un gesto obsceno por mi atrevimiento de quedarme quieta cinco segundos en una acera de Nueva York, lo que me anima a echar de nuevo a andar antes de que alguien me corte el cuello.

—Con nadie que sea de tu incumbencia.

—No quiero ser entrometido, Sydney —contesta—. Solo estoy preocupado por ti.

—Pues no tienes por qué. Es un hombre muy bueno. Y... me gusta mucho.

—Ah. —La voz de Jake baja unos cuantos tonos—. Bueno, eso es genial. Me alegro por ti. Te mereces tener un tipo estupendo. Y... ¿te fías de él?

—¡Jake!

—Okey, okey. —Suspira—. Solo digo que te cuides, por favor. Y si hay algo que te preocupe sobre ese hombre, si quieres que mire sus antecedentes o algo así, llámame. Cuando quieras.

Debo confesar que Jake sabe cómo hacer que me sienta segura. Es muy alto, fuerte y serio. Cuando salíamos juntos, era como tener un guardaespaldas que velaba por mí en todo momento. Es reconfortante saber que, aunque ya no estemos juntos, sigue cuidando de mí.

Pero no necesito que me cuide. Al fin y al cabo, tengo a Tom.

29

Antes

TOM

Sé exactamente cómo rebanarle el cuello a mi padre. Debo dar las gracias a todos esos libros de texto sobre cirugía que compré y que me he leído de cabo a rabo. En poco tiempo hay dos litros y medio de sangre por toda la alfombra de mi madre. Y luego más.

Mi padre muere delante de mí. En lo único que pienso mientras observo cómo va apagándose la luz de sus ojos es en que se merece esto. Nunca más volverá a darle una paliza a mi madre. Nunca más volverá a aterrorizar a nuestra familia.

Pero, unos segundos después, el alivio de que ya se haya ido del todo se transforma en pánico. He matado a mi padre. He matado a mi padre en mi propia sala de estar. Le he cortado la yugular con un cuchillo de cocina. Es imposible que pueda argumentar que ha sido un accidente o en defensa propia.

Voy a pasar el resto de mi vida en la cárcel.

A menos que…

Me pongo de pie tambaleándome y las manos me tiemblan. Tengo sangre por todos los jeans, las zapatillas y las manos. Tengo mucha en las manos. No sabes cuánto son dos litros y medio de sangre hasta que la ves por todo el suelo de tu cocina. No puedo enfrentarme a esto solo. Es demasiado.

Y solo hay una persona a la que puedo llamar. Solo hay una

persona en el mundo que puede ayudarme a salir de esta situación imposible.

Pongo las manos bajo el agua caliente para tratar de lavarme la sangre. La barra de jabón se vuelve rosa mientras me froto las manos con ella, pero, después de mucha agua caliente, el jabón vuelve a ponerse blanco y mis manos tienen de nuevo un aspecto normal. No puedo decir lo mismo de mis jeans y mis zapatillas. Tengo que quemar todo lo que llevo puesto. Pero, por ahora, solo necesito las manos lo suficientemente limpias para usar el teléfono.

Selecciono el primer nombre de mi lista de contactos, la persona a la que más llamo. Estoy en la cocina, con la cabeza palpitándome mientras el teléfono suena una y otra vez al otro lado de la línea.

«Responde. Vamos, hermano. Te necesito».

—¿Sí? —contesta una voz familiar.

—Babosa —consigo decir—. Necesito tu ayuda.

Mi mejor amigo no se lo piensa.

—Claro. ¿Qué necesitas?

—Yo… —Miro el cuerpo inmóvil de mi padre en la alfombra de la sala de estar—. He hecho algo muy malo. Pero malo de verdad.

Una pausa.

—Okey. ¿Qué pasa?

—No puedo decírtelo por teléfono.

—No podré ayudarte a menos que me cuentes qué pasa.

¿Puedo fiarme de verdad de Babosa? Mi instinto me dice que sí. Pero ¿y si aparece aquí y se vuelve loco? Aun así, no me queda otra alternativa. No puedo enfrentarme a esta situación yo solo.

—¿Puedes pedirles a tus padres el carro y venir aquí?

—Claro. Ya se han acostado. Ni siquiera van a saber que me he ido.

Lo dice con total displicencia. Los padres de Babosa tienen sesenta y tantos años, él fue un accidente no muy feliz. Y no tienen fuerzas para encargarse de él. Así que hace casi lo que quiere y no les importa.

Es perfecto.

Quince minutos después, el Oldsmobile de los padres de Babosa se detiene en nuestro camino de entrada. Miro por la ventana mientras él baja del carro y estira sus largas piernas un momento antes de acercarse a la puerta de casa. Abro la puerta antes de que llame al timbre. Babosa parece sorprendido, con su esquelética muñeca inmóvil en el aire.

—Pasa —le digo.

—Dios, Tom. —Entra tambaleándose en el recibidor antes de que yo pueda cerrar la puerta prácticamente rozándole. Parece que va a decir algo más, pero entonces ve toda la sangre que ha manchado mi camiseta. Se queda boquiabierto—. Tom...

—No he tenido otra opción —contesto con firmeza, aunque no es verdad.

El corazón me late con fuerza mientras Babosa me aparta para entrar en la sala de estar. Tarda medio segundo en ver a mi padre muerto sobre la alfombra. Toma aire con fuerza y yo contengo la respiración mientras espero a ver qué dice. Conozco a Babosa de toda la vida y me fío de él, pero es justo decir que esto no entra dentro del ámbito de los favores habituales que nadie pueda pedirle a su mejor amigo.

—Bueno —dice Babosa despacio—. Por fin has matado a este hijo de puta.

—Ha sido un accidente —contesto sin convicción.

—Sí, un accidente. Se ha rebanado la garganta.

Me paso una mano temblorosa por el pelo, que ahora veo que también tiene sangre. Dios santo, hay sangre por todas partes. Eso es algo que no se aprende en los libros de anatomía, desde luego. He pasado los últimos quince minutos limpiando sangre del suelo de la cocina y no ha quedado mal, pero no sé qué vamos a hacer con la alfombra de mi madre. Vamos a necesitar alguna especie de limpiador de alfombras extrafuerte, y estoy seguro de que, aun así, quedarán restos.

—No puedes salvar la alfombra —dice Babosa como si me leyera la mente—. Podemos envolverlo con ella.

—¿Envolverlo?

—Cuando nos deshagamos del cuerpo. —Babosa me lanza una mirada de exasperación—. ¿No es para eso para lo que me has llamado pidiendo ayuda?

Miro a mi mejor amigo. Tiene la cara muy grasienta, como la superficie de una pizza, y su frente sufre un grave ataque de acné. Pero lo más loco de todo es la absoluta calma que muestra. Yo estoy a punto de que se me salga el corazón por la boca, pero Babosa está como si tal cosa.

—Lo envolvemos con la alfombra y lo metemos en mi maletero —dice—. ¿Hay bolsas de basura con las que cubrir el maletero?

—Eh, claro.

Como no me muevo, Babosa me mira levantando una ceja.

—¿A qué esperas? No es que tengamos una eternidad para encargarnos de esto.

—Okey. ¿Cuántas necesitamos?

—Con seis nos valdrá.

¿Cómo sabe el número exacto de bolsas de basura que va a necesitar para cubrir el maletero de su carro antes de meter un cadáver? O a lo mejor no quiero saber la respuesta a esa pregunta.

Después de traerle las bolsas de basura, voy arriba para cambiarme de ropa. No sé exactamente qué hacer con la camiseta y los jeans manchados, pero no voy a salir de casa luciendo la sangre de mi padre.

Dedico un segundo a mirarme en el espejo del baño mientras estoy arriba. Y menos mal, porque tengo mucha más sangre en la cara y en el cabello de la que me imaginaba. Por suerte, el color de mi pelo es tan oscuro que no se nota. Tendré que darme una larga ducha después de haber acabado con esto.

La piel de mi cara está tremendamente pálida, como si estuviese medio muerto, y tengo unos círculos oscuros bajo los ojos que parecen moretones. Es como si llevara despierto desde la semana pasada.

Dejo el teléfono sobre la cómoda mientras me cambio, y suena cuando estoy en el baño. Un mensaje. Corro para abrir la pantalla y aparece un mensaje de Daisy.

¡Tienes q ver este video!

No pulso para reproducir el video, que parece algo de un gato tocando el piano. No estoy de humor ahora mismo para animales adorables. Dudo que nunca lo haya estado, pero, desde luego, ahora no. Me hallo muy lejos de sentir interés en animales adorables que ni siquiera son graciosos. No me gusta no hacer caso a un mensaje de Daisy, pero no soy capaz de contestar.

Cuando vuelvo a bajar, Babosa ha conseguido enrollar la alfombra alrededor del cuerpo de mi padre. Es casi de la longitud exacta para cubrirlo. Qué suerte.

Babosa se yergue al verme y se limpia las manos en los jeans. Los pantalones le quedan demasiado cortos, seguramente los ha heredado de alguno de sus hermanos mayores. Babosa es el único de los hermanos especialmente alto.

—He cubierto mi maletero con las bolsas de basura —me informa—. Y he dado la vuelta al carro para que el maletero dé hacia la puerta del garaje, pero no he podido meterlo porque el carro de tu padre está dentro. En fin, podemos cargarlo ahí mismo. Nadie lo va a ver.

—Okey. —Cuesta no sentir inquietud al ver que a Babosa se le da esto tan bien. Y no hay nada que se le dé bien. Bueno, aparte de comer bichos.

—¿Cómo te encuentras, Tom? —Me mira con los ojos entrecerrados—. No vas a empezar a ponerte histérico, ¿no?

—Estoy bien —consigo responder.

—Mejor. —Babosa mira al gran bulto de la alfombra en el suelo—. Porque yo no puedo subirlo solo. Esta es una tarea para dos.

Incluso entre dos resulta difícil. Babosa levanta un extremo y yo el otro, pero mi padre era un hombre grande y los dos soltamos gemidos mientras hacemos lo que podemos por que no se nos caiga. Por suerte, Babosa ya tiene abiertas las puertas del maletero y el garaje, así que vamos directos. Cuando nos estamos acercando, empiezo a entrar en pánico al pensar que el cuerpo no va a caber, pero Babosa no parece preocupado y, al final, conseguimos meterlo dentro. Cuando cerramos la puerta del maletero, me esfuerzo por contener un ataque de náuseas. Ni siquiera sé cómo vamos a deshacernos de este cuerpo. Nos queda por delante una larga noche.

Pero, de repente, nada de eso importa. Porque, cuando levanto los ojos del maletero, me doy cuenta de que alguien nos ha estado observando. Hay una persona en la acera y ha visto cada uno de nuestros movimientos.

Ay, Dios, es Alison.

30

Antes

TOM

Alison nos ha visto meter el cadáver de mi padre en el maletero.

Ha tenido que verlo. La calle está a oscuras, pero no tanto. Y las luces de nuestro porche están encendidas. No sé por qué no he apagado las malditas luces del porche. ¿En qué estaba pensando? Es como de primero de Asesinato: apaga esas estúpidas luces antes de salir a meter un cadáver en el maletero.

Pero, por otra parte, puede que no nos haya visto. Está con su perro, un animal que parece mucho más simpático que ella, y puede que esté demasiado concentrada en recoger la caca de su perro o lo que sea que hagan los que pasean a sus mascotas. No hay garantía alguna de que sepa qué estábamos haciendo. O sea, aunque lo haya visto todo, lo único que sabe es que estábamos metiendo una alfombra en el maletero. A lo mejor es que estamos volviendo a tapizar la casa.

Por supuesto, si se entera de que mi padre ha desaparecido, es fácil que sume dos más dos.

—Hola, Alison —digo con voz áspera.

Babosa levanta los ojos bruscamente al oír su nombre. Se pone rígido, pero no pronuncia palabra. En otras circunstancias me estaría dando codazos y diciendo lo buena que está.

—Hola —contesta Alison con voz monótona.

Corro hasta la mitad del jardín para hablar con ella. Está demasiado oscuro como para distinguir su cara, lo que significa que no puedo adivinar qué estará pensando. ¿Nos ha visto? ¿Lo ha visto?

—¿Paseando al perro? —pregunto.

Ella baja la mirada a la correa que lleva en la mano.

—Eh, sí.

—Un poco tarde para eso, ¿no?

Alison levanta un hombro.

—Rufus me protege.

Como si lo hubiésemos invocado, el perro empieza a gruñirme. Estupendo. Ahora el perro me va a atacar. Justo lo que necesito.

—Quieto, Rufus —regaña Alison a su perro.

El perro no deja de gruñir. Está muy alterado y ahora tira de la correa con suficiente fuerza como para arrastrar a Alison hacia delante.

Solo que no viene por mí. Está tratando de pasar por mi lado.

—Perdona —refunfuña Alison—. No sé qué le pasa.

Yo tampoco lo sé hasta que Rufus se acerca corriendo al Oldsmobile. Babosa parece ser presa del pánico un momento y se aparta del carro con las manos en alto, pero el perro se detiene de repente junto al maletero del carro. Y entonces empieza a ladrar como un salvaje, dirigiendo toda su energía al maletero.

—¿Tienen carne cruda ahí dentro? —nos pregunta Alison—. Solo se pone así cuando hay carne cruda.

Ni siquiera sé cómo empezar a responder porque estoy inmóvil y completamente aterrado, pero en ese momento habla Babosa:

—Sí, acabo de recoger carne para hamburguesas y perritos calientes de la casa de Tom para una barbacoa que va a hacer mañana mi familia.

—Pues eso será. —Alison tira de la correa tratando de alejar al muy reticente Rufus—. Por cierto, Tom, ¿has tenido oportunidad de hablar con Daisy?

Por favor, eso no. Ahora no.

—Todavía no.

—Pues hazlo pronto. —Me mira a través de sus gruesas gafas—. ¿De acuerdo?

—De acuerdo —respondo con firmeza.

Satisfecha con mi respuesta, Alison consigue apartar a Rufus del maletero del Oldsmobile y, una vez de vuelta en la acera, el perro sigue avanzando a regañadientes. Babosa y yo vemos cómo Alison se aleja, los dos casi con miedo a respirar.

—Lo ha visto —dice él cuando está seguro de que ya no nos oye—. Ha tenido que verlo.

Observo a Babosa, que mira fijamente a lo lejos, hacia el lugar donde Alison es ya un punto diminuto.

—No lo creo. Está bastante oscuro.

—Sabe que hacíamos algo —insiste—. Y ese maldito perro no dejaba de ladrar al maletero. En cuanto sepa que tu padre ha desaparecido, va a caer en cuenta.

—Puede que no.

—Vamos. ¿De verdad crees que es tan tonta, Tom?

Me froto la cara con las palmas de las manos.

—¿Y qué se supone que podemos hacer?

Babosa se queda callado.

—No sé. Pero es un cabo suelto importante.

No estoy en condiciones de enfrentarme a esto. Ya tengo suficiente lío. Todavía hay un cadáver en el maletero del que debemos deshacernos. Ahora mismo no puedo pensar en Alison.

—¿Qué vamos a hacer con el cuerpo?

—Iba a proponer que a lo mejor deberíamos echarlo al río. Hacer que parezca que le han atracado y, después, lo han tirado. —Babosa señala al maletero de su carro—. Pero ahora que Alison nos ha visto, se me ocurre que deberíamos enterrarlo. Así no lo encontrarán durante un tiempo.

Enterrarlo. Como enterraron a Brandi Healey.

—Okey —contesto—. ¿Agarro una pala?

Babosa niega con la cabeza.

—Ya tengo un par en el asiento de atrás.

Claro que las tiene.

31

Antes

TOM

Cuatro horas después, vamos de vuelta a la ciudad con el maletero del Oldsmobile vacío.

El cuerpo de mi padre está enterrado en la zona de lo que parecía un sendero abandonado a unos noventa minutos de aquí. Babosa sabía exactamente adónde ir. Ha dicho algo de que su hermano lo llevaba a acampar allí cuando era pequeño y yo no le he preguntado nada más. Tengo que asumir que me dice la verdad, porque la alternativa es demasiado terrible.

Babosa lleva la radio del carro puesta y va cantando al compás de una canción de Dr. Dre. No tiene el aspecto de alguien que acaba de enterrar un cadáver, aunque sus uñas siguen manchadas de tierra.

—¿Seguro que tus padres no se van a enfadar porque hayas estado fuera toda la noche? —pregunto.

—Qué va. —Golpetea el volante al ritmo de la música—. Mi padre duerme como un tronco y mi madre toma somníferos como si fueran caramelos. Ni siquiera sabrán que he salido de casa.

—Ah. Okey.

—Pero necesito dormir un poco. —Suelta un bostezo—. Así que vas a tener que limpiar tu casa solo.

Esa parte no me importa. Dormir me parece imposible, así

que puedo pasar la noche limpiando el suelo de la cocina con lejía sin problema.

—Mete toda la ropa con sangre en la lavadora —me dice—. Con mucha agua caliente, detergente, lejía..., de todo.

¿Por qué diablos sabe tanto Babosa de estas cosas?

—Okey.

—¿Cuándo vuelve tu madre a casa?

—Todavía estará un día más fuera. —Me remuevo en mi asiento. Tengo tierra en la parte trasera de los pantalones y me resulta incómodo—. Pero pueden darse cuenta cuando él no aparezca mañana en el trabajo. Claro, que eso no es raro en él.

—¿Qué vas a decirle a tu madre?

—Le diré simplemente que se ha ido de borrachera.

Ya lo ha hecho otras veces. En una ocasión, estuvo fuera más de una semana. Mi madre se preocupará, pero no llamará a la policía enseguida porque sabe que eso terminará causándole más problemas. Puede que pasen tres o cuatro días antes de que empiece a inquietarse. Por supuesto, el hecho de que su carro siga en nuestro garaje es una señal de alarma, pero es demasiado arriesgado deshacerse de él.

—Además —añade Babosa—, tenemos que decidir qué hacemos con Alison.

Alzo la mirada de golpe.

—¿Qué hacer con Alison?

—Nos ha visto, Tom.

—Sí, pero... —Me froto las rodillas de los jeans, que están llenos de tierra y sangre a partes iguales—. En realidad, no ha visto nada. Al menos no lo creo.

—¿Sí? ¿Quieres poner en peligro tu libertad por eso?

—¿Y qué se supone que debemos hacer?

Babosa se queda callado mientras de fondo suena música gangsta rap. Tiene los ojos fijos en la carretera oscura que se extiende delante, iluminada por los faros.

—¿Babosa?

—Tom, yo solo digo que... es un problema. Un gran problema.

Niego con la cabeza.

—Creía que te gustaba Alison. Siempre estás hablando de lo estupenda que es. Que tiene pinta de bibliotecaria sexy.

—Y así es. —Se encoge de hombros—. Pero nos ha visto esta noche y, si no hacemos nada al respecto, podría ser un problema. ¿De verdad quieres correr ese riesgo?

—Sí —respondo con firmeza—. Quiero correr ese riesgo.

Babosa no dice nada. Se limita a seguir conduciendo. Espero que con esto quede zanjado. Alison no ha visto nada. Lo sé. Si lo hubiese visto, seguro que habría dicho algo.

32

En la actualidad

SYDNEY

La tercera cita es tan increíble como la primera y la segunda.

Esta vez, Tom y yo vamos a comer poke. A mí nunca me ha gustado mucho el poke, pero Tom no dejó de hablar de ello en nuestra última cita y me dijo que conocía un sitio estupendo y que resulta que no queda muy lejos de mi apartamento. Así que hemos tomado nuestros pokes y, como siempre, él ha agarrado la cuenta antes siquiera de que yo hiciera el intento de pagar.

Y ahora vamos caminando hacia mi apartamento.

Y me he depilado las piernas.

—¿Sabes qué? —pregunto—. He pasado por una licorería y he comprado una botella de tequila.

—Tequila. —Asiente con gesto de aprobación—. Llevo años sin tomar tequila. Me trae recuerdos de la universidad.

—Incluso he comprado limas para acompañarlo —añado—. Es como se toma, ¿no?

—Estoy bastante seguro de que es ilegal beber tequila sin lima.

—Cierto —contesto—. Mi ex es policía y creo que ha arrestado a gente por ese motivo.

Tom se pone rígido con la mención de Jake. Maldigo en silencio. No debería haber hablado de un antiguo novio delante de un posible novio nuevo. O puede que Tom sea mi novio de verdad ahora y no un posible novio. En cualquier caso, estoy segura de que no quiere oír hablar de Jake.

—Entonces ¿tienes un ex que es policía?

—Ah, sí. Pero fue hace tiempo.

—¿Siguen en contacto?

—Para nada. —Al menos hasta muy recientemente. Pero no tiene por qué saberlo—. Lo siento, no quería sacar a colación a mi ex. Ha sido una tontería.

—No te preocupes. Todo el mundo tiene un pasado, ¿no?

Tom mencionó antes que estaba terminando una relación cuando nos vimos por primera vez, pero ha evitado escrupulosamente volver a hablar de ello. Aparte de eso, actúa como si yo fuera la primera chica con la que ha salido en su vida. Lo cierto es que resulta agradable. Lo último que una quiere es un tipo que siga enganchado a su ex.

Y, sin embargo, siento curiosidad. Tengo curiosidad por saber el tipo de chicas con las que ha salido antes que conmigo. Objetivamente, es un muy buen partido y estoy convencida de que ha salido con mujeres atractivas. Pero lo que quiero saber por encima de todo es por qué han terminado esas relaciones.

Supongo que, si estamos juntos el tiempo suficiente, lo averiguaré.

Eso siempre sale a la luz.

Cuando estamos a unas tres manzanas de mi edificio, Tom se detiene en seco. Cuando intento seguir caminando, él me mira con curiosidad.

—¿Adónde vas? —me pregunta.

—A mi apartamento —contesto.

Frunce el ceño. Levanta los ojos hacia el edificio que tenemos delante. Caigo ahora en la cuenta de que este es el lugar donde me salvó del Kevin Real.

—Creía que vivías aquí.

—Ah, no. —Niego con la cabeza—. Fingí que vivía aquí para que ese tipo no apareciera en mi puerta.

—Ah. —Se ríe—. Muy lista. Okey, pues tú me llevas. —Se lame los labios y me lanza una mirada de complicidad—. Estoy deseando probar ese tequila.

Yo también.

Mientras recorremos las tres manzanas que faltan, entrelaza sus dedos con los míos, lo que me resulta curiosamente dulce. Pero, cuando llegamos a mi manzana, me suelta de repente la mano. Y entonces, cuando nos detenemos delante de mi edificio, se queda pálido.

—¿Vives aquí? —susurra.

—No es tan lujoso como parece —contesto con tono de burla.

Me dispongo a subir los escalones que llevan a mi puerta, pero Tom no se mueve. No sé qué le pasa. Está agarrado a la barandilla y parece a punto de vomitar.

—Tom —le digo—. ¿Te encuentras bien?

Se frota el estómago.

—Yo..., eh..., no estoy seguro. Tengo mucho calor. A lo mejor ha sido el poke.

Le diría que se fuera a casa, pero no parece siquiera que pueda llegar. Además, he limpiado mi apartamento de arriba abajo y tengo las piernas tan suaves como el culito de un bebé. Después de todo eso, sería una gran decepción que no subiera. Así que le agarro de la mano—. Sube un momento, ¿okey?

A regañadientes, Tom deja que tire de él para que suba los escalones y entre en el edificio, aunque parece como si le estuviera llevando a la silla eléctrica. Mientras estamos en el ascensor, mueve los ojos en todas direcciones.

—¿Cuánto tiempo llevas viviendo aquí? —me pregunta.

—Unos dos años.

Repite en voz baja «dos años» y se pasa la mano por su pelo negro.

—¿Y... conoces a mucha gente en el edificio?

Okey, esa pregunta sí que es rara.

—La verdad es que no.

—¿La verdad es que no?

—Esto es Nueva York. Todo el mundo va a lo suyo, ¿no?

—Cierto —masculla, pero no parece del todo satisfecho con la respuesta.

—Sí que tenía una buena amiga en el edificio —confieso por fin—, pero... la asesinaron hace unos meses.

Me mira boquiabierto. Parece que va a decir algo, pero no pronuncia palabra.

—Aunque el edificio es seguro —me apresuro a añadir—. No tienes por qué preocuparte por mí. Creen que el hombre con el que salía fue el que la mató, pero no lo encuentran. Al parecer, estuvo usando un teléfono de prepago todo el tiempo para contactar con ella, ¿te lo puedes creer?

—Dios —dice—. Eso es..., vaya. No tienen ni idea de quién fue, ¿no?

—Si lo supieran, ya estaría en la cárcel, ¿no te parece?

Cuando llegamos a mi apartamento, empiezo a preguntarme si esto ha sido un error. Tom parece muy nervioso y no entiendo el motivo. Podría pensar que se ha asustado con lo que le he contado del asesinato de Bonnie, pero ya estaba asustado antes de decirle nada. ¿Qué tiene en contra de mi edificio? ¿Ha oído algún rumor de que está poseído por un espíritu maligno? ¿Hay algún olor que yo no he notado?

No es que me guste demasiado este edificio. Desde que mataron aquí a una de mis mejores amigas, es como si hubiera una oscura presencia. Y sigo pensando en ella a todas horas. Puede que haya conseguido superarlo lo suficiente como para empezar a salir de nuevo con hombres, pero no voy a olvidar a Bonnie. Jamás.

Espero que Jake encuentre al monstruo que la mató. No podré estar del todo tranquila hasta que lo haga.

Cuando entramos en mi apartamento, voy directa a la cocina por la botella de tequila. Creo que esto es de ese tipo de cosas que se arreglan con el alcohol. Tom me sigue a la cocina con una expresión muy seria.

—Sydney.

Saco una de las limas del refrigerador. Agarro un cuchillo y empiezo a cortarla en rodajas.

—Las copas estarán listas en dos minutos.

—Yo… creo que voy a pasar. —Apoya una mano en la encimera de la cocina y sus dedos golpetean el mármol de manera obsesiva—. Acabo de acordarme de que tengo una reunión mañana por la mañana temprano.

—¿Una reunión con cadáveres?

Me fulmina con la mirada.

—No, es una reunión del personal.

Menuda tontería. ¿Una reunión del personal? ¿En serio? ¿Y cómo es que hace una hora no había ninguna reunión del personal? En fin, nunca he conocido a un hombre que estuviese dispuesto a cambiar sexo por sueño. No, quiere salir de aquí.

Pero ¿por qué? ¿Por qué de repente está tan asustado? ¿Qué he hecho mal?

En cualquier caso, tengo la sensación de que, cuando Tom salga de este apartamento, no voy a volver a verlo.

Me siento tan molesta que el cuchillo se me resbala. La hoja se me clava en el dedo índice izquierdo, que es el que sujeta la lima, y, como soy yo, aparece al instante un charco de sangre por debajo de mi dedo.

—¡Mierda! —grito. Genial. La noche se está poniendo cada vez mejor.

—Dios santo. —Tom ahoga un grito—. Te has hecho un buen corte.

Se me ocurre ahora que en tres de las cuatro ocasiones que he estado con Tom he tenido una hemorragia importante. Si antes no estaba deseando marcharse, esto será lo que sin duda le baste para irse.

«Muy bien, Syd».

Pero, cuando levanto los ojos hacia él, ha vuelto a aparecer algo de color en sus mejillas. No parece tan molesto por que yo vuelva a estar sangrando otra vez tan abundantemente. Y me acuerdo de que es médico. Incluso sabía lo que era el factor Von Willebrand antes de que yo se lo dijera.

—¿Dónde tienes el botiquín? —me pregunta.

—Está en el estante de arriba del baño.

Tom sale corriendo hasta mi baño y, segundos después, vuelve con el botiquín. Mientras tanto, uso toallas de papel para intentar contener el flujo de sangre. Resulta sorprendentemente inútil. Es el tipo de corte que sangra mucho incluso para una persona normal, así que, en alguien como yo, la cantidad de sangre es ligeramente aterradora. Hay tanta como en una película de miedo barata.

—Vaya. —Tom mira fijamente mi botiquín—. Estás bien equipada.

—Eh, gracias.

—Es un botiquín de primera. —Rebusca en su interior cada vez con más entusiasmo—. Pinzas, tijeras y compresas frías. ¡Tienes incluso un torniquete!

—¿Crees que necesito un torniquete?

—No. —Me sonríe y sus hombros por fin vuelven a estar relajados—. Solo digo que es un botiquín de primera de verdad. Ahora, deja que te limpie esto.

Mi experiencia personal es que la mayoría de la gente, como poco, siente aprensión ante la cantidad de sangre que llego a chorrear. En una ocasión, me corté el dedo delante de Gretchen y salió corriendo de la habitación tapándose la boca con la mano. Pero Tom no es aprensivo. *Nada*. Usa gasa para hacer presión en la herida y, cuando parece estar un poco bajo control, me hace lo que resulta ser un vendaje muy efectivo en el dedo índice izquierdo. Normalmente, tengo que cambiarme el primer vendaje como a los cinco minutos de habérmelo puesto, pero puede que este me dure hasta la mañana siguiente.

—Gracias —digo mientras admiro su obra—. Es muy útil salir con un médico.

Qué pena que no vayamos a volver a vernos. Esa excusa de la reunión era una absoluta mentira.

Pero, curiosamente, parece que Tom se ha olvidado por completo de su reunión y que el hecho de ayudarme con el corte del dedo le ha calmado. Se queda a mi lado en la cocina, apoyado en la encimera, y aparece una sonrisa en sus labios.

—Encantado de poder ayudar.

Levanto la mirada a sus ojos marrones y, de nuevo, están llenos de deseo, después de que yo creyera que había desaparecido en la puerta de la calle de mi edificio. Me sostiene la mirada y entonces baja sus labios hacia los míos.

Después de un beso que prácticamente me ha derretido los huesos, Tom murmura a mi oído:

—¿Quieres seguir en el dormitorio?

—¿Y tu reunión?

—Dormir está sobrevalorado.

—¿Y los tequilas?

—Lo único que quiero —me susurra al oído— es a ti.

Pues está bien.

33

Antes

TOM

A la mañana siguiente es como si todo hubiese sido un horrible sueño.

No ayuda que solo haya dormido unas dos horas interrumpidas por pesadillas en las que mi padre aparecía por la puerta, lleno de tierra y con un agujero en el cuello. A lo mejor todo ha sido un sueño de verdad. Al fin y al cabo, ¿cómo podría haber matado a mi propio padre y haberlo enterrado en el bosque?

Me levanto de la cama y me echo agua en la cara hasta que me siento un poco más despierto. Normalmente, mi madre no me deja beber café, pero esta mañana me vendría de maravilla una taza. Tengo el blanco de los ojos enrojecido y mi pelo moreno levantado por mucho que trate de aplastármelo con agua.

Cuando salgo del baño, paso junto al dormitorio de mis padres. Una parte de mí espera que mi padre esté acostado en la cama, roncando con suficiente fuerza como para despertar a un muerto, y que todo esto no haya sido más que un sueño tremendamente vívido. Pero, por supuesto, él no está.

Nunca más volverá a estar.

Me pongo la ropa con una sensación de confusión y bajo a tropezones las escaleras, agarrándome a la barandilla para no matarme de un tropiezo. Es al llegar abajo y ver que la alfombra sigue faltando en la sala de estar cuando la realidad de la situación me golpea.

Anoche maté a mi padre. Le rebané el cuello. Envolví su cuerpo con la alfombra y lo enterré en el bosque.

Me coloco en el lugar donde antes estaba la alfombra, tratando de sentir algún tipo de emoción por el hombre que se hacía llamar mi padre. No le quería. No sé si alguna vez le quise. Y no lamento su muerte. Merecía morir. Merecía algo aún peor de lo que le ha pasado.

Aun así, no debería haberlo matado. Asesinar está mal, y lo sé. Pero, cuando tuve ese cuchillo en la mano, no pude detenerme. El deseo de hincárselo en ese vientre blando era casi abrumador.

Y lo cierto es que disfruté viéndole morir. Fue uno de los mejores momentos de mi vida.

Hay algo en mí que no está bien. Puede que ni mi madre ni Daisy lo vean, pero Alison sí, y también Babosa. No sé qué hacer al respecto. Pero Alison tenía razón en una cosa: soy peligroso.

Entro a tropezones en la cocina y enciendo la cafetera. Normalmente, me preparo una taza cuando mi madre no está para prohibírmelo. Mañana vuelve de Seattle. Y lo primero que va a preguntar cuando entre por la puerta es: «¿Dónde está tu padre?».

Le diré simplemente que no le he visto. Mejor hacerse el tonto. Todos saben que Bill Brewer no es de fiar. Y no era mi labor cuidar de él en su ausencia.

Mientras espero a que salga el café, suena mi teléfono en el bolsillo. Como era de esperar, es mi madre. Probablemente esté tratando de dar conmigo antes de irme a clase. Me planteo dejar que salte el buzón de voz, pero, si no nos localiza a ninguno de los dos, puede que termine llamando a la policía. Será mejor contestar la llamada.

—Hola, mamá —digo al teléfono. Intento que mi voz no suene como la de alguien que ha pasado la mayor parte de la noche despierto.

—¡Pareces agotado, Tommy! —Vaya, por lo visto no me ha funcionado—. ¿Va todo bien?

—Sí, claro. ¿Qué tal está el tío Dave?

—Está bien. Le han puesto un *stent* en el corazón. ¿Sabías que se pueden hacer esas cosas?

—Sí. —Aunque es un camino muy largo, he pensado ser cirujano cardiovascular. Me encanta la idea de rajar a una persona por el pecho y poder verle dentro el corazón. Me encantaría agarrar un corazón de verdad con la mano, un corazón humano, no el corazón de vaca que diseccionamos en biología hace unos meses. Por supuesto, si yo fuera cirujano y estuviese viendo el interior del pecho de una persona viva, ¿podría contenerme y no hacer ninguna estupidez? Cuando cierro los ojos, puedo ver todavía mi mano clavando el cuchillo en la barriga de mi padre.

—Oye, Tom. —La voz de mi madre me saca de mis pensamientos—. Tu padre no responde al móvil. ¿Está en casa? —Antes de que yo pueda responder, añade—: Si está durmiendo, no le despiertes.

Claro. No quiere ser presa de los gritos de mi padre por interrumpirle su valioso sueño ni arriesgarse a que lance su rabia sobre mí.

—Creo que está en el trabajo.

—¿Tan temprano?

—Eso creo.

Se queda en silencio al otro lado de la línea.

—Pero lo viste volver a casa anoche, ¿no?

—Sí. —En teoría, es verdad.

—Bueno, a lo mejor intento llamarlo a la ferretería.

—¿Estás segura de que es buena idea molestarlo? No parecía de muy buen humor.

—Entonces *sí* que lo has visto esta mañana.

Vaya. Parece que mi madre está dispuesta a agarrarme en una mentira y ni siquiera tiene idea de lo que he hecho.

—O sea, parece que últimamente está de mal humor. Como siempre, ya sabes. A eso me refería.

—Está bien. —Se queda callada al otro lado mientras lo piensa—. No le molestaré —dice por fin—. Pero ¿puedes enviarme un mensaje cuando vuelva a casa esta noche?

—Claro.

—Gracias, Tommy. Te quiero mucho, cariño.

—Ajá. Adiós, mamá.

Dejo el teléfono y mi mente se dispara. ¿Qué voy a hacer esta noche? ¿Finjo que mi padre ha vuelto a casa? Parece una mala idea. No quiero que me sorprendan en una mentira.

Me tomo el café de un trago, agarro la mochila del suelo de la entrada, donde la dejé anoche, y salgo en dirección a la secundaria. Hace buen tiempo, fresco y con brisa, con la promesa de llegar a más de quince grados centígrados por la tarde. Pero me cuesta disfrutarlo. No puedo dejar de pensar en anoche. Y en lo que voy a hacer cuando mi madre vuelva a casa.

Y en el problema de Alison.

Pero tengo la sensación de que todo se va a solucionar. No sé por qué lo sé, pero es como si hubiera una vocecita en mi oído que me susurra: «Va a salir bien, Tom. Todo se va a solucionar».

No sé si es el aire fresco o qué, pero, cuando llego a la secundaria, me siento bastante bien. Sí, anoche hice algo impensable. Pero he sabido ocultar el rastro. Babosa me guardará el secreto y estoy seguro de que Alison no vio nada. Nadie lo va a saber. Todo va a salir bien.

Y entonces veo los carros de policía estacionados delante de la secundaria.

Hay dos otra vez. Han tenido uno estacionado de forma intermitente desde que encontraron el cadáver de Brandi, pero esta es la única vez desde ese día que hay dos carros estacionados delante del edificio. Y en ese momento, justo cuando empiezo a entrar en pánico, aparece una tercera patrulla.

Ay, no.

¿Puede esto tener algo que ver con mi padre? ¿Ya han averiguado lo que he hecho y ahora ha venido la policía para arrestarnos a Babosa y a mí?

No, eso es imposible.

Pero la policía está aquí por alguna razón. Tres carros. Ha debido de pasar algo terrible.

Hay algunos grupos de alumnos delante de la secundaria y todos hablan en susurros. ¿Qué diablos ha pasado? Voy a volverme loco si no lo averiguo pronto.

Antes de poder acercarme a uno de los alumnos, oigo que alguien me llama.

—¡Tom! ¡Tom!

Me giro justo a tiempo de ver a Daisy abalanzándose sobre mí. Estaba alterada cuando encontraron el cadáver de Brandi, pero eso no fue nada comparado con lo de ahora. Se abraza a mí con el cuerpo temblando por los sollozos. Le acaricio su pelo dorado tratando de consolarla, aunque no sé qué ha pasado.

—Daisy —murmuro—. Tranquila. Todo se va a arreglar.

Daisy levanta su cara bañada en lágrimas.

—¿Qué estás diciendo? ¿Cómo es posible que se arregle? Alison ha desaparecido.

¿Alison ha desaparecido?

Dios mío, creo que voy a vomitar.

34

En la actualidad

SYDNEY

Ha sido…

«Increíble» sería la única palabra para describirlo. Aunque no me parece lo bastante fuerte. Es como si hiciera falta crear una nueva palabra que abarque lo que ha pasado en las últimas dos horas en mi dormitorio. Como, no sé…, exageradamente… incretremenfabuloso.

Solo que todavía sigue sin parecerme suficiente.

Tom ha «ejecutado el trabajo» de manera excelente. Si todo eso de la medicina no le sale bien, tiene otras opciones para su futuro profesional, es lo único que digo.

—Vaya —susurra mientras me acurruco en el hueco de su brazo—. Ha sido increíble.

Incretremenfabuloso, en realidad. Solo que no entiendo por qué actúa como si fuese yo la que lo ha hecho increíble. Lo mejor que podría decir quizá es que hemos sido los dos. Quizá hemos tenido una especie de química increíble.

¿Cómo sigue soltero? Es que de verdad que no consigo entenderlo.

Tom estrecha mis hombros con su brazo haciendo que me sienta abrigada y cómoda. No sé si su reunión era ficticia o no, pero ya no parece que quiera marcharse. Casi creo que, si le pido que se venga a vivir conmigo, él aceptaría con entusiasmo.

—Ha sido asombroso de verdad —digo—. Me dan ganas de fumarme un cigarro o algo así, aunque en realidad no fumo.

Se ríe.

—Sé lo que quieres decir. Sinceramente, la primera vez que te vi tuve esta sensación contigo. Y supe sin más que estaríamos genial juntos, ¿sabes?

—Lo sé. Yo sentí exactamente lo mismo.

Mi teléfono vibra en la mesita de noche, que está junto a su lado de la cama. Es un mensaje. Tom se mueve un poco y, al girar la cabeza para mirar mi teléfono, su cuerpo se pone en tensión. Oh-oh.

—Jake quiere saber si has llegado a casa sana y salva después de tu cita —dice—. Así que… ¿qué quieres contestarle?

Vaya. Gracias, Jake, por echar a perder nuestra felicidad poscoital.

Agarro el teléfono y gruño al ver el mensaje de Jake en la pantalla. Es aún peor de lo que esperaba.

Por favor, dime si has llegado sana y salva a casa. Si necesitas que investigue a ese hombre, lo haré. No te fíes de nadie.

—Es un mensaje interesante —dice Tom con voz neutra—. ¿Te importa si te pregunto quién es Jake?

Hago una mueca.

—¿Recuerdas que te conté que tengo un exnovio que es policía? Pues es él.

—Creía que habías dicho que ya no hablabas con él. Y sin embargo, por alguna razón, debes confirmarle que estás bien cuando vuelves de una cita.

—Sí, lo sé. —Me siento junto a Tom en la cama. Ya no parece interesado en que estemos acurrucados y tiene una expresión tremendamente recelosa en la cara—. Mira, retomamos el contacto porque él está investigando unos casos recientes en la ciudad y se ha puesto un poco paranoico. No debería haberle seguido la corriente.

—Ajá.

—Voy a poner fin a esto. Lo prometo.

Inclino el teléfono hacia Tom para que vea en la pantalla las palabras que escribo.

Lo siento, pero mi vida social no es asunto tuyo. No necesito que investigues a nadie.

Envío el mensaje y vuelvo a mirar a Tom.

—¿De acuerdo? ¿Estamos bien?

—Supongo que sí. —Pero su tono sigue siendo de cautela—. ¿Tuviste una relación muy seria con ese hombre?

Me recojo un mechón de pelo tras la oreja.

—No voy a decirte que no fue seria. Vivimos juntos. Pero acabó hace años. Como te he explicado, ha dado la casualidad de que nos hemos vuelto a cruzar recientemente, eso es todo.

—Okey...

—Oye, no somos ningunos niños. Estoy convencida de que tú has vivido con mujeres en el pasado.

Vacila y ni siquiera estoy segura de cuál quiero que sea su respuesta. No quiero saber nada de ninguna relación superseria que haya tenido ni de por qué terminó. Pero, al mismo tiempo, si nunca ha vivido con una mujer con la edad que tiene, es también una señal de alarma.

—No —dice por fin—. No he vivido con ninguna.

Okey. Tiene treinta y tantos años. ¿Cómo es posible que nunca haya mantenido una relación lo bastante seria como para probar a vivir juntos? Claramente le cuesta comprometerse.

—Ah.

—Mi trabajo me ha robado mucho tiempo —dice a la defensiva—. O sea, entre la facultad de Medicina y la residencia y los turnos en el hospital..., he estado muy centrado en todo eso.

Por supuesto, nadie ha estado tan absorbido por su trabajo como Jake y, aun así, se las arregló para casarse una vez y nosotros vivimos juntos. Y no parece que Tom sea un bicho raro y antisocial. Hay algo que no me está contando. Estoy segura de ello.

—¿Alguna vez te has enamorado? —suelto.

Parece sorprendido por la pregunta. Se queda mirándome mientras su pecho desnudo se mueve con la respiración.

—Sí —contesta por fin—. Una vez. Pero fue hace mucho tiempo.

—¿Mucho tiempo?

—En la secundaria. —Se frota la cara con las manos—. La conocía desde niño, pero no empezamos a salir hasta la secundaria. Era la persona más increíble que había conocido nunca. Y... estaba convencido de que nos casaríamos. Solo teníamos dieciséis años, así que pensándolo ahora parece una tontería, pero era lo que yo creía. Lo que deseaba por encima de todo.

—Y... ¿qué pasó?

—Se... —Cierra los ojos con fuerza—. Se murió.

Me pongo la mano sobre la boca.

—Dios mío. Lo siento mucho.

—Sí. —Aparta la mirada—. Sinceramente, no quiero hablar de eso.

—No pasa nada —digo con suavidad—. No tenemos que hablar de ello.

Aunque esto debió de pasar hace veinte años, el dolor en su rostro es evidente. Está claro que quería de verdad a esa chica. Me pregunto qué le pasaría. ¿Un accidente? ¿Cáncer? ¿Qué acaba con la vida de una chica de dieciséis años?

Al menos, por fin sé por qué Tom sigue soltero después de todos estos años. Está enamorado de una chica muerta.

35

Antes

TOM

Alison Danzinger ha desaparecido.

Daisy me informa de buena parte de los datos, aunque está demasiado alterada como para entenderla bien al principio. Al parecer, cuando Alison no bajó a desayunar esta mañana, su madre fue a su cuarto para asegurarse de que estaba despierta y encontró su cama vacía.

Eso fue hará como una hora. Han lanzado una alarma de búsqueda de Alison y la policía espera que simplemente se haya escapado. Dicen que tuvo anoche una pequeña discusión con sus padres.

—Es imposible que Alison se haya escapado de casa —me dice Daisy—. A veces se peleaba con sus padres, pero nunca haría nada que pudiera preocuparlos. Ella no es así. Es una persona dulce y buena.

—Ajá —contesto, aunque no estoy de acuerdo. Me pregunto qué pensaría Daisy de su amiga si supiera que Alison me estaba chantajeando para que rompiera con ella.

Daisy se limpia los ojos hinchados.

—Tengo la espantosa sensación de que le ha pasado algo muy malo.

Yo pienso exactamente lo mismo, pero no voy a decírselo. No soy tan sádico.

—Seguro que está bien. A lo mejor simplemente ha salido a dar un paseo temprano y sus padres han reaccionado de forma exagerada.

—No. —Daisy niega con la cabeza—. Alison nunca saldría a dar un paseo sin Rufus. Se vuelve loco si sale sin él. Empieza a ladrar sin parar.

«Deberías verlo cerca de un cadáver».

—Apuesto a que aparecerá. No te preocupes.

Van a volver a interrogar a todos los alumnos. Como si eso les hubiese funcionado la otra vez. Daisy me cuenta todo esto mientras yo trato de no hacer caso a mi creciente ansiedad. Alison no se ha escapado. Debe de tratarse de algún malentendido.

Me separo de Daisy después de entrar en la secundaria. Aunque está en el otro extremo del edificio, voy directo a la taquilla de Babosa. Consigo verle allí, lanzando un par de libros al interior y con aspecto de que nada le importe. Cuando me ve, me saluda con la mano.

—Hola, Tom.

¿Cómo lo hace? Después de la noche que hemos pasado, ¿cómo puede fingir que no ha sucedido nada? Ni siquiera parece cansado. Incluso su acné parece estar mejor.

—Hola. —Me aclaro la garganta—. ¿Te has enterado de que Alison ha desaparecido?

—Sí, lo he oído. Supongo que alguien nos ha solucionado nuestro pequeño problema, ¿no?

Y entonces me guiña un ojo. Casi me atraganto.

—Babosa —susurro—, tú no..., o sea, anoche...

—Tranquilo, Tom. —Cierra su taquilla con un golpe y vuelve a poner el candado—. Yo no le haría nada a Alison. Ni tú tampoco, ¿no? Hay veces en que las cosas simplemente salen bien. Llámalo suerte.

Suerte es cuando estás jugando al póquer y te sale un full. Suerte no es que una adolescente desaparezca porque sabe algo de ti que preferirías que no supiera. Pero está claro que Babosa no opina lo mismo. Y, en ese momento, me doy cuenta de algo muy importante.

Puede que yo sea peligroso.

Pero Babosa es algo muchísimo peor.

36

Antes

TOM

Igual que después de que encontraran el cadáver de Brandi, la policía llama a los alumnos al despacho del director de uno en uno, en busca de información que los ayude a localizar a Alison.

En esta ocasión, el lugar que ocupo en la lista es mucho más alto.

Cuando llego al despacho del director, el comisario Driscoll me está esperando, igual que la última vez. Lleva una camisa blanca de vestir almidonada y una corbata de cuadros con varios tonos de marrón. Tiene una expresión seria en su ancho rostro y hay una profunda arruga entre sus cejas. Es el comisario de policía de esta ciudad, y el hecho de que le haya pasado algo malo a dos chicas en un corto periodo de tiempo no lo hace lucir bien. Quiere encontrar a Alison sana y salva y devolverla a su familia.

Por desgracia, eso no va a pasar.

—Hola, Tom. —Me mira sin el menor atisbo de sonrisa—. Por favor, toma asiento.

Igual que la última vez, me siento en una de las sillas delante de la mesa. Antes de mi charla con él sobre Brandi, yo nunca había estado en el despacho del director. No soy del tipo de chicos que se meten en líos.

—Seguro que sabes de qué trata esto —comienza.

—Me han dicho que Alison está... desaparecida.

—Sí. —Se rasca la barba incipiente del mentón—. Sus padres la vieron acostarse anoche y esta mañana no estaba en su cama.

—Entonces... ¿alguien ha entrado en la casa?

Niega con la cabeza.

—No hay señales de eso. Parece que ella le abrió la puerta a algún conocido o que salió de la casa sola.

Puedo leer entre líneas. Piensa que uno de los alumnos es el culpable, posiblemente el mismo que supuestamente se iba a ver con Brandi la noche que la mataron.

—¿Sabes alguna razón por la que Alison pudiera haber salido de su casa en mitad de la noche?

Dudo una milésima de segundo.

—No.

—¿Estás seguro, Tom?

Maldición, ¿por qué he dudado? Apuesto a que Babosa no va a dudar cuando el comisario Driscoll le haga la misma pregunta.

—Estoy seguro.

—Porque estoy preocupado por Alison. Quiero encontrarla y llevarla a su casa cuanto antes. Y cualquier cosa que sepas, por muy poca importancia que creas que tiene, podría ser lo que nos ayude a encontrarla.

Separo los brazos.

—Lo siento. No sé nada. No conocía mucho a Alison.

—Tom. —El comisario clava sus ojos astutos en mí—. ¿Por qué hablas de ella en pasado?

El corazón se me encoge.

—Ah. Yo..., eh... O sea, no la conozco mucho. —Siento que la cara me arde—. Lo siento.

—Es tu compañera de laboratorio. Y es la mejor amiga de Daisy.

Mierda, ha hecho sus deberes.

—Sí. O sea, la conocía..., la conozco. Pero no es que fuéramos amigos. —Dios, ¿qué me pasa?—. Que seamos amigos, quiero decir.

Está claro que no le estoy causando una buenísima impresión. Se queda mirándome un largo rato y, después, entrelaza por fin los dedos y se inclina hacia delante.

—¿Por qué no son amigos?

Porque me odiaba. Porque me estaba amenazando y chantajeando.

—No lo sé. Somos diferentes. Con intereses distintos.

—Entiendo. —Vuelve a apoyar la espalda, pero hay una expresión curiosa en su cara—. Entonces, Alison y tú no se llevan bien.

—Yo no he dicho eso. Solo he dicho que no éramos amigos..., no *somos* amigos. —Sin querer, estoy elevando el volumen de mi voz. Me aclaro la garganta en un intento por que vuelva a ser normal—. Nos llevamos sin más.

«Por favor, por favor, que esto acabe pronto».

—Eso no es lo que me han contado las amigas de Alison —dice.

Me estremezco.

—¿No?

—Me han dicho que Alison te odiaba. Que estaba tratando de convencer a Daisy de que rompiera contigo.

—Yo..., eh... —Mis manos empiezan a sudar y me las seco en los jeans—. No sabía eso.

—¿No?

Siento la boca demasiado seca como para pronunciar ninguna palabra y lo único que puedo hacer es negar con la cabeza. Aun así, esto no tiene tanta importancia, ¿no? Sí, Alison me odiaba. Pero no hay pruebas de que yo la haya matado.

—Una pregunta más —dice—. ¿Dónde estuviste anoche?

Me está pidiendo una coartada. Eso no es bueno.

—Estuve en casa.

—¿Toda la noche?

—Sí.

—¿Con tus padres?

—Mi madre está en Seattle viendo a mis tíos —respondo—. Así que estaba solo mi padre.

—De acuerdo —dice pensativo—. Entonces, tendré que llamar a tu padre.

—Claro. —Pues buena suerte—. ¿Algo más?

—Sí —responde—. Ya no necesito que acompañes a Daisy a casa desde la secundaria. La recogeré yo mismo.

Su mensaje es alto y claro. Ya no se fía de que yo esté cerca de su hija. Para ser justos, dudo que se fíe de nadie, pero está claro que de mí no.

37

En la actualidad

SYDNEY

Tom y yo vamos por la sexta cita.

Hemos quedado en Chinatown, cerca de mi restaurante de dim sum favorito en todo el mundo, donde solo me intoxiqué una vez. Me moría por traerlo aquí, pero ha resultado que es un poco adicto al trabajo, así que hemos concertado nuestras citas dependiendo de sus turnos laborales. Pero el restaurante de dim sum deja de sacar los carros de comida a las tres, así que me ha asegurado que vendría directamente en taxi desde el trabajo. Cuando ha dicho eso, me he puesto un poco nerviosa, teniendo en cuenta a qué se dedica, pero me ha prometido que se ducharía antes de verse conmigo.

Mientras espero en la esquina, con el estómago rugiéndome por el aroma de los noodles salteados que parece impregnar la calle, mi teléfono empieza a sonar. Lo saco del bolso. El nombre de mi madre está en la pantalla. Miro la hora. Quedan unos minutos hasta cuando se supone que va a llegar Tom, así que contesto la llamada. A lo mejor sirve para distraer el estruendo de mi estómago.

—¿Qué tal, mamá? —pregunto.

—Acabo de recibir una noticia fantástica —contesta sin aliento.

—Ah, ¿sí?

—¡Sí! ¡Jackie, la hija de mi prima, acaba de tener gemelos a los cuarenta y dos años!

Las buenas noticias de mi madre se están volviendo cada vez más insultantes.

—Vaya. Estupendo.

—¡A los cuarenta y dos! ¡Gemelos! Podrías ser tú, Sydney.

Me cambio el teléfono a la otra oreja mientras miro por la calle para asegurarme de que Tom no viene en mi dirección.

—La verdad es que eso no me preocupa ahora mismo, mamá.

—¿Y por qué no? —resopla—. ¡Estás en la mitad de la treintena y soltera!

¿En mitad de la treintena? Tengo treinta y cuatro años. ¿Eso no cuenta como el principio de la treintena? O sea, no llego a los treinta y cinco años, así que eso es el principio de la treintena, ¿no?

—Y ni siquiera estás saliendo con alguien —añade.

No le he contado lo de mis cinco citas con Tom, sobre todo porque no quiero que se emocione demasiado ni me pida muchos detalles. Pero es casi peor cuando se queja de que estoy sola.

—Lo cierto es que estoy medio saliendo con alguien —digo.

—¿Sí? —Ahoga un grito, como si le hubiese contado algo tremendamente sorprendente—. ¿Con quién?

—Con nadie que conozcas.

—Bueno, ¿cómo se llama?

—Tom.

—¿Tom de Thomas?

—Supongo que sí.

—¿Cuál es su apellido?

—Brown. —Para sorpresa de nadie, fue muy difícil encontrar a Tom en Google.

—¿Y a qué se dedica?

Por supuesto eso es lo primero que quiere conocer después de su nombre.

—Es médico.

No tiene por qué saber qué tipo de médico es. A veces, desearía no saberlo yo.

—¡Ah, vaya! —Ahora parece encantada—. ¡Eso es estupendo!

Levanto los ojos del teléfono y descubro que Tom está bajando de un taxi a mitad de la manzana. Se detiene un momento cuando viene hacia mí para dar unos cuantos billetes de dólar a un mendigo que está sentado en la calle, lo cual es algo que suele hacer con más frecuencia que nadie a quien conozca. Nuestras miradas se cruzan y me saluda con la mano.

—Y además viene para acá, así que voy a dejarte.

—¿Puedo saludarlo?

—Por supuesto que no. Adiós, mamá.

Consigo colgar justo antes de que Tom pueda oírnos. Se ha cambiado lo que llevara puesto en el hospital y parece que tiene el pelo mojado, como si se hubiese duchado hace poco. Bien. Desde luego, no quiero que huela a muerto.

Como ya estamos en la sexta cita, se siente muy cómodo inclinándose para darme un beso. Y, como siempre, eso basta para hacer que las piernas me tiemblen. Estoy segura de que este atolondramiento terminará desapareciendo, pero lo voy a disfrutar mientras dure.

—Hola —me susurra en el oído—. Espero no haberme retrasado mucho.

—Solo unos minutos.

Lo llevo por la ajetreada manzana y, por un momento, me pregunto si me agarrará de la mano. Pero no lo hace. Tom no es de los que te agarran la mano, lo cual me parece bien. Jake tampoco lo era.

Pasamos junto a una de las pescaderías que hay casi en cada manzana, después por una tienda donde venden baratijas y souvenirs variados. Tom no debe de haber venido a Chinatown desde hace un tiempo porque parece interesado por los artículos que venden, aunque yo estoy más concentrada en llegar al restaurante de dim sum antes de la hora tope.

—Oye —dice—, ¿quieres que te compre un ventilador de adorno?

—Gracias, pero paso.

—¿Y una tortuga diminuta?

Por supuesto, hay un cubo lleno de tortugas bebés que no son más grandes que mi dedo meñique. La verdad es que son una preciosidad. ¿Las tortugas son buenas mascotas? No tengo ni idea, pero sospecho que una tortuga comprada en la calle estará llena de bacterias de tortuga.

—No, gracias.

—¿Y unos petardos ilegales? Apuesto a que tienen.

Lo miro poniendo los ojos en blanco.

—Genial. Justo lo que necesito, volarme unos cuantos dedos.

—Cuando era residente, tuve un paciente que vino después de que le explotara un petardo en la mano —dice—. Tuvimos que amputarle el primer y segundo metacarpianos. Me dejaron entrar en el quirófano. Fue bastante guay.

Sus ojos se iluminan como siempre que habla de algo médico.

—Ay, por favor, cuéntame más —le digo.

—Pues las quemaduras eran grandes y se extendían a toda la palma de la... —Deja de hablar cuando ve mi expresión—. Estabas siendo sarcástica.

—Evidentemente.

A pesar de toda mi experiencia con la sangre, la idea de que a una persona le arranquen los dedos me revuelve el estómago y, desde luego, no quiero oír hablar de ello cuando estamos a punto de comer. Pero Tom parece abatido por no poder contarme lo de la mano destrozada por un petardo. Se queda en silencio durante el resto del camino.

Sin embargo, cuando llegamos al restaurante de dim sum, parece alegrarse. Cuando le hago una señal para que entre, da un salto por delante de mí para abrir la puerta y me la sostiene como siempre hace. Sin duda, no es ningún tipo de representación por su parte. Es un verdadero caballero. Qué puedo decir..., es perfecto. Bueno, salvo por su trabajo.

—Tú primero —dice.

Al entrar en el restaurante, pasamos junto a dos ancianas que están saliendo. Una de ellas se queda mirando a Tom.

—¿Doctor Brewer? —pregunta.

Él la mira parpadeando.

—¿Sí?

—¡Doctor Brewer! —Es una mujer bajita y redonda con el pelo gris y casi rapado que lleva unas graciosas gafas enormes—. ¡Me ha parecido que era usted! Soy Velma Stewart. Soy paciente suya. —Tom la mira sorprendido, y ella añade—: Es decir, lo fue mi marido. Falleció y usted le hizo la autopsia hace unos meses.

—¡Ah! —En sus ojos se nota que la reconoce—. Sí. Sí, claro. ¿Cómo está, señora Stewart?

—Ahora mejor. —Sus ojos se humedecen un momento—. Solo quería darle las gracias por venir a hablar conmigo. Me dijo que Harvey había tenido una muerte rápida mientras dormía y que no sufrió. Eso me dio mucha paz. Y luego me dejó que durante una hora o así le estuviese contando historias de él, aunque seguro que usted tenía muchísimo lío.

Tom se sonroja.

—Ah, no me importó.

—Usted sabe escuchar —continúa ella—. Fue muy amable conmigo. Fue uno de los peores momentos de mi vida y me ayudó mucho que usted estuviese allí prestándome atención. Que Dios le bendiga, doctor Brewer.

Tom parece abochornado, pero sonríe.

—Me alegra haber podido ayudarla.

La anciana se fija en mí.

—Tienes aquí a un buen hombre, jovencita. —Vuelve a mirar a Tom—. ¡Y además es muy atractivo!

Bueno, eso ya lo sabía.

La mujer le da las gracias a Tom unas cinco veces más y, después, sale despacio del restaurante, dejándonos a los dos para comernos nuestros dim sum. Estoy segura de que a él le ha gustado la conversación y sigue sonriendo cuando nos sentamos en nuestro reservado.

—Ha sido bonito —dice—. No suelo conversar con mucha frecuencia con los pacientes. Evidentemente. A veces, lo echo mucho de menos.

—¿Siempre supiste que querías ser patólogo?

—La verdad es que cuando era más joven quería ser cirujano.

Me lo puedo imaginar. Es muy inteligente y culto y he notado que es muy bueno con las manos. Apuesto a que habría sido un estupendo cirujano.

—¿Por qué no lo fuiste?

—Pues… —Se pasa una mano por su pelo negro—. Supongo que…, no sé. Al final no era lo mío.

Miro por encima de mi hombro hacia la puerta. La anciana se ha ido hace un rato.

—¿Por qué no dejaba de llamarte doctor Brewer? No sabía si corregirla.

Tom vacila durante una milésima de segundo.

—Mi apellido es Brewer.

¿Qué?

—¡Me dijiste que te apellidabas Brown!

—No, es Brewer.

—¡Te aseguro que dijiste Brown!

Lo recuerdo bien, sobre todo porque pensé en ese momento que Tom Brown era un nombre imposible de buscar en Google porque saldrían muchísimos resultados. Y, por supuesto, mi búsqueda fue en vano, aunque añadí las palabras «doctor», «Nueva York» y «patólogo». No es que Tom Brewer hubiese sido mucho mejor.

Tom levanta un hombro.

—Lo siento, debiste de oírme mal. Estoy cien por cien seguro de que mi apellido es Brewer. Puedo enseñarte mi licencia de conducir, si quieres.

No sé qué pensar. Estaba convencida de que había dicho Brown, pero fue en una cafetería con mucho ruido y por mi nariz salía un chorro de sangre, así que confieso que es posible que no le oyera bien.

Se inclina hacia mí y sonríe de tal modo que puedo ver sus dientes blancos.

—¿Aún te gusto aunque sea Tom Brewer y no Tom Brown?

—Supongo que sí.

—Bien. —Se levanta de su asiento y se frota las manos en sus jeans azules—. Y ahora voy a lavarme las manos al baño, porque acabo de estar en un taxi. Cógeme unos shaomai de gambas si se acercan con ellos.

Genial. Ahora tengo la oportunidad de buscarlo en Google sabiendo su verdadero nombre.

En cuanto Tom desaparece en el baño, saco el teléfono. No me entretengo y escribo en la pantalla «Thomas Brewer médico patólogo»

Enseguida sale un resultado. Pulso sobre él.

Okey, esto es interesante.

38

El único resultado de Thomas Brewer es en la web del hospital Mount Sinai. Cuando pulso sobre él, aparece una foto reciente suya seguida de una pequeña biografía. Está tremendamente atractivo en la foto, vestido con una bata blanca inmaculada y sus ojos oscuros mirando a la cámara. Su biografía menciona estudios en la Universidad de Cornell, seguidos de una licenciatura en medicina y una residencia en la Universidad de Pennsylvania. Impresionante. Pero hay una cosa que me llama la atención.

Estoy bastante segura de que me dijo que trabajaba en la Universidad de Nueva York.

La Universidad de Nueva York y el Mount Sinai no se parecen en nada. Cuando me lo mencionó, recuerdo que pensé que su hospital quedaba bastante cerca de mi apartamento. No habría pensado lo mismo si hubiese hablado del Mount Sinai.

¿Qué diablos es todo esto?

Vuelvo a la búsqueda y bajo por la pantalla para ver otros resultados. No hay nada más. No tiene perfil de Facebook. No le encuentro en Instagram ni en Twitter, al menos con su nombre real. Y, cuando lo busco en Cynch, no me sale ningún perfil activo ni inactivo.

Cuando Tom vuelve del baño, soy toda confusión. Se desliza en el reservado colocándose enfrente de mí y agarra el menú.

—Vamos a pedir de comer —dice—. Me muero de hambre.

En ese momento, viene una camarera con un carro lleno de platos de comida. Tom, siempre osado con la comida, elige un plato de patas de pollo. Yo elijo los dumplings de cerdo. Pero, mientras Tom ataca con ganas su plato, yo me limito a mirar mis dumplings después de quedarme sin apetito.

—Oye —digo con el tono más despreocupado que soy capaz de emplear—, ¿en qué hospital dijiste que trabajabas?

Esta vez, no hay vacilación.

—El Mount Sinai.

—Habría jurado que me dijiste que trabajabas en el de la Universidad de Nueva York.

Me mira arqueando una ceja y una divertida sonrisa aparece en sus labios.

—¿Me has buscado en el teléfono cuando he ido al baño?

Cazada. Aunque una parte de mí cree que él está más cazado que yo.

—¿Y qué si es así? No tengo la menor duda de que me dijiste que trabajabas en la Universidad de Nueva York.

—Antes trabajaba en la Universidad de Nueva York —contesta—. Hace poco cambié. Puede que me dejaras tan obnubilado que me equivoqué.

¿Es eso posible? Supongo que sí. Pero todo esto, mezclado con el cambio de apellido, me deja una sensación de ligera inquietud. Podría asumir que ha cometido un error, ¿pero dos?

Aunque, claro, no puedo olvidar que la única razón por la que esto está pasando es porque una mujer se ha acercado a Tom para expresar con efusividad lo compasivo que se mostró cuando ella estaba sufriendo por la pérdida de su marido. Y lo creo. He salido con muchos hombres y puedo asegurar que Tom es un buen tipo. Cuesta pensar que me mintiera adrede.

—¿Cómo es que no tienes perfil en Cynch? —pregunto.

Aparece una sonrisa en sus labios.

—¿Es una pregunta trampa? Tú y yo estamos saliendo, ¿no? ¿De verdad quieres que tenga un perfil en Cynch?

—No —respondo—. Solo digo que la mayoría de las personas solteras de esta ciudad está en esa aplicación.

—No me gustan las aplicaciones de citas.

—Entonces ¿cómo conoces a las mujeres?

Me sonríe.

—Sobre todo, voy buscando mujeres con hemorragias nasales y me ofrezco a comprarles una camiseta nueva. Normalmente, funciona.

—Ja, ja. Muy gracioso.

Arquea una ceja.

—Pero, si te molesta, no tengo inconveniente en hacerme un perfil en todas las aplicaciones de citas.

Ahora se está mostrando arrogante, lo cual supongo que es justo en vista de mi interrogatorio.

—No, gracias.

—O… —Extiende la mano por encima de la mesa en busca de la mía—. A lo mejor puedes borrar tu perfil también y salir solo el uno con el otro. ¿Qué te parece?

Me quedo sin aliento. Aunque las cosas con Tom se han ido volviendo más serias, todavía me sorprende oírle decir eso, sobre todo dada su relativa falta de experiencia previa en relaciones. Me sorprende, pero no me disgusta. Todo lo contrario, de hecho. Puede que por fin esté dispuesto a olvidar a aquella chica muerta de la secundaria.

—Eso suena muy bien —digo.

Y así, sin más, tengo un novio.

39

Dos meses después

SYDNEY

Tom se bebe su café con medio sobre de azúcar.

Siempre se lo prepara igual. Cuando la camarera le trae el café, agarra el sobre de azúcar, lo raja por el medio y, después, vacía exactamente la mitad en su café. Si no es suficiente, vuelca el sobre para echar algún grano más de azúcar en el líquido negro. Es prácticamente científico el modo en que lo hace siempre.

Cuando llevas dos meses saliendo con alguien, empiezas a fijarte en estas cosas. Es entonces cuando las grietas empiezan a aparecer.

—¿Qué pasaría si te bebieras sin querer un café con un sobre entero de azúcar? —le pregunto mientras le veo realizar su ritual. Es domingo a mediodía y estamos tomando un tardío y lento desayuno en una cafetería.

—Pues me moriría, evidentemente. —Tom me sonríe—. ¿Y tú? ¿Qué pasaría si no inundaras tu café con casi media taza de crema de leche?

—Eh, no es tanto.

—¿No? Mira tu taza. Prácticamente estás bebiendo crema con una diminuta gota de café.

Okey, no se equivoca del todo. Así que los dos tenemos nuestras peculiaridades. Pero, en general, la mayoría de las suyas son muy tolerables. Ha estado muchas veces en mi apartamento y nunca deja levantado el asiento del inodoro ni orina sobre él, ni usa medio rollo de papel higiénico de una sentada, y por lo general se porta bastante bien en el tema del inodoro, que suele ser donde muchos tipos meten la pata.

Tiene muchas otras cualidades buenas, además de sus excelentes hábitos en el baño. Es generoso, siempre lo paga todo cuando estamos juntos y cuando le preguntan en una tienda si quiere dejar algo para alguna organización benéfica, siempre dice que sí. Le gusta el mismo tipo de películas que a mí o, al menos, lo finge. A veces, puede ser muy cómico. Y, si termino con alguno de mis épicos episodios hemorrágicos, ya sea por la nariz, por un dedo o Dios sabe qué, no se asusta, lo cual resulta casi un milagro después de ver a otros hombres.

También es espectacular en la cama. Sigo manteniéndome en mi primera calificación de incretremenfabuloso.

No es que todo sea genial. Al igual que Jake, es un adicto al trabajo. Pasa mucho tiempo en el hospital, fines de semana incluidos. Y lo peor es pensar en lo que hace cuando está allí. Está rebanando cadáveres. A veces, viene a verme a mi apartamento después del trabajo y no puedo evitar pensarlo mientras me besa. Aún más inquietante es el hecho de que a él le apetezca besarme después de lo que ha estado haciendo todo el día.

Pero supongo que lleva tanto tiempo haciéndolo que para él se ha convertido en algo normal. Probablemente no le afecte en absoluto.

Mientras me termino lo que me queda de mi *french toast*, un niño pequeño pasa corriendo al lado de nuestra mesa con sus padres detrás. El niño puede tener tres años y es de lo más adorable. Lleva puesto un overol y tiene el pelo rubio y rizado. Tom lo observa con una expresión de cierta ternura en el rostro.

—Qué lindo —comento.

Él asiente y, por un momento, veo algo triste en su expresión.

—Sí —dice por fin.

Es raro, porque hay momentos en los que Tom parece aterrorizado ante cualquier tipo de compromiso y, sin embargo, hay otras ocasiones en las que nos cruzamos con alguna familia protagonizando un momento tierno, como ahora, y veo el anhelo en sus ojos.

He mencionado de pasada la idea de tener niños para saber qué piensa al respecto. He sido muy clara respecto a que no espero que me deje embarazada en un futuro próximo, solo intento averiguar cuál es su opinión en general sobre la idea de la paternidad. Pero se ha mostrado sorprendentemente evasivo.

Tom agarra mi mano por encima de la mesa. Me sonríe mientras recorre con el pulgar las venas azules del dorso de mi mano. Es una cosa que hace mucho. Me pregunto qué está pensando. Parece que quiere decir algo, pero no termina de decidirse.

—¿Sabes por qué son azules las venas? —me pregunta.

Eso no es para nada lo que me esperaba que dijera.

—¿Es porque la sangre de las venas no lleva oxígeno?

—Una idea errónea muy común. —Aprieta con el pulgar una vena que me recorre el dorso de la mano hasta que la comprime—. Pero falsa. La sangre desoxigenada sigue siendo roja, aunque más oscura. La razón por la que las venas son azules está en que la piel absorbe luz azul. La grasa subcutánea solo permite que penetre en las venas la luz azul, y eso es lo que vemos reflejado en nuestra retina.

Tom siempre es una fuente de datos «interesantes» como este. En una de nuestras citas me impartió una clase espontánea sobre el factor Von Willebrand. Se le veía un poco abochornado después, pero a mí me pareció casi dulce que se hubiese molestado en informarse sobre mi trastorno.

Es decir, seguro que tuvo que documentarse al respecto. Es imposible que supiera todo eso así, improvisadamente.

—Bueno —digo—, ¿ganas de ver una película esta tarde?

—La verdad es que no puedo.

—¿Trabajas?

Niega con la cabeza.

—Mi madre llega esta mañana y voy a verla. Va a venir a mi casa y luego iremos a cenar.

Considerando que su padre ya no está, parece tener una relación bastante sana con su madre.

—¿Quieres que vaya?

Aparta de un tirón su mano de la mía, ya sin ningún interés en mis venas y en por qué son azules. Parece estar a punto de escupir el café que acaba de beber.

—¿A cenar con mi madre?

Bueno, con eso está respondiendo a la pregunta, ¿no?

—No tienes que decirlo como si te hubiese propuesto que te bebieras un veneno.

—Solo llevamos saliendo unos meses, Sydney.

Las mejillas se me encienden. He perdido del todo el apetito por el resto de la *french toast*.

—Okey. Lo entiendo.

—Unos meses no es mucho tiempo.

—He dicho que lo entiendo.

Tom juguetea con su servilleta, claramente tratando de solucionar esto. No es la primera vez que veo en él una reacción así. Cuando le propuse una cita doble con Gretchen y Randy, parecía estar a punto de que le explotara un aneurisma. Sin duda, tiene razón. Solo llevamos saliendo unos meses, pero, al mismo tiempo, me gustaría que no se mostrara tan horrorizado cuando le propongo cosas así.

—Quizá la próxima vez —balbucea.

Sí, claro. Pero ¿qué puedo hacer? Puedo dejar a este hombre porque tiene problemas para comprometerse o puedo esperar que todo cambie y seguir disfrutando de un sexo increíble.

—¿Y qué vas a hacer con tu madre? —pregunto.

Se frota el mentón.

—He pensado que quizá podría llevarla a ese restaurante de Oriente Próximo al que me llevaste hace un par de semanas. Era muy bueno. ¿Cómo se llamaba?

—Eh…, deja que lo busque.

Tom da otro sorbo a su café mientras busco en mi teléfono y trato de encontrar el nombre del sitio al que fuimos. Me lo recomendó Gretchen, así que tengo que buscar entre nuestros mensajes. Mientras lo hago, nuestra camarera se acerca y flirtea descaradamente con Tom. En su defensa, diré que se limita a contestar con una sonrisa educada. Es encantador, pero no un ligón, cosa que agradezco.

Por fin, encuentro el enlace con el nombre y la dirección del restaurante. Copio el enlace y se lo envío a Tom.

—Te he enviado el enlace —le digo.

Miro su teléfono, que ha dejado sobre la mesa en algún momento de la comida, y espero a que suene con un mensaje. Pero sigue en silencio.

—Qué raro —digo—. ¿Has recibido mi mensaje con el nombre del restaurante?

—Eh... —Baja la mirada a la pantalla de su móvil, que está en negro—. Sí, creo que sí.

—¿Cómo lo sabes? Ni siquiera has tocado el teléfono y la pantalla está apagada.

—Es que tengo el móvil en silencio.

—No. Acaba de sonar hace diez minutos.

—No lo sé. —Tom agarra el teléfono y se lo guarda en el bolsillo—. Estoy seguro de que he recibido tu mensaje. ¿De verdad quieres que mire el móvil mientras estamos comiendo juntos?

—¡Estás constantemente mirando el móvil mientras comemos!

—Porque recibo mensajes del trabajo. Tengo que ver si son importantes.

No sé por qué Tom está siendo tan complicado ahora mismo. No le estoy pidiendo que vuele alrededor de la Tierra en sentido inverso. Solo quiero que mire su teléfono para confirmar que ha recibido mi mensaje. No tardaría ni medio segundo.

—¿Por qué te pones tan raro con esto? —Lo miro entrecerrando los ojos—. ¿Por qué no me puedes decir si lo has recibido o no?

—Dios santo. Muy bien. —Saca el móvil del bolsillo y toca la pantalla—. He recibido tu mensaje. ¿Okey?

—¿Y cómo se llama el restaurante?

Tom baja la mirada a la pantalla y, después, la sube hacia mi cara. Suelta un largo suspiro.

—Está bien. No he recibido el mensaje.

Estoy de lo más confundida. ¿Por qué está mintiendo con esto? No tiene ningún sentido.

—¿Quieres que vuelva a enviártelo?

Aprieta la mandíbula.

—Envíamelo después.

Pero no le estoy escuchando. Le envío el mensaje una segunda vez y le miro.

—¿Lo has recibido?

—Es que… tengo el teléfono roto. No te preocupes. De todos modos, mi madre prefiere la comida italiana.

Se revuelve en su asiento. Parece muy incómodo. ¿Qué rayos está pasando?

—Envíame un mensaje —le digo.

—¿Qué? ¿Por qué?

—¿Por qué no quieres enviarme un mensaje?

Tom deja por fin el teléfono sobre la mesa.

—Verás, este es mi móvil del trabajo —dice—. Por eso no recibo mensajes.

—¿Tu móvil del trabajo? —Miro su iPhone, que es parecido al habitual que tiene todo el mundo que conozco. Parece el que siempre lleva—. ¿Y dónde está tu teléfono personal?

—No lo tengo aquí. Está en casa.

—¿Y llevas siempre tu móvil del trabajo pero no el personal?

Se encoge de hombros.

—Supongo que sí. Como te he dicho, tengo que asegurarme de que no hay ninguna emergencia en el trabajo.

—¿Qué tipo de emergencias? ¡Tus pacientes ya están muertos!

Vuelve a guardarse el teléfono en el bolsillo.

—Oye, me has hecho una pregunta y te la he respondido. No sé qué quieres de mí.

¿Qué quiero? Quiero saber por qué el número que yo tengo de él claramente no es su teléfono principal. Porque no creo que el teléfono que lleva todo el tiempo no sea su teléfono personal. Ha sido la peor excusa que he oído en mi vida.

Pero no tiene sentido insistir en que me responda. Una cosa está clara: Tom no está dispuesto a decirme la verdad.

40

Antes

TOM

Casi en el momento en que llego a casa de la secundaria recibo otra llamada de mi madre.

De nuevo, dudo antes de responder. Probablemente se haya enterado de la desaparición de Alison y no le va a entusiasmar que mi padre no esté por aquí. No va a volver hasta mañana y no quiero que se asuste.

Aun así, tengo que contestar. Con todo lo que está pasando, si no lo hago es probable que llame a la policía para que vayan a mi casa en menos de una hora. Tengo que fingir que todo va perfectamente bien. Esta va a ser una actuación de Oscar.

—Hola, mamá —digo tratando de emplear el tono más normal del que soy capaz.

—¡Tommy! —Su voz se quiebra al otro lado—. ¡Estaba muy preocupada por ti! He oído en las noticias lo de esa chica que ha desaparecido. ¿No es la amiga de Daisy?

—Eso parece —contesto—. No la conocía mucho.

¿Por qué no puedo dejar dc hablar de ella en pasado, por el amor de Dios?

Pero mi madre no parece darse cuenta.

—Es espantoso —continúa—. Sobre todo después de que la otra chica apareciera muerta. ¿Te han dicho qué le puede haber pasado?

—No —contesto, aunque lo cierto es que podría darle una respuesta muy esclarecedora.

—En fin, ¿tú estás bien?

—Estoy bien.

—¿Dónde está tu padre?

Sabía que llegaría esa pregunta y, aun así, no tengo una respuesta muy buena.

—Se fue a trabajar.

—Pues al final decidí llamarle al trabajo y me han dicho que no apareció esta mañana. —Hace una pausa—. ¿Está durmiendo arriba? No tienes por qué mentir por él.

—Yo, eh... —Si le digo que está arriba durmiendo es posible que me pida que lo despierte. No puedo arriesgarme a eso—. Acaba de irse. Ha dicho que iba a O'Toole's.

Sé por experiencia que en el bar nadie contesta el teléfono. Esa mentira me parece segura.

—Okey.

Mi madre suelta un largo suspiro. Parece muy preocupada y casi siento pena por ella, pero no. Su vida va a cambiar para mejor gracias a lo que le he hecho a ese hombre. La vida de los dos va a cambiar para mejor. Bueno, siempre y cuando no me descubran.

—Estaré en casa mañana —dice—. Tú... ten cuidado, cariño.

—Lo tendré, mamá.

—Es como si hubiese algo muy malvado por ahí. Tú quédate en casa y no dejes entrar a nadie que no sea tu padre.

Entonces... a nadie.

Mañana estará mi madre en casa y tendré que tratar de convencerla de que no debemos llamar a la policía para contar lo de mi padre. No será difícil. Odia llamar a la policía por las payasadas de mi padre, porque hace que parezcamos gentuza. Pero, desde luego, no sería la primera vez que alguien llamara a la policía por culpa de mi padre. Tiene fama en nuestra pequeña ciudad de ser un imbécil cuando se emborracha.

Y en cuanto a Alison, ese es un problema completamente distinto. Tengo que limitarme a esperar que suceda lo mejor.

41

Antes

TOM

Hoy no nos han mandado deberes porque la desaparición de Alison ha sido una gran distracción, así que he pasado casi toda la tarde y la noche viendo las noticias locales. He tratado de ver alguna serie divertida, pero no podía concentrarme y, al final, he vuelto a las noticias.

Básicamente, repiten lo mismo una y otra vez. Han descubierto que Alison Danzinger, de diecisiete años, ha desaparecido de su casa esta mañana. La policía la está buscando y siguiendo distintas posibles pistas. Todavía no han identificado a ningún sospechoso de su desaparición.

En cierto momento, me obligo a cenar: una bolsa de Doritos acompañada de una botella de Sprite. En algún punto entre abrir la bolsa y vaciarla, me quedo dormido en el sofá. No me imaginaba que algo así fuera posible, pero me he pasado las últimas treinta y seis horas en vela.

Recupero la conciencia de repente con el sonido de una llamada de mi móvil. Lo encuentro entre los pliegues del sofá, y el corazón me da un brinco al ver el nombre de Daisy en la pantalla. No he hablado con ella desde que estuvo llorando abrazada a mí esta mañana.

—Tom... —Está llorando cuando contesto al teléfono, como si no hubiese dejado de hacerlo desde esta mañana—. Ay, Tom.

—¿Qué? ¿Qué pasa? —Casi siento miedo de que me vaya a decir que su padre viene de camino para arrestarme.

—Han encontrado a Alison.

Durante una milésima de segundo, se me ocurre que es una buena noticia. Alison se había escapado de repente y ahora la han encontrado. Y puede que mi padre esté de verdad en el bar ahora mismo.

Solo que, si es una buena noticia, ¿por qué llora tanto Daisy?

—Acaban de sacar su cuerpo del río. —Sus sollozos se vuelven casi histéricos—. Tom...

El río. Ahí es donde Babosa quería lanzar al principio el cuerpo de mi padre. Es su sitio preferido.

Daisy está llorando demasiado como para poder darme más detalles. No he visto nada en las noticias, así que supongo que Daisy debe de haberlo sabido por su padre.

Me pregunto qué más le habrá contado.

—Estaba mutilada —consigue añadir—. He oído a mi padre hablando de eso por teléfono. Ha dicho que... Parece que la han torturado.

Como a Brandi.

Siento en mi estómago el mismo pellizco que noté cuando llamaron a Babosa durante los interrogatorios a los alumnos por segunda vez por lo que le había pasado a Brandi. Creía que él apenas la conocía, pero estaba claro que me equivocaba.

¿Qué es lo que he provocado?

Oigo voces de fondo al otro lado del teléfono y la voz de Daisy queda amortiguada.

—Será mejor que cuelgue. Mi padre no quiere que hable contigo.

Aunque lo sospechaba, eso es como una puñalada en el pecho.

—¿No?

—Lo siento. No es por ti. Es que ahora mismo no se fía de ningún chico de la secundaria.

Es un alivio oír que no soy el principal sospechoso. Aunque ¿por qué iba a serlo? Lo único que sabe es que Alison y yo no nos llevábamos bien. Sí, soy el «novio» misterioso que había quedado con Brandi la noche que la mataron, pero, por lo que sé, el comisario no conoce ese dato. La única persona que lo sabía era Alison, y está muerta.

Antes de que yo pueda decir nada más, se oye otra voz fuerte de fondo.

—Tengo que colgar, Tom. Te llamo luego.

—Te quiero, Daisy —digo al teléfono, pero ella ya ha colgado.

42

Antes

TOM

A la mañana siguiente, no faltan noticias sobre Alison Danzinger. He visto las imágenes del río donde han encontrado el cuerpo de Alison por lo menos cinco millones de veces. Las veo una vez y otra y otra más.

Han suspendido las clases, así que estoy solo en casa, sin nadie, viendo las noticias de una forma obsesiva. Quiero llamar a Babosa o enviarle un mensaje, pero me da miedo que alguien esté controlando nuestras líneas de teléfono o algo así. De todos modos, la única persona con la que de verdad quiero hablar es con Daisy.

Mi madre entra por la puerta a eso de las cuatro, con una gran bolsa de viaje de tela gruesa colgada del hombro. Salto del sofá para ayudarla a meterla, pero está mucho más interesada en abrazarme, así que dejo caer la bolsa.

—Ay, Tommy. —Me aprieta con demasiada fuerza. Pero, al contrario que mi padre, mi madre es mucho más pequeña que yo y no podría hacerme daño aunque quisiera—. ¡Estaba muy preocupada por ti!

—Estoy bien.

—Pero esa chica… —Mi madre se aparta de mí—. La han encontrado muerta, ¿verdad?

—Sí. Eso es. —Y ahora puedo hablar de ella en pasado todo lo que quiera.

Se queda callada un momento con los labios apretados.

Aprovecho la oportunidad para agarrar de nuevo la bolsa.

—Te subo esto arriba.

Antes de que pueda protestar, subo rápidamente las escaleras con la bolsa de tela al hombro. La llevo al dormitorio de mis padres y la dejo sobre la cama. Mi padre no ha dormido aquí las dos últimas noches, pero nunca se molesta en hacer la cama, así que las sábanas siguen arrugadas desde hace dos días. Parece como si hubiese dormido aquí anoche. Nadie puede demostrar lo contrario.

Cuando bajo, mi madre está de pie en la sala de estar, restregándose las manos.

—Tom, ¿dónde está tu padre?

Estupendo. Apenas ha entrado por la puerta y ya ha empezado con esto. Pensaba que a lo mejor tendría tiempo hasta la cena.

—En el trabajo, supongo.

—He llamado a la tienda. Hoy tampoco ha ido.

Levanto un hombro.

—Entonces, no sé.

—¿Lo viste esta mañana?

—Sí.

Se muerde el labio inferior.

—Es que su carro está en el garaje. Iba a meter el mío, pero ya estaba el suyo.

—Supongo que habrá ido andando adonde sea.

Como si mi padre fuese alguna vez andando a los sitios. Nunca desaprovechaba una oportunidad de conducir borracho. Pero tiene bastantes amigos que podrían haberlo llevado a alguna parte.

Yo sabía que el carro levantaría las sospechas de mi madre. Pero habría sido peor abandonarlo al lado de alguna carretera donde fácilmente podría encontrarlo la policía.

Frunce el ceño.

—Pero ¿lo viste esta mañana?

—Ya me lo has preguntado. Te he dicho que sí.

Baja la mirada. Parece estar observando algo. Me vuelvo loco tratando de saber qué es cuando, de repente, suelta:

—¿Qué le ha pasado a mi alfombra?

Dios santo, la alfombra no está. Me había olvidado de ella.

—Se me derramó jugo de arándanos y la manché entera, así que la he tirado.

—¿La has tirado? —Abre los ojos de par en par—. ¡Tom, no deberías haber hecho eso! Yo podría haberla limpiado.

—Lo siento. Era una mancha muy grande y me imaginé que no se podía hacer nada.

—¿Sigue todavía en la acera o…?

—Lo siento, el de la basura la ha llevado al vertedero. Demasiado tarde.

—Ay, Tom. —Suspira—. Ojalá no lo hubieses hecho. Me encantaba esa alfombra. Sé que estaba un poco raída y se nos enganchaban los pies, pero la he conservado desde hace mucho tiempo y le tenía cariño.

Consigo imaginar una conversación parecida entre los dos si le dijera lo que le ha pasado en realidad a mi padre.

—En fin… —Mira el reloj—. Voy a recostarme una hora más o menos y luego me pongo a preparar la cena. ¿Crees que tu padre llegará a casa a tiempo para comer con nosotros?

—Dijo que probablemente no.

No parece sorprendida.

—Okey. Pues, entonces, solos tú y yo.

Sube fatigosamente las escaleras hasta el dormitorio con los hombros encorvados. Me quedo mirándola mientras llega arriba y espero al sonido de la puerta del dormitorio cerrándose antes de encender la televisión para ver las noticias una vez más.

43

En la actualidad

SYDNEY

De acuerdo, opino lo mismo. Eso del teléfono es superraro. Como Tom me ha dejado sola para irse con su madre sin mí, me he acercado al apartamento de Gretchen y Randy. Él ha salido a hacer unos recados, pero Gretchen está dispuesta a escuchar toda la historia de que el teléfono de Tom no recibe mis mensajes. Y parece bastante perpleja.

—¿Qué crees que significa? —pregunta Gretchen mientras se mete un puñado de palomitas en la boca. Gretchen es del tipo de personas que siempre tiene que preparar algo de picar cuando voy a su casa, lo cual me parece un detalle.

Levanto un hombro.

—A ver, no es nada bueno que, al parecer, mi novio me llame y me envíe mensajes desde un teléfono secreto.

—Puede que te esté diciendo la verdad. Has dicho que es adicto al trabajo, así que tiene sentido que quiera llevar siempre su teléfono del trabajo. Y no tiene un bolso como nosotras para llevar varios móviles.

—Sí. —Agarro algunas de las palomitas que Gretchen ha colocado en un cuenco de madera sobre la mesita de centro—. No le daría demasiada importancia, pero es que se le veía muy incómodo cuando empecé a hacerle preguntas. Parecía totalmente como si estuviese ocultando algo.

—¿Y qué crees que oculta? —Abre los ojos de par en par—. ¿Crees que podría estar casado?

—No, no lo creo para nada. He visto su apartamento. Allí no vive ninguna mujer. Además, no parece que le preocupe que nos vean en público.

Aunque...

Cuando salimos a comer, vamos siempre a un restaurante distinto. *Siempre*. Jake y yo teníamos una cafetería a la que íbamos casi todos los fines de semana, pero Tom parece resistirse a que tengamos un sitio «habitual».

—Entonces... ¿qué crees?

No sé qué pensar. Estoy convencida de que no hay otra mujer en su vida, pero el hecho de que Tom lleve solo su teléfono del trabajo es claramente una mala señal. Significa que es aún más adicto al trabajo de lo que yo sospechaba. Es el tipo de cosas que haría Jake. Y todos sabemos lo maravillosamente que terminó aquello.

No quiero terminar con Tom de la misma manera que terminé con Jake. Es un hombre muy bueno. Es dulce, es inteligente, quiere a su madre y, además, es muy agradable a la vista.

Ay, Dios mío. Me estoy enamorando de él de verdad.

—Vamos a cenar juntos —propone Gretchen—. Tengo muy buen ojo para la gente. Te diré en dos segundos si está jugando a dos bandas contigo.

—Lo siento, pero no va a querer.

—¿Por qué no?

—Deberías haber visto su cara cuando le he propuesto que conozca a mis amigos. Ya te lo dije, le cuesta comprometerse. —Hago una mueca—. Sigue enganchado a una chica de la que estuvo enamorado en la secundaria.

—¡Dios mío! —Gretchen se tapa la boca—. ¿En la secundaria? ¿En serio?

—Ya lo sé, pero por lo visto quería casarse con ella y luego se murió o no sé qué. Parecía muy triste cuando me estuvo hablando del tema.

—Ay, pero es muy bonito.

Apoyo la espalda en los cojines del sofá mientras le doy vueltas a la cabeza. No sé qué hacer. Estoy empezando a enamorarme de verdad de Tom, pero, al mismo tiempo, el número de banderas rojas se ha vuelto casi insoportable. Podría pasar por alto su falta de ganas de conocer a mis amigos, pero esto del teléfono me tiene muy mosqueada.

A lo mejor debería decirle a Jake que le investigue.

Por supuesto, eso sería tremendamente humillante. No quiero decirle a mi antiguo novio que el hombre por el que le he sustituido es tan poco de fiar que necesito conocer sus antecedentes si quiero continuar con nuestra relación. Prefiero que Jake crea que estoy saliendo con un tipo increíble y que él se lo ha perdido porque nunca tenía tiempo para mí.

Además, Jake está muy ocupado. No he visto nada en la prensa sobre ningún arresto por el asesinato de Bonnie ni de esas otras dos mujeres. Si hubieran arrestado a alguien, estoy segura de que yo lo sabría.

—Por cierto —dice Gretchen—, mi exposición en el museo va a acabar pronto. ¡Quiero que vayas y la veas antes de que termine!

Me río.

—¡Ya la vi!

—Lo sé —reconoce—, pero quiero que mis amigas vayan una vez más antes de que lo quiten todo. ¡Le he puesto mucho empeño!

—Ya lo sé. Te pasaste meses hablando solamente de eso. —A Bonnie le molestaba lo mucho que Gretchen hablaba de la exposición, pero no lo menciono. No tiene sentido manchar el recuerdo que Gretchen tiene de Bonnie contándole que había veces que su amiga pensaba que era muy irritante.

—Me tuvo consumida —confiesa—. Incluso la víspera. ¡Pasé la mitad de la noche en el museo trabajando!

Arrugo el ceño. Hay algo en las palabras de Gretchen que me ha llamado la atención. Pero no sé bien qué es y, antes de conseguir averiguarlo, suena una llave en la cerradura de la puerta y los ojos de Gretchen se iluminan.

—¡Ha vuelto Randy! ¿Qué traerá?

—¿Qué se supone que debe traer exactamente? —pregunto.

—Uno de los inquilinos le dio una tarjeta regalo por un trabajo extra que hizo —me explica Gretchen—. Así que ha ido a unos grandes almacenes de Herald Square. Dijo que iba a comprar algo para inaugurar el apartamento ahora que me he mudado. ¿No es un encanto?

—¿Como un cuadro?

—Ni idea. Pero Randy tiene muy buen gusto, así que estoy segura de que será algo bueno.

¿Randy tiene muy buen gusto? Paseo la vista por su básico apartamento, que apenas se diferencia de cómo era cuando se trataba de su casa de soltero. Y ese hombre solo lleva jeans y camisetas y, a veces, una sudadera con capucha. ¿En qué basa exactamente su comentario de «muy buen gusto»? Da igual. Gretchen está enamorada y piensa que Randy es perfecto.

Randy entra en el apartamento y trae en brazos una cosa grande, de más de medio metro de ancho. Pero no estoy segura de qué puede ser. Parece… una estructura de cristal llena de tierra. Por la expresión de Gretchen, puedo asegurar que está igual de perpleja. Se pone de pie con las manos en las caderas.

—¿Qué es eso? —pregunta.

—¡Es un terrario de hormigas! —responde Randy con orgullo.

—¿Un qué?

Por decirlo suave, Gretchen no parece precisamente entusiasmada. De hecho, parece que tiene ganas de darle un puñetazo a Randy en la cara, solo que se le podría caer el terrario y romperse.

—Es un terrario de hormigas —repite Randy—. He pensado que podríamos ponerlo allí, junto a la ventana. Así, podríamos ver todo lo que pasa en el hormiguero.

—¡Ay, no! —Gretchen salta delante de él como si tratara de evitar que entre en la habitación con su contenedor de cristal lleno de hormigas—. No quiero eso en mi apartamento. Ni hablar.

—¿Por qué no? —Randy frunce la frente—. Es muy chulo.

—¡No lo es! —exclama ella—. ¿Y si se salen las hormigas?

—No se van a salir las hormigas.

—Por supuesto que se van a salir las hormigas. —Gretchen levanta los brazos y me mira—. Sydney, ayúdame.

—Un hormiguero es algo bastante asqueroso, Randy —digo.

Él baja el terrario de hormigas al suelo y, de manera instintiva, Gretchen da unos pasos atrás.

—Pues no sé qué quieres que haga, Gretchen. No puedo devolverlo. ¿Se supone que tengo que tirarlas?

—¡No me importa lo que hagas con ellas! —grita ella—. ¡Por mí como si las echas por el inodoro!

Randy se pone serio.

—No pienso hacer eso. Es terrible.

Gretchen está muy asustada con esas hormigas. No la culpo. Yo tampoco las querría en mi casa. Su cara se ha vuelto completamente rosa y ahora me da la sensación de que va a haber una fuerte discusión.

—Será mejor que me vaya, Gretchen —digo—. Pero..., eh..., buena suerte.

Mientras salgo rápidamente del apartamento de Gretchen y Randy, sigue habiendo algo que me inquieta. Algo que Gretchen ha dicho. Pero no consigo identificar qué es.

En fin, ya me vendrá.

44

Termino pidiendo comida china para cenar.

Pido demasiada. Siempre compro demasiado cuando pido comida china, pero es que no puedo hacer que un repartidor venga a casa para traerme un mísero recipiente de pollo con brócoli. Así que termino pidiendo tres o cuatro platos suponiendo que acabaré por comérmelos y, después, todo se queda en el frigorífico hasta que empieza a oler mal y tengo que tirarlo… Y luego, una semana más tarde, estoy que me muero por comida china y repito de nuevo todo el ciclo. Lo llamo el Círculo de la Comida China.

Mientras me como mi *chow fun* de ternera planteándome si debería tomarme un antiácido ahora o cuando acabe de comer, pienso si debo enviar un mensaje a Tom. Las cosas quedaron un poco frías después de que se negara a dejar que conociera a su madre y se pusiera muy evasivo con lo de su teléfono. Por supuesto, si le envío un mensaje, sabe Dios dónde terminará.

No, que pase la noche pensando y decidiendo si quiere contarme la verdad. En fin, tengo otras cosas en la cabeza.

Sobre todo, la conversación con Gretchen. Sigo dándole vueltas a lo que estuvimos hablando y hay algo que continúa perturbándome. Pero ¿qué es?

«Incluso la víspera. Pasé la mitad de la noche en el museo trabajando».

Cuesta olvidar el día que se inauguró la exposición de Gretchen. Fue el mismo día que Randy y yo encontramos a Bonnie mutilada en su habitación. Bonnie y yo habíamos planeado ir juntas a verla. Lógicamente, al final no pudo ser.

«Incluso la víspera. Pasé la mitad de la noche en el museo trabajando».

Cuando estuve hablando con Jake sobre posibles sospechosos, mencioné a Randy. No quería incriminarle, pero me sentí obligada a mencionar el hecho de que tenía una copia de las llaves de todo el edificio y que Bonnie se quejó en repetidas ocasiones de que le parecía repulsivo. Eso no probaba que fuera un asesino, pero Jake me dijo que lo habían descartado.

«El señor Muncy tiene una coartada para anoche. Su novia estuvo con él todo el tiempo».

Solo que Gretchen, su novia, no estuvo con él toda la noche. Pasó en el museo la mitad de la noche preparando su exposición.

Maldición.

Agarro el teléfono y busco el número de Gretchen en mi lista de contactos. El teléfono suena varias veces antes de que conteste.

—¿Qué tal, Syd?

—Gretchen —digo—, ¿dónde estuviste de verdad la noche que asesinaron a Bonnie?

Hay una larga pausa al otro lado de la línea.

—¿Qué?

—Antes en tu apartamento me has contado que la víspera de la inauguración de tu exposición pasaste la mitad de la noche en el museo preparándola. Pero le dijiste a la policía que estuviste con Randy toda la noche. Y no fue así.

Otro largo silencio.

—Okey. Sí, he debido de equivocarme. Estuve en casa la noche previa a la inauguración de la exposición. Fue la anterior a esa cuando pasé la mitad de la noche en el museo.

—Gretchen…

—¡Es verdad!

Aprieto los dientes.

—Por favor, para. Sé qué es lo que has dicho y recuerdo cuándo se inauguró la exposición.

—Sydney…

—Dime la verdad.

La voz de Gretchen se rompe.

—Okey. Estuve en el museo. Le mentí a la policía. ¿Es eso lo que quieres que diga?

—¡Dios mío! —exclamo—. ¿Le mentiste a la policía? ¿De verdad?

—¿Qué se suponía que tenía que hacer? —gimotea—. Oye, Randy no le hizo nada a Bonnie. Jamás podría haber hecho algo así. ¡Pero sin coartada se habrían lanzado sobre él! Es el encargado y tiene las llaves, y además…

—Y además ¿qué?

Gretchen se queda en silencio.

—Gretchen, cuéntamelo. ¿Qué está pasando?

—Esto va a sonar peor de lo que es —contesta con suavidad.

Frunzo el ceño.

—¿El qué?

—Hace unos años —explica—, mucho antes de que Randy y yo nos conociéramos siquiera, hubo una chica que le acusó de acosarla.

Me quedo boquiabierta.

—¿Qué?

—Y luego hubo también una acusación de asalto, pero fue muy injusto —continúa—. ¡Me lo contó todo y de verdad que no hizo nada malo! Pero con esos antecedentes, los dos pensamos que sería lo mejor que tuviera una coartada.

«Los dos pensamos que sería lo mejor».

—Gretchen, ¿te pidió Randy que mintieras por él?

—¡No! —exclama—. O sea, lo sugirió, pero yo accedí por completo. ¡No me obligó a nada!

Esta sí que es buena.

—Tienes que ir a la policía y contarles la verdad.

—No. Por favor, no me obligues, Syd. —Si no estaba llorando antes, ahora la había llevado casi al borde—. Randy no es ningún asesino. No lo es. No pensarás de verdad que pudo hacerle esas cosas terribles a Bonnie, ¿no?

—No lo sé.

—¡No lo hizo! —Solloza—. Yo le quiero, Sydney. Jamás he sentido esto por un hombre. Deseo pasar el resto de mi vida con él.

El estómago se me revuelve un poco ante la idea de que Gretchen se case con Randy Muncy. Lo conozco desde hace dos años y puede que sea un poco estrafalario, pero me cuesta imaginarlo haciéndole todas esas cosas espantosas a Bonnie, y está claro que Gretchen le quiere con toda su alma. Aun así, hay algo en él que me inquieta.

Me muerdo el labio inferior mientras trato de decidir qué hacer. Tengo el número de Jake en mi teléfono y el asesinato de Bonnie sigue sin resolverse. Podría llamarlo y contarle lo de la mentira de Gretchen. Pero, al mismo tiempo, si de verdad no creo que la mató, ¿qué habré conseguido? Habré hecho que la vida de mi amiga sea mucho peor, habré traicionado su confianza, destrozado la reputación de Randy y posiblemente puesto en peligro su trabajo... ¿Y por qué? Si con eso no se hace justicia con mi amiga, no tiene sentido.

Además, Jake me dijo que tenían huellas sin identificar que coincidían con las dos escenas de los crímenes. Pero, si las huellas de Randy están registradas, no puede haber sido él.

¿No?

—Syd —Gretchen se sorbe la nariz—. ¿Vas..., vas a contárselo a alguien?

—Supongo que no.

—¡Ay, gracias! —Me imagino los ojos de Gretchen inundados de lágrimas y su naricita de un rosa brillante—. ¡Muchas gracias, Syd! Eres la mejor amiga del mundo. ¡Si Randy y yo nos casamos algún día, serás la dama de honor en la boda!

Uf. Casi merecería la pena entregar a Randy con tal de evitar tan dudoso honor.

Gretchen pasa los siguientes minutos empeñándose en demostrar lo agradecida que está y lo afortunada que es por tener a Randy. Yo la escucho, pero durante todo el rato no puedo evitar preguntarme si estaré cometiendo un terrible error.

45

Antes

TOM

Después de no haber ingerido nada que no fuera comida basura y refrescos durante los dos últimos días, es agradable que mi madre prepare esta noche la cena. Babosa, por el contrario, estaría dispuesto a no comer otra cosa que no fuera comida basura en todo momento, y a veces creo que lo hace, lo cual es en buena parte la razón por la que tiene la piel tan mal.

Mientras comemos un plato caliente de pollo con arroz en la mesa de la cocina, mi madre habla de la intervención del tío Dave porque sabe que normalmente es el tipo de cosas que me fascinan, pero ahora mismo no estoy de humor. Aunque finjo que la escucho. Asiento cuando debo y trato de sonreír cuando me dice que el tío Dave ha vuelto a casa y está bien. Pero, en realidad, todo eso no es más que ruido de fondo.

—¿Qué tal está Daisy? —me pregunta mi madre cuando termina de hablar del tío Dave.

—¿Daisy?

—Bueno, Alison y ella estaban muy unidas, ¿no?

—Más o menos.

—Debe de estar muy afectada.

No lo sé. He intentado llamar a Daisy varias veces hoy y, en cada una, su teléfono ha pasado al buzón de voz. No quiero contarle a mi madre que el padre de Daisy no la deja hablar conmigo porque, entonces, tendré que decirle el motivo.

—¿Sabes? —pregunta mi madre, pensativa—. Me pregunto...

No tengo ni idea de qué cosa tan terrible se estará preguntando mi madre porque, en ese momento, suena el timbre de la puerta.

Gira la cabeza en dirección a la puerta de la calle.

—¿Crees que tu padre se ha olvidado la llave?

No sé quién llama a la puerta, pero sí sé que no es mi padre buscando su llave de casa.

—A lo mejor.

Mi madre se limpia la cara con una servilleta y, a continuación, va a la puerta. Me levanto de mi silla y me acerco sigilosamente para ver quién es. Estoy convencido de que es la policía y, sin embargo, veo a mi madre hablando con un hombre de mediana edad, con barriga cervecera y el pelo hacia delante para taparse la calvicie. Parece que le da algo a ella y, después, hablan un minuto más en voz baja.

¿Quién es ese?

Mi madre cierra la puerta y parece sorprendida al verme en el recibidor.

—Tom, no sabía que estabas ahí.

Es entonces cuando veo lo que tiene en la mano, el objeto que el hombre le ha dado. Es un teléfono.

—Era el camarero de O'Toole's —me explica—. Tu padre se dejó allí su teléfono. —Y añade—: Hace dos noches.

No sé qué responder a eso.

—Ah.

—¿Te dijo que había perdido el teléfono?

Niego despacio con la cabeza.

—No, no me dijo nada.

Gira la cabeza hacia la puerta y, después, de nuevo hacia mí.

—Y el camarero asegura que no ha vuelto allí después de dejarse el teléfono. Tampoco ha estado en el trabajo. ¿Dónde crees que habrá ido?

Tengo la boca seca. Me recuerdo que, aunque ella sospeche que le ha pasado algo a mi padre, no significa que sepa qué ha sucedido. Aunque sí me vio amenazándole una vez con el atizador de la chimenea. Aun así...

Baja los ojos al suelo y casi puedo ver los engranajes de su cerebro poniéndose en marcha. Ojalá se detuviesen. ¿No puede parar de pensar en eso y dejar que disfrutemos de la cena?

—Tom, ¿cuándo sacaste la alfombra a la calle?

Otra vez esa maldita alfombra. No debería haber dejado que saliera arrastrándose de la cocina. Debería haberle rebanado el cuello allí mismo, y así no estaríamos teniendo esta conversación.

—Hace dos días —contesto.

—Entonces ¿el martes?

—Sí.

Frunce el ceño.

—Pero la basura se recoge los lunes. Así que ¿cómo es que se han llevado ya la alfombra?

Abro la boca, pero no digo nada. Está en lo cierto. No sé cómo explicar por qué no está la alfombra. No tiene sentido que yo mismo la llevara al vertedero. Y ya le he contado que se la llevó el basurero. No puedo decirle la verdad, eso está claro.

Mi madre levanta el mentón para mirarme. Desde hace dos años, soy más alto que ella, lo cual me sigue resultando un poco raro. Mientras observa mi cara, no consigo evitar fijarme en su arteria carótida y en que puedo distinguir ligeramente el pulso acelerado en su cuello.

—¿Tom? —susurra.

Está esperando a que diga algo, pero no hay nada que yo pueda decir. Por suerte, me salva el timbre de la puerta sonando otra vez. Mis hombros se hunden con alivio. No sé si el camarero tiene otra pregunta para mi madre, pero, al menos, dispongo de unos minutos para planear qué voy a decir después.

Pero mi alivio dura poco cuando veo quién está en nuestra puerta.

Es el comisario Driscoll.

46

Antes

TOM

El comisario de policía está en la puerta de mi casa.

Ya fue bastante difícil cuando me estuvo interrogando en la secundaria. Pero aparecer en mi casa es otra cosa. ¿Por qué ha venido? ¿Es por Alison?

—Siento molestarla, señora Brewer. —El comisario Driscoll lleva la misma corbata de cuadros y la camisa blanca que esta mañana, pero esta vez acompañadas de una chaqueta azul—. Solo tengo unas cuantas preguntas para Tom.

Pese a que ella misma me estaba interrogando hace solo unos momentos, mi madre se interpone entre el comisario de policía y yo.

—¿Sobre qué?

Él aprieta los labios, claramente perplejo por que ella no esté dispuesta a apartarse para dejarle pasar.

—Sobre Alison Danzinger.

Mi madre se queda pensando, pero no se aparta de la puerta.

—¿Por qué tiene que hablar con Tom de ella?

—Alison ha sido víctima de un cruel asesinato. —La voz del comisario Driscoll es seria—. Estoy hablando con todos los que conocían a Alison con la esperanza de poder encontrar al monstruo que le ha hecho esto y llevarlo ante la justicia.

Casi me espero que mi madre continúe negándose a dejarle

entrar en la casa, pero se aparta. Al mismo tiempo, yo doy un paso atrás de manera instintiva.

—Pueden hablar en la sala de estar, Jim —le dice ella.

Sigo a mi madre a la sala de estar mientras en mi mente me voy dando ánimos. Ya he hablado con el comisario. No sabe nada. De lo contrario, me estaría poniendo las esposas mientras hablamos. Solo está indagando.

Me siento en el sofá y mi madre se sienta a mi lado, con la pierna casi tocándome la mía. El comisario se sienta en la butaca de mi padre, enfrente de nosotros. Luce esa misma expresión seria que tenía en el despacho del director, solo que mucho peor. En ese momento estaban esperando encontrar a Alison con vida. Ahora saben qué le ha pasado.

No hay esperanza para Alison. Lo único que pueden hacer es llevar a su asesino ante la justicia.

—Tom. —Tuerce el gesto—. Daisy me ha contado que ha hablado contigo sobre cómo hemos encontrado a Alison.

—Sí. —Aunque no me ha contado nada que no haya estado saliendo en las noticias durante casi las últimas veinticuatro horas.

—También he sabido por varios alumnos que Alison y tú no se llevaban bien —continúa—. No estaba contenta con que estuvieses saliendo con Daisy.

Mi madre se pone rígida a mi lado y tengo que esforzarme por mantener la compostura.

—No era para tanto.

Él se aclara la garganta.

—Y tú me has dicho que estuviste en casa anteanoche.

—Exacto —le confirmo—. Toda la noche.

—¿Y tu padre estuvo aquí contigo?

—Eso es.

El comisario lanza una mirada hacia las escaleras.

—¿Está tu padre aquí ahora mismo? ¿Puedo hablar con él?

—Mi marido no se encuentra aquí en este momento —interviene mi madre—. Pero le diré que le llame en cuanto vuelva.

—¿Dónde está?

—Sigue en el trabajo —contesta mi madre sin vacilar.

Él asiente dando por cierta la mentira de mi madre. No sé por qué ha mentido por mí. Sabe que no está en el trabajo.

—Por favor, que me llame lo antes posible —dice el comisario.

—Por supuesto. —Mi madre frunce el ceño—. Pero, sinceramente, Jim, no estoy segura de por qué piensa que Tom puede estar implicado en esto. Conoce a mi hijo desde que nació. ¿De verdad cree que le haría algo a Alison?

Espero que él esté de acuerdo con ella y diga que solo está actuando con la debida diligencia. Pero esa misma expresión seria no abandona su rostro.

—Luann, después de hablar con varios alumnos de su clase, tengo algunas inquietudes respecto a Tom.

¿Qué diablos quiere decir con eso? ¿Quién está hablando con él sobre mí? ¿Y qué le han dicho? ¿Qué inquietudes?

—¿A qué inquietudes se refiere? —replica mi madre.

—Solo algunos rumores. —El comisario se frota las manos sobre las rodillas—. Sobre Tom y Alison. Y sobre Tom y Brandi.

Ay, no. Alguien le ha contado lo mío con Brandi. Ahora probablemente crea que yo la maté.

—Le diré lo que vamos a hacer —continúa el comisario—. Cuando vuelva su marido, ¿por qué no vienen los tres a la comisaría? Me gustaría hablar de todo esto con más detalle y tomarles una declaración formal.

¿Ir a la comisaría? Eso parece… aterrador.

—Mi marido estará cansado cuando vuelva del trabajo —responde mi madre con frialdad.

—Entonces, mañana por la mañana.

—Es que no entiendo esas sospechas respecto a mi hijo, Jim —insiste ella—. Sabe que Tom es un buen chico. De lo contrario, usted no habría permitido que saliera con su hija.

—No —confirma él—. No lo habría permitido.

Es en ese momento cuando me doy cuenta de que el comisario Driscoll no va a permitir que vuelva a acercarme a Daisy nunca más. Aunque todo esto se solucione de la forma que sea y yo no termine entre rejas, lo mío con Daisy se ha acabado. No vamos a ir a la misma universidad. No nos vamos a casar. Se ha acabado.

Pero, ahora mismo, ni siquiera puedo pensar en nada de eso. Solo quiero que el comisario salga de mi casa.

Se levanta de la butaca limpiándose una suciedad invisible de las perneras de sus pantalones. Se dispone a girarse para ir hacia la puerta, pero, de repente, se detiene en seco.

—Eh —dice—, ¿qué es eso?

Sigo la dirección de su mirada, que está fija en el lateral del sofá. La garganta se me cierra al darme cuenta de qué es lo que está mirando.

Hay una mancha de sangre seca en el sofá.

Creía que había limpiado hasta la última gota de sangre, pero, para ser justos, había por todas partes. No me sorprendería que hubiese más sangre que se me pasara por alto en alguna grieta o hueco de la casa. El sofá no está tan cerca de donde rajé el cuello de mi padre, pero la salpicadura arterial es muy potente y estoy seguro de que le di a la carótida además de a la yugular, que era donde apunté.

Por supuesto, el comisario Driscoll no puede saber con seguridad qué es. Parece un círculo marrón rojizo en la tela color canela. Pero, cuando levanto los ojos, la cara de mi madre tiene el color del papel.

—Hemos estado pintando —dice por fin.

—¿Pintando? —pregunta él, levantando una ceja—. Es un color extraño de pintura.

—Estuvimos pintando para un trabajo de arte. —Me mira—. De Tom.

—Entiendo. —Asiente despacio—. ¿Le importa si tomo una muestra de esa... pintura?

—La verdad es que sí me importa. —Mi madre levanta el mentón—. Tom y yo estábamos en mitad de la cena y ya le hemos dedicado tiempo suficiente. No veo por qué tendría que tomar una muestra de un poco de pintura de nuestro sofá.

—Solo tardaré un segundo, Luann. Tengo un equipo en el maletero del carro.

Ella le mira entrecerrando los ojos.

—¿No necesita una orden judicial para algo así?

El comisario Driscoll tarda un poco en entender sus palabras. Por fin, se mete las manos en los bolsillos.

—Si quiere que pida una orden judicial, lo haré y sacaré la muestra entonces.

Mi madre prácticamente saca a empujones por la puerta al comisario de policía y yo no recupero el aliento hasta que ha echado el pestillo. En cuanto lo cierra, mi madre se apoya en la puerta y los hombros se le hunden ligeramente mientras baja la mirada.

—Mamá.

Está mirando al suelo, donde antes se encontraba la alfombra.

—Vete a tu habitación. Tom.

—Pero...

—Vete. Por favor. Yo... —Levanta los ojos para mirarme—. Ahora mismo necesito estar sola.

Hago lo que mi madre me dice. Subo las escaleras hasta mi cuarto y me encierro dentro. Y, cuando salgo para ir al baño, media hora después, mi madre está en cuclillas en la sala de estar, restregando la base del sofá.

47

En la actualidad

SYDNEY

A la mañana siguiente, tengo una llamada por Zoom con un cliente nuevo.

Sigo todavía casi en temporada baja, pero mucha gente quiere poner en orden sus cuentas antes de fin de año. El hombre con el que me reúno se llama Orson Finley y nuestra reunión empieza en unos minutos, pero no me puede apetecer menos. Anoche me costó mucho dormir. Casi puedo sentirme las ojeras y noto un zumbido sordo en mi sien izquierda. Lo último que quiero hacer es tener una reunión con un cliente nuevo, pero sería poco profesional cancelarla.

Sigo sin saber si estoy haciendo lo correcto al no acudir a la policía para contar la falta de coartada de Randy. ¿De verdad creo que Randy es capaz de asesinar? No, no lo creo. De verdad que no.

Pero, por otra parte, no sería lo más sorprendente del mundo. No sería como descubrir..., no sé, que mi madre es una asesina en serie.

Al final, la razón por la que no voy a la policía ni llamo siquiera a Jake es por Gretchen. No puedo hacerle esto. Si Randy tiene antecedentes penales, levantar sospechas sobre él podría ser suficiente para arruinarle la vida. Desde luego, nuestro casero le despediría si pensara que hay la menor posibilidad de que pudiera ser responsable del asesinato de Bonnie. Y robaría tiempo y recursos a la búsqueda del asesino real.

Salta la alarma en mi teléfono de que es hora de empezar la reunión. Enciendo la computadora y, antes de conectarme, me echo un vistazo en la cámara. Me he aplicado un poco de corrector que parece estar funcionando y también lápiz de labios para dar un poco de luz a la cara. Esta mañana, mi pelo estaba revoltoso, así que me he recogido mis mechas rubias en una coleta. He terminado usando el coletero que Gretchen me regaló como recuerdo de Bonnie y he hecho lo posible por no pensar en el mechón de pelo que le faltaba a su cuero cabelludo.

Me conecto a la llamada de Zoom y, un segundo después, un rostro inunda la pantalla. Cuando el rostro demacrado del hombre y su coleta desgarbada terminan de enfocarse, lo reconozco y la sonrisa desaparece de mis labios.

—Kevin —digo ahogando un grito—. ¿Qué rayos haces?

El hombre de la pantalla es Kevin, alias el Kevin Real, alias Orson Finley, supongo. A estas alturas ya no sé cuál es su verdadero nombre. De lo único que estoy segura es de que ha hecho que desperdicie mucho tiempo.

—Siento mucho hacer esto, Sydney. —Sus palabras salen como un batiburrillo—. Pero cada vez que consigo encontrarte no quieres hablar conmigo.

—Exacto. La mayoría de las personas sabrían captar la indirecta. —Agarro el ratón para desconectarme—. Adiós, Kevin. Orson. O como sea que te llames.

—¡Por favor, no te desconectes! —Se inclina sobre la pantalla de tal modo que puedo verle las ojeras—. ¡Por favor, Sydney! Tuvimos una de las mejores citas de mi vida. O sea, ¿crees que le presento a mi madre a todas las chicas con las que salgo?

Dios, espero que no.

—Kevin…

—Tienes que darme otra oportunidad —me suplica—. Por favor…, escúchame. Dame sesenta segundos.

—Kevin…

—Sesenta segundos. Por favor.

Consciente de que es un error, acepto. Le concederé sesenta segundos para que se quede contento, y espero que después me deje en paz para siempre.

—Tengo que decirte que estoy avergonzado por el modo en que te traté aquella noche —dice—. No soy una persona agresiva, pero pensé que tú sentías lo mismo que yo y me pasé. Estoy avergonzado y mi querida madre también se avergonzaría de mí si lo supiera. Soy consciente de ello y lo siento mucho, Sydney.

Lo último que esperaba era una disculpa de parte de este hombre (o de cualquier otro, en realidad). A pesar de todo, estoy impresionada.

—Te lo agradezco.

—¿Y qué opinas? —insiste—. ¿Te plantearías darme una segunda oportunidad?

Aunque agradezco su disculpa, estoy saliendo con otra persona. Y, aunque no fuera así, bajo ningún concepto tendría otra cita con un hombre que me atacó. ¿Cómo puede pensar que lo haría?

—No lo creo, Kevin.

Sus ojos marrones se le salen de las órbitas delante de la cámara.

—Por favor, Sydney. Te lo ruego. Te haría muy feliz.

—Lo siento —contesto, con suavidad pero con firmeza—. La respuesta sigue siendo no.

—Lo único que quiero es una oportunidad para sentarme contigo y mirarte cara a cara —suplica—. No me parece bien poder verte solo a través de una ventana.

Un momento. ¿Qué?

—¿Qué has dicho?

—He dicho que quiero verte cara a cara.

—No —contesto con los dientes apretados—. ¿Qué has dicho de la ventana?

Kevin me mira con cara de cordero degollado.

—¿Ventana?

Mierda.

Antes de que Kevin tenga oportunidad de pronunciar una palabra más, pulso el botón rojo para cortar la llamada. En cuanto la pantalla se queda en negro, salto de mi butaca ergonómica y atravieso la habitación hacia la ventana. «No me parece bien poder verte solo a través de una ventana». ¿Ese asqueroso me ha estado vigilando?

Aterrada, miro por mi ventana hacia los peatones y los carros de abajo. Desde la altura de mi apartamento, los peatones parecen hormigas y los carros, juguetes de niños. Es imposible que nadie pueda verme aquí arriba..., ¿no?

Entonces, levanto los ojos para mirar los edificios que me rodean. Hay dos edificios que tienen una visión muy clara del mío. Y en esos edificios hay literalmente cientos de ventanas. Cientos de oportunidades para que alguien me pueda estar mirando.

Un escalofrío me recorre la espalda.

A lo mejor debería llamar a Jake. Pero claro, él no es de esos policías que están dispuestos a usar su placa para incumplir las normas e intimidar a un imbécil que no me deja en paz. Me dirá que tengo que pedir una orden de alejamiento, y no tengo ganas de enfrentarme a todo ese lío ahora mismo con lo que tengo encima.

Además, si llamo a Jake, me va a ser imposible no contarle lo de que Randy no tiene una coartada.

Agarro el cordón para bajar el estor y suelto un suspiro a la vez que cae bloqueándome la visión del mundo exterior y la que cualquier otro pueda tener de mí. Ya está. Problema resuelto.

Justo cuando estoy pensando qué hacer ahora, suena el timbre de la puerta. Me aparto de la ventana de un salto, con el corazón acelerado. ¿Quién llama a mi puerta a las nueve de la mañana? No he abierto con el portero automático a nadie que me traiga ningún paquete.

Vuelvo a mirar la pantalla de la computadora. La llamada de Zoom está desconectada, pero ¿y si Kevin no estaba en casa durante la llamada? Su fondo estaba desenfocado, así que podía estar en cualquier sitio.

¿Y si estaba justo al otro lado de mi puerta?

Agarro el teléfono de mi mesa. Okey, no hay por qué entrar en pánico. Si Kevin está al otro lado de la puerta, llamaré a la policía. Las puertas son bastante buenas y dudo que pueda forzar la mía para entrar, sobre todo con el cerrojo echado.

Eché el cerrojo, ¿no?

El timbre suena por segunda vez con un sonido prolongado, como si alguien hubiese clavado el dedo en el botón y no lo apartara. Alguien está deseando entrar.

El corazón me golpea en el pecho mientras voy corriendo hacia la puerta, todavía sintiendo unos ojos clavados en mi nuca, pese a que el estor está bajado. Enseguida me doy cuenta de que no eché ese estúpido cerrojo. Dios mío, ¿cómo he podido ser tan tonta?

Muy bien. Voy a llamar a la policía. Después llamaré a Gretchen y a Randy. De hecho, eso estaría bien. Me ha costado encontrar un modo de denunciar a Kevin, dado que no sabía nada de él, pero, si la policía lo encuentra aquí, pedir la orden de alejamiento será mucho más fácil.

Me aproximo a la mirilla.

Ah. Es Randy.

Abro el pestillo más endeble y, después, la puerta. Randy está en el pasillo con su camiseta y sus jeans azules, balanceándose sobre sus sucias zapatillas. No es mucho más alto que Jake, pero, en cierto modo, parece un árbol gigante que se levanta por encima de mí.

—Hola, Syd —dice—. ¿Puedo hablar contigo?

Vacilo. No puedo evitar recordar que Randy no tiene coartada para la noche del asesinato de Bonnie. No había señales de que hubiesen forzado la entrada y tenía una llave. Pero también me cuesta imaginar que Randy haya venido a mi apartamento a las nueve de la mañana para matarme. Y si lo hiciera, como ya he dicho, tiene una llave, así que no necesitaría pedir permiso para entrar.

—Okey —respondo—. Pasa.

Me aparto para dejar que Randy entre en mi apartamento. Parece nerviosísimo, lo que me pone nerviosa a mí. ¿Por qué está tan nervioso?

—Oye —dice—, tengo que enseñarte una cosa. Pero… no puedes contárselo a nadie. ¿Okey?

—Okey.

Randy mete la mano en el bolsillo de sus jeans azules. Juro por Dios que si saca un mechón de pelo de Bonnie de su bolsillo, me voy a morir de un síncope. Sus bolsillos son profundos y rebusca en su interior unos segundos hasta que aparece lo que me quiere enseñar, y es como si me quedara sin respiración.

Ay, no. *No*.

48

Siento náuseas cuando veo el objeto que tiene Randy en la palma de la mano. *Náuseas.*

—Lo compré ayer —me dice Randy con los ojos iluminados—. Justo antes de ir por el terrario de hormigas.

Tras ese preámbulo, Randy abre la caja de terciopelo azul que tiene en la mano. El anillo del interior es de oro blanco y tiene un diamante diminuto que brilla con las luces del techo.

Náuseas.

—Puedo devolverlo, si es necesario —se apresura a decir—. Así que, si crees que a Gretchen no le va a gustar, compraré otro.

¿Y si devuelves el anillo y *no* compras otro? ¿Y si *no* le pides a mi mejor amiga que se case contigo?

—Pues...

Su expresión se vuelve seria.

—¿El diamante es demasiado pequeño?

El diamante es muy pequeño, pero estoy segura de que a Gretchen le va a encantar. El diamante no es el problema. El problema es que este hombre le va a regalar el diamante. Puede que no crea que Randy sea un asesino, pero, aun así, no lo considero lo bastante bueno para Gretchen. Se merece algo mucho mejor, pero ni siquiera lo busca porque está enganchada a él.

—Es un poco pequeño.

Se queda mirando la diminuta joya con gesto de desaprobación.

—Lo sé. Créeme, yo quería comprarle un diamante enorme, porque es lo que se merece. Pero dicen que tiene que ser el sueldo de tres meses, y este me ha costado el de seis. No puedo permitirme nada más grande que esto.

—Si el dinero es un problema, quizá no sea el mejor momento para pedirle matrimonio. A lo mejor podrías esperar unos años.

Se rasca la nuca.

—Pero yo la quiero. Gretchen es la mejor persona que he conocido nunca. Quiero pasar el resto de mi vida con ella, hacerla feliz.

Sus ojos habitualmente algo pequeños están ahora abiertos de par en par. Parece de lo más sincero. Puede que Randy no sea mi persona favorita en el mundo, pero quiere a Gretchen. Y ella está también enamorada de él. Sería una persona asquerosa si tratara de separarlos.

¿No?

—Creo que le va a encantar este anillo —digo a regañadientes.

Su cara se ilumina.

—¿De verdad lo crees?

—Sin ninguna duda.

—Gracias, Syd. —Cierra la caja de terciopelo azul y se la mete de nuevo en el bolsillo—. Estoy tratando de pensar el modo de pedírselo. Tendría que ponerme de rodillas o algo así, ¿no?

No puedo evitar sonreír.

—Sí, desde luego que deberías hacerlo.

—¿Crees que quedaría feo si escribo lo que quiero decir en unas fichas? —me pregunta—. Quiero que sea perfecto.

—Sinceramente, creo que va a decir que sí lo digas como lo digas.

Randy me sonríe. No sé si he visto nunca a nadie con una sonrisa así de grande. Ni me imagino la cara que va a poner cuando Gretchen acepte casarse con él. Y, aunque sí que pienso que ella se merece algo mejor, no puedo negar que está claro que él la quiere. Gretchen ha tenido unos cuantos desengaños y se merece un final feliz.

En ese momento, me doy cuenta de que jamás podré contarle a nadie que Randy no tiene coartada para la noche del asesinato de Bonnie.

49

Las cosas entre Tom y yo han estado un poco tensas. Me envió algunos mensajes al día siguiente de impedir que viera a su madre, pero decidí no contestar. Estaba bastante molesta y quería que él se pusiera nervioso, y también seguía alterada por lo que pasó con el Kevin Real.

Pero luego me envió un mensaje para invitarme a una cena casera a la luz de las velas en su apartamento y decidí que ya había tenido suficiente castigo.

A pesar de que Tom debe de ganar mucho más que yo, su edificio no es para nada más lujoso que el mío. Al igual que yo, no tiene portero. Y, lo que es peor, no tiene ascensor. Y vive en la quinta planta. Cuando llego, estoy un poco sin aliento. ¿Qué puedo decir? El yoga no es un ejercicio aeróbico. Tengo que comprobar el estado de mis axilas para asegurarme de que no están sudadas.

Tom parece encantado de verme cuando abre la puerta. Me agarra y me besa durante unos sesenta segundos, lo cual es mucho beso.

—Te he echado de menos —me susurra al oído.

—Bueno, podría venir más a tu apartamento si no vivieras en un quinto sin ascensor —contesto. Me coloco una mano en el pecho—. El corazón sigue latiéndome con fuerza. Puede que esté teniendo un infarto.

—¿Sabes? Cuando haces ejercicio, los vasos sanguíneos que alimentan tus músculos se expanden para llevarles más sangre —me explica con esa voz que pone siempre que me cuenta algún dato curioso sobre el cuerpo humano—. Así que el corazón tiene que bombear más sangre. El corazón late más rápido para mantener la presión sanguínea.

—Vaya, fascinante, doctor Brewer.

Se ríe.

—De todos modos, sería imposible bajar mis muebles si quisiera mudarme. Así que estoy condenado a seguir aquí eternamente.

Si Tom y yo decidiéramos alguna vez vivir juntos, podría mudarse a mi edificio. O también podríamos buscar otra casa para empezar de cero.

Pero, aun pensando eso, en el fondo sé que Tom nunca me va a pedir que viva con él.

—Entra. —Me agarra de la mano y me lleva a la sala de estar, donde sí que tiene una vela encendida sobre la mesa. Ha preparado todo para dos, botellas de agua incluidas, porque lo que sale de la pila tiene un ligero color castaño. Entre ellas hay una bolsa de papel marrón—. Vamos a comer antes de que se enfríe.

—Eh..., creo que me habías prometido una cena casera.

Él asiente con gesto serio.

—Sí, lo sé. Pero luego me he retrasado en el trabajo y me he dado cuenta de que, aunque soy un estupendo cocinero, también se me da estupendamente llamar a Luigi's para pedir una deliciosa cena para dos.

Me parece bien.

—Okey, deja que busque los cubiertos.

Entro en la cocina de Tom y, cuando voy a acercarme a la gaveta de los cubiertos, veo movimiento en el suelo, en el hueco entre el frigorífico y los armarios. Me agacho para ver mejor y entonces...

—¡Tom! —grito—. ¡Dios mío, ven aquí!

Tom entra corriendo en la cocina, justo a tiempo de verme

agachada junto al fregadero. Sigue la dirección de mis ojos, donde un pequeño ratón gris parece atascado en el espacio que hay junto al refrigerador. Un puto ratón.

—¡Ah! —exclama—. Ese ratón lleva un mes aterrorizándome. Parece que la trampa de papel adhesivo que compré ha funcionado.

Me pongo la mano sobre los ojos.

—¡No puedo mirar! Qué asco.

—No es más que un ratón. —Miro entre los dedos lo suficiente para ver que me observa con una sonrisa—. Vete a la otra habitación. Yo me encargo.

Obedezco encantada. Vuelvo rápidamente a la sala de estar tratando de no pensar en ese bicho que se movía en el suelo de la cocina.

Espero en la mesa, conteniendo la respiración. Oigo unos fuertes ruidos procedentes de la cocina y trato de no imaginarme a Tom cogiendo ese ratón con sus propias manos. Estoy conteniendo la respiración cuando, de repente, se oye un fuerte golpe. Luego otro. Unos minutos después, Tom sale de la cocina con varios cubiertos. (Espero que se haya lavado las manos).

—Solucionado —dice con despreocupación.

Hago una mueca mientras me pregunto qué era el ruido que he oído.

—¿Qué le has hecho al ratón?

—Lo he metido en una bolsa y después lo he aplastado con un martillo.

Ahogo un grito. ¿Lo ha aplastado con un martillo?

—¿En serio?

—Eh…, sí.

—¿Cómo has podido? Era un ser vivo.

Se queda boquiabierto.

—¿Me lo dices de verdad? ¡Estabas gritando y ni siquiera podías mirarlo! Te he dicho que iba a deshacerme de él, y eso he hecho. No te he dicho que iba a reeducar al ratón y convertirlo en mi mascota.

—Aun así, no tenías por qué hacerle *eso*. Es… espantoso.

—Bueno, ¿qué habrías preferido?

—¡Podrías haberlo soltado en el campo!

Se queda mirándome.

—Estaba pegado a una cinta con pegamento. Y estamos en una quinta planta. ¿Cómo querías que lo hiciera exactamente?

Retuerzo las manos. Lo que ha hecho está bastante mal, pero me inquieta más ver que apenas parece afectado por haber tenido que matar a un ser vivo aplastándolo con un martillo.

—No sé.

—Vamos a hacer una cosa. La próxima vez que tenga un ratón atrapado en una trampa, *tú* te encargas de soltarlo en el campo. —Levanta las cejas—. ¿Podemos comernos ya esta deliciosa comida que he pedido?

Está bien. Supongo que tiene razón. Pero, aun así, todo el mundo sabe que las trampas adhesivas son inhumanas. Podría haber comprado otro tipo de trampa que no hubiese implicado que él tuviera que matar al ratón. A lo mejor le compro yo alguna trampa menos cruel.

Meto la mano en la bolsa de papel y veo que ha pedido pollo *alla parmigiana* para mí y piccata de pollo para él. Y muchos panecillos crujientes. Mientras me siento enfrente de él, los cubiertos brillan con la luz del techo. Veo que el cuchillo que ha colocado a un lado del plato es más grande que uno de carne normal.

—Dios mío, ¿qué crees que voy a cortar? —pregunto mientras lo agarro.

—Bueno, es un trozo de pollo. Necesitas un cuchillo, ¿no?

—Sí, pero… —Le doy la vuelta—. Dios santo, sí que está afilado. La mayoría de mis cuchillos de casa no parecen lo bastante afilados como para cortar un trozo de pan. ¿Los llevas a afilar?

—Dios, no. —Sujeta su cuchillo para cortar su pollo—. Es que no los uso mucho, así que se mantienen afilados.

Desde luego, este cuchillo me está dando miedo. Con mi problema de las hemorragias, podría perder dos litros de sangre si me cortara con uno de estos. Tendré que ser especialmente cuidadosa.

Mientras comemos, le cuento a Tom lo de mi encuentro con Kevin por Zoom. Intento quitarle importancia y convertirlo en algo casi cómico, pero, cuando estoy terminando de contárselo, su cara está encendida, casi púrpura. Parece completamente furioso.

—¡Menudo valor tiene ese imbécil! —gruñe—. Debería haberle denunciado a la policía la primera vez. Sabía que sería un problema. —Aprieta un puño y, si Kevin estuviese delante de nosotros, no me cabe duda de que Tom le daría un puñetazo ahora mismo—. No puedes permitir que se salga con la suya, Sydney.

—Por desgracia, no sé mucho de él —contesto—. La única información que ofrecía la aplicación de Cynch era su nombre de pila y una foto falsa.

—¿Y? Hay otras formas de buscar a una persona. No es que sea ningún maestro del crimen.

—¿Como cuáles?

—Contratar a un detective privado. Mierda, apuesto a que cualquier chico de la secundaria al que se le dé bien la piratería informática podría averiguar dónde vive a partir de tu llamada de Zoom.

—Es posible. —No estoy convencida de que sea tan fácil buscar a Kevin. En cualquier caso, no es en lo que quiero pensar ahora mismo. Sobre todo cuando parece que Tom se está enfadando tanto—. Oye, el otro día recibí una noticia interesante.

—¿Qué?

Corto con cuidado otro trozo de pollo tratando de no rebanarme el dedo a la vez.

—El novio de Gretchen vino a mi apartamento para enseñarme un anillo que le ha comprado. Tiene planeado pedirle que se case con él.

—Ah. —Tom no podría haber mostrado menos entusiasmo.

¿Y por qué se iba a emocionar? Se ha negado a conocer a Gretchen y a Randy, así que ¿por qué le iba a importar que se vayan a casar?—. Eso es estupendo.

Juego con los espaguetis amontonados en mi plato.

—Supongo que no querrás ser mi acompañante en la boda.

—¿Boda? —Me mira sorprendido—. Syd, ese tipo ni siquiera se lo ha pedido todavía. Los compromisos duran una eternidad. Apuesto a que no se casan hasta dentro de dos años. ¿De verdad quieres que haga planes para dentro de dos años?

Prácticamente, es la reacción que esperaba de él, pero aun así me fastidia.

—No necesito que te reserves una fecha —digo con los dientes apretados—. Pero estaría bien que no mostraras tanto pánico ante la idea de ir a algún sitio formal conmigo y ver de verdad a la gente que conozco.

—Yo no...

—Sí. Sabes que sí. Así que, por favor, no lo empeores mintiendo.

Tom clava sus ojos marrones en su cena.

—Oye, no digo que estés equivocada, ¿okey?

—Okey...

—Pero hay cosas de mí que no sabes. Que jamás podrías entender.

—Ponme a prueba.

Arrastra el tenedor sobre el plato. Levanta los hombros y los deja caer, y casi parece como si estuviese mascullando algo. Solo que no estoy segura de lo que está diciendo.

—Me gustas, Sydney —dice—. Me gustas *mucho*. De verdad, mucho.

—¿Pero?

Hay tanto silencio en su apartamento que puedo oír al gato de su vecino pidiendo la cena. Tom se pasa una mano temblorosa por su pelo negro.

—De acuerdo —dice por fin.

—¿De acuerdo?

Levanta los ojos y aparece una sonrisa en sus labios.

—De acuerdo, seré tu acompañante en la boda, sea cuando sea.

Tiene razón. Es probable que al final no se celebre hasta dentro de un futuro lejano. Pero, aun así, es bonito saber que está dispuesto a ir. Puede que exista de verdad un futuro para los dos. Puede que algún día tengamos un apartamento juntos. Esto podría ser algo importante. Tom podría ser *el definitivo*.

Mis ojos se clavan en los suyos por encima de la mesa. Dios, qué sexy es.

Y ahora me está lanzando esa mirada que hace que me cueste pensar con claridad. Ya no tiene ganas de seguir cenando. Ni yo.

50

Antes

TOM

En algún momento, se oyen los pasos de mi madre subiendo las escaleras y, después, la puerta de su dormitorio cerrándose de golpe.

No me imagino qué debe de estar pensando ahora mismo de mí. Sabía que esa mancha del sofá era sangre. No me ha vuelto a pedir que le explique qué ha pasado con su alfombra. Y en este momento comprende que mi padre no va a volver a casa esta noche.

Además, no puedo dejar de pensar en cómo me ha mirado antes de que yo subiera.

Debe de tener una clara sospecha de que le he hecho algo a mi padre. ¿Cree que soy responsable también de lo que le ha ocurrido a Alison? ¿Y a Brandi?

Si piensa eso, no sé por qué está limpiando la sangre que he dejado. Debería estar llevándome ella misma a la comisaría.

A eso de las diez, bajo a hurtadillas a la sala de estar, que se encuentra a oscuras. Enciendo una de las lámparas y, a continuación, rodeo el sofá para ver el aspecto de esa mancha que mi madre ha estado restregando. La mancha de sangre ha quedado mucho más clara que antes, pero no hay duda de que sigue ahí. Al parecer, no ha podido sacarla del todo. Estoy seguro de que es suficiente para analizar las fibras y averiguar que no es pintura. Estoy seguro de que pueden saber que es sangre.

Pero al menos no es la sangre de Alison.

Mi estómago suelta un fuerte rugido. Solo me comí la mitad de la cena, pero, aunque parece que mi cuerpo quiere alimento, no me apetece comer. Es como si hubiese perdido el apetito de forma permanente.

En lo único que puedo pensar es en Daisy.

Me dijo por teléfono que no le dejan hablar más conmigo y apuesto a que su padre le está controlando el teléfono. Es evidente qué opina el comisario de policía de mí. Pero me niego a dejarla. Me he pasado toda la vida enamorado de Daisy Driscoll y ahora, justo cuando he conseguido ganármela, me la quitan. No me parece justo.

Necesito verla. Aun sin el consentimiento de su padre.

Lanzo una mirada hacia arriba, en dirección al dormitorio de mi madre. Estoy seguro de que ya se ha acostado. Si salgo, no se dará cuenta.

Antes de pensármelo dos veces, agarro una sudadera del armario y me la pongo. Me meto en el bolsillo las llaves y el teléfono y salgo por la puerta de atrás, cerrándola sin echar la llave.

La casa de Daisy está a apenas unas manzanas de la mía. Voy corriendo hasta allí con la capucha de la sudadera tapándome el pelo. No es que me cubra mucho, pero es mejor que nada. Si tengo suerte, su padre habrá salido o estará en la comisaría.

El dormitorio de Daisy está en la parte de atrás de la casa. No tienen cámaras ni sistema de seguridad porque este no es el tipo de barrio donde se necesitan esas cosas, y tampoco es que nadie vaya a entrar en la casa de un agente de la policía. En cualquier caso, consigo rodear la casa sin problema. Levanto el cuello para mirar a las ventanas de la segunda planta y localizo la que me es tan familiar, con sus letras de plástico de burbuja formando la palabra DAISY en diferentes colores. La luz sigue encendida.

Ahora tengo que llamar su atención.

Agarro un par de piedrecitas del suelo. Debo tener cuidado porque no quiero romperle la ventana, pero tengo que tirarlas con fuerza suficiente como para llamar su atención. Cuento hasta tres y, entonces, lanzo una de las piedras más pequeñas a la ventana. Doy en el blanco.

Espero un momento, pero no veo ningún movimiento.

Agarro una segunda piedrecita y la tiro. Una vez más, doy en el objetivo. Por fin, se mueven unas sombras detrás del cristal. Contengo la respiración cuando la cara pálida de Daisy aparece en la ventana.

—¡Daisy! —susurro con fuerza—. ¡Tengo que hablar contigo!

Ella niega con la cabeza.

Entrelazo las manos para suplicarle. «Vamos, Daisy. Por favor».

Por fin, deja caer los hombros. Señala hacia la puerta de atrás, por donde podrá salir fácilmente sin que nadie la vea. Por un momento, contemplo la idea de que le diga a sus padres que estoy esperándola para que me echen, pero entonces, un minuto después, la puerta trasera se abre y ahí está, sola, con su pelo rubio resplandeciendo bajo la luz de la luna y un suéter ceñido a su esbelto cuerpo.

—Daisy —susurro.

No puedo evitarlo. Me lanzo sobre ella y la envuelvo con mis brazos. Pero enseguida queda claro que no quiere que la abrace. Todo el cuerpo se le ha puesto rígido. Me aparto con el ceño fruncido.

—Daisy… —digo.

Cuando levanta la mirada hacia mí, hay lágrimas brillando en sus ojos.

—Ya te he dicho que no me dejan hablar más contigo, Tom.

—Lo sé, pero…

—Mi padre cree que has matado a Alison. —Parpadea mirándome y una lágrima le cae del ojo derecho—. Cree que también mataste a Brandi. Babosa y tú juntos.

Trago saliva. Sabía que el comisario tenía una fuerte sospecha de que yo era el novio secreto de Brandi y suponía que me había convertido en el principal sospechoso. Pero saber que ha compartido esas sospechas con Daisy supone un golpe.

—Babosa se dedicaba a espiar a Brandi por su ventana —añade—. Ella lo descubrió haciéndolo. ¿Lo sabías?

—No.

—Y no es la primera chica a la que se lo hace. Hay otras que también lo han denunciado.

No sabía nada de eso, aunque explica por qué el comisario estuvo interrogando a Babosa por segunda vez. Dios santo, no me puedo creer que Babosa hiciera algo así. Si lo hubiese sabido, no le habría llamado la otra noche cuando estaba metido en un lío.

He abierto la caja de Pandora. Sabía que Babosa era raro, pero no tenía ni idea de cómo era de verdad. No tenía ni idea de que pudiera ser peligroso.

—Daisy —susurro—. No creerás que yo...

—¡No sé qué creer! —Se limpia los ojos con el dorso de la mano. Siento una oleada de tristeza al pensar que quizá nunca más pueda volver a agarrarla de la mano—. Y eso no es todo.

¿No? ¿Qué más puede haber? ¿Qué puede haber peor que el hecho de que su padre, el comisario de policía, crea que soy un asesino?

—¿Qué es? Dímelo.

Baja un poco la voz.

—La noche que Alison desapareció..., me llamó.

Ay, no.

—Me contó que los vio a ti y a Babosa juntos —continúa—. Dijo que los dos estaban metiendo algo en el maletero de un carro y que le parecía muy sospechoso. Se puso como loca diciéndome que tenía que romper contigo.

Ay, no.

—Oye —replico—. Babosa estuvo en mi casa y me pidió que le prestara unos materiales de deporte y los metió en su maletero. No era nada importante.

—Dijo que tenías sangre en las manos.

De repente, me alegro mucho de que Alison esté muerta. Babosa tenía razón. Era un problema.

—Daisy. —Tomo aire—. Nos conocemos de toda la vida y nunca te mentiría. Te quiero. Jamás le haría nada a Alison. Te lo juro por mi vida.

Observo su cara para ver si se lo cree. Quiere creerlo. Está deseando creerme.

—Daisy —insisto.

Parpadea para quitarse otra lágrima.

—No importa si yo te creo o no. Mi padre sigue pensando que lo hiciste. ¿Sabes el lío en el que estás metido?

—Daisy…

Se enciende una luz en la planta de arriba de su casa y el cuerpo de Daisy se pone en tensión.

—Tengo que volver arriba. Mis padres me van a matar si me ven contigo.

No. Esta no puede ser la última vez que vea a Daisy. No puede ser. Me volveré loco.

—¿Quieres que nos veamos más tarde esta noche? —pregunto desesperado. Ella empieza a negar con la cabeza y añado—: Por favor, Daisy.

Duda.

—Está bien. Puedo escaparme cuando mi madre se acueste. Nos vemos a la una detrás del Dairy Queen de Maple Street. Allí nunca hay nadie.

Ha aceptado verme. Eso significa que no cree que sea un asesino.

De manera impulsiva, extiendo la mano para agarrar la suya. Pego mis labios a los suyos y, por un momento, se resiste, pero después se funde conmigo como siempre hace. No hay nada mejor que besar a Daisy Driscoll.

Y entonces siento el latir de su arteria carótida bajo su mandíbula. Deslizo el dedo por ella, fascinado por las pulsaciones. Recuerdo cómo la sangre de mi padre salía por el enorme agujero de su cuello.

Me pregunto cómo sería la sangre de Daisy saliendo por su garganta.

Cuando nuestros labios se separan, una voz en el fondo de mi cabeza me dice que quizá no es tan buena idea verme a solas con Daisy en un estacionamiento solitario. Que quizá no debería fiarme de mí mismo estando con ella. Que quizá Alison tuviera razón en cuanto a mí y que, si de verdad me importa, debería dejarla.

Pero ya es demasiado tarde para echarse atrás.

Daisy vuelve a meterse rápidamente en casa y yo me quedo viendo cómo se cierra la puerta, aunque tengo que salir de aquí mientras pueda. Pero besar a Daisy hace siempre que las piernas me tiemblen. Necesito un minuto.

Por fin, salgo a hurtadillas del patio trasero, moviéndome con rapidez y en silencio. He estado tan concentrado en mirar a Daisy que no me he dado cuenta de que alguien me estaba observando.

Hasta que me encuentro cara a cara con Babosa.

51

En la actualidad

SYDNEY

Tom y yo terminamos teniendo esta noche una sesión especialmente sudorosa y, aunque no es lo habitual en él, nada más acabar me informa de que se va a meter en la ducha.

—Me has hecho sudar, señorita —me dice, y me hace reír—. ¿Quieres venir conmigo?

—No, todavía me estoy recuperando —bromeo, lo cual hace que él también se ría.

Me quedo tumbada en la enorme cama de Tom mientras él tararea música clásica en la ducha. Quizá sea Beethoven, pero la verdad es que no tengo ni idea. Mi cuerpo sigue palpitando por lo que me ha hecho. Aunque nunca aceptara ir a una boda durante el resto de nuestra vida, jamás podría romper con él. Echaría demasiado de menos esto.

Mi teléfono, que está en su mesita de noche, empieza a sonar. Miro la pantalla. Mi madre. Está un poco más calmada ahora que tengo una relación formal, aunque le he dicho de la manera más suave posible que puede que lo mío con Tom termine no funcionando. No se lo tomó a bien. Si no estoy casada a los cuarenta años, alguien tendrá que practicarle la eutanasia.

Me planteo dejar que salte el buzón de voz, pero después me preparo y contesto.

—Hola —digo—. Estoy algo ocupada ahora mismo.

—Ah. —No parece que sepa qué responder—. ¿Estás con Tom?

—Sí.

—¿Y qué tal?

—Pues... bien.

Nota la tensión de mi voz. No va muy bien. Puede que Tom y yo no rompamos, pero no nos vamos a casar en un futuro cercano. Lo más que puedo esperar es que me acompañe a una boda.

—¿Sabes? —pregunta—. Estaba el otro día en mi clase de estudios de la Biblia y me acordé de una historia muy interesante. ¿Sabías que Sarah y Abraham dieron a luz a Isaac cuando ella tenía noventa años?

Me quedo mirando el teléfono, atónita.

—¿Por qué me cuentas eso?

—Solo digo que siempre hay esperanza.

No estoy para nada de humor para esta conversación.

—Tengo que colgar.

—¿Qué pasó con aquel policía alto y atractivo con el que vivías? ¿Jake?

Siento un pellizco.

—¿Por qué me preguntas eso? Hace años que rompimos.

—Solo estaba pensando que Jake era muy agradable. Y le gustabas mucho, Sydney.

—Adiós, mamá.

Cuelgo el teléfono a mi madre. Estoy tan alterada por esa conversación tan irritante que no consigo devolver el teléfono a la mesita de noche y se cae en el hueco entre la mesita y la cama.

Estupendo.

Me levanto de la cama y me agacho junto a la mesita. Meto la mano en el hueco y busco el móvil a tientas. Mis dedos tocan algo que parece la superficie fría y suave del teléfono, pero hay también algo más. Algo que parece como tela aterciopelada.

Eh... ¿Qué es?

Agarro las dos cosas y las saco del hueco. Efectivamente, lo primero sí que era mi móvil. Pero lo segundo hace que se me encoja el corazón.

Es un coletero negro de tela fruncida.

¿Qué diablos hace Tom con un coletero negro en su dormitorio?

No es que haya encontrado una prueba de que otra mujer ha estado aquí. No pasaría nada. Al fin y al cabo, Tom no es ningún monje y es evidente que no se alcanza ese nivel de pericia durmiendo solo. Pero ¿un coletero? ¿Quién lleva coleteros de tela hoy en día y a esta edad?

O debería decir ¿quién lleva coleteros de tela aparte de Bonnie?

Había pensado que era demasiada coincidencia que Tom fuera el novio misterioso de Bonnie. Pero, cuando bajo la mirada a este coletero, me doy cuenta de que lo había subestimado. Todas las piezas encajan.

Al fin y al cabo, ¿era tanta coincidencia? Lo conocí a tres manzanas de nuestro edificio, poco después de que a Bonnie le hubiese acompañado a casa su novio. Es médico. Y tuvo una reacción de lo más extraña cuando empecé a hablarle del asesinato de Bonnie. Eso por no mencionar que podría haberme dado un apellido falso la primera vez que quedamos.

¿Tenía la verdad delante de mis ojos desde el principio? ¿He estado cegada por el atractivo de Tom y mi urgencia por casarme y tener un hijo antes de los noventa años?

Pero no..., es imposible. Tom no es un asesino. Estoy más segura aún de eso que del hecho de que Randy no sea un asesino. Tom es un buen hombre. El mejor.

¿No?

Me quedo de pie en medio del dormitorio mirando el móvil que tengo en las manos. Abro mi lista de contactos favoritos y Tom está ahí, justo en medio. No sé bien por qué, pero, antes de evitarlo, pulso en su nombre.

Recibo la recompensa del sonido de un teléfono que suena. Pero no viene del móvil que se encuentra sobre la cómoda, que está en silencio. El sonido suena amortiguado, como si el teléfono estuviese en una de las gavetas.

Dejo que siga sonando. Mientras Tom canta a voz en grito música de Mozart en la ducha, atravieso la habitación hasta su cómoda y empiezo a abrir gavetas. La primera no tiene más que unas cuantas camisas dobladas. La segunda tiene pantalones. La tercera parece contener calzoncillos, pero, cuando la abro, el sonido se vuelve menos amortiguado.

Bingo.

Rebusco en la gaveta. Tardo unos diez segundos en encontrar el móvil, escondido al fondo, con una llamada en la pantalla identificada simplemente como «S».

Un segundo después, la llamada pasa al buzón de voz. Saco con cuidado el teléfono de la gaveta para poder examinarlo con más atención. Este no es un móvil personal que Tom use para hablar con amigos y familiares. Es un móvil de prepago.

Tom se ha estado comunicando conmigo con un móvil de prepago.

Abro el teléfono desechable y descubro que no necesita clave, así que puedo mirar las llamadas y los mensajes. Cada llamada y mensaje de texto que hay en el teléfono son míos. Este teléfono se usa solamente para interactuar conmigo.

¿Qué rayos es esto?

Miro hacia el baño. La ducha sigue con la llave abierta. Tom suele darse duchas largas. Tengo al menos otros cinco minutos, puede que más, si decide cepillarse los dientes. Voy a necesitar cada segundo de ese tiempo.

Dejo el móvil de prepago en la gaveta, que cierro de golpe. Sin otra ropa que una de las camisetas grandes que Tom me deja cuando paso la noche aquí, entro rápidamente en la sala de estar. La mesa del comedor sigue preparada para nuestra cena, aunque Tom sopló la vela antes de que nos fuéramos al dormitorio. Miro los utensilios de la mesa y me pregunto si se puede sacar una buena huella de ellos. No estoy segura.

Entonces, mis ojos se fijan en la botella de agua de Tom.

Perfecto.

Agarro la botella de agua con el pulgar y el índice haciendo lo posible por preservar cualquier huella dactilar que él haya dejado. Dejé mi bolso en la mesa de centro de la sala de estar, así que voy rápidamente y meto suavemente la botella de agua en el interior. Cuando he cerrado la cremallera del bolso, oigo la voz detrás de mí.

—¿Qué crees que estás haciendo, Sydney?

52

He cometido un terrible error.

No debería haber intentado llevarme la botella de agua. Debería haberme limitado a agarrar el bolso y salir corriendo, aunque lo único que llevo puesto es una camiseta y un panti. He cometido el error más tonto que puede cometer una mujer. No he salido corriendo cuando he tenido oportunidad.

Y ahora Tom está a unos centímetros de mí en la sala de estar, vestido con una camiseta interior y unos calzoncillos bóxer, con su pelo negro todavía brillante y mojado por la ducha. Sus ojos son oscuros e imperturbables.

—¿Qué? —pregunto.

—Te he preguntado que qué estás haciendo.

—Ah. —Bajo la mirada al bolso y consigo sonreír—. Solo iba a agarrar mi teléfono.

—Tu teléfono está en el dormitorio.

Tiene razón. He dejado el móvil encima de su cómoda. Ojalá no lo hubiese hecho. Así podría estar llamando ahora mismo al número de emergencias.

Pero consigo contestar con una carcajada. Suena casi como si me estuviesen estrangulando.

—Supongo que no lo he visto —digo—. Pues voy a agarrarlo.

Tom entrecierra los ojos.

—¿Estás bien?

No se me puede notar que sospecho nada de él. Porque si se da cuenta de que me he enterado de… En fin, ya sabemos lo que le pasó a Bonnie. Puede que esta sea la razón por la que terminó matándola.

—Claro. ¿Por qué no iba a estar bien?

No contesta. Se limita a quedarse mirándome.

—Bueno, la verdad es que no me siento tan bien —digo.

—¿Qué te pasa?

Recurro a la excusa que hace que la mayoría de los hombres se sientan de lo más ansiosos por dejarme ir.

—Me acaba de venir el periodo.

Pero no parece que Tom sienta el menor rechazo ante esa revelación. Supongo que no debería sorprenderme.

—Tengo ibuprofeno en mi botiquín, si necesitas.

—Sí, eh… —Me froto la zona donde estoy bastante segura de que se encuentra mi útero—. Casi mejor me voy. Prefiero estar en mi propio espacio.

Tom se queda en silencio. En una película, este sería el momento en el que el malo se da cuenta de que le he descubierto y que no puede dejar que me vaya. Al menos con vida. Observo cómo se mueven los engranajes dentro de su cerebro. Tom es un hombre tremendamente inteligente. Tiene que haberse dado cuenta.

Y entonces me viene a la mente otro pensamiento espantoso. ¿Dónde he dejado el coletero?

Si lo he dejado sobre la cómoda, junto a mi teléfono, se ha descubierto el pastel. Caerá en la cuenta de que he encontrado un accesorio de pelo que pertenecía a una mujer muerta. Y jamás saldré de este apartamento.

Maldición, ¿dónde he dejado ese coletero?

—Deberías quedarte —dice—. Es tarde. No querrás irte a casa en plena noche, ¿no?

Vuelvo a tocarme el abdomen.

—Es que me sentiría mejor durmiendo en mi cama.

—Te dejo mi cama para ti sola. Yo dormiré en el sofá.

—No, yo..., eh... —Me aclaro la garganta—. De verdad que prefiero irme a casa.

Baja la mirada a mi bolso. Si mira en su interior, estaré acabada. No puedo explicarle por qué he metido una botella de agua vacía en el bolso. Aunque estoy segura de que se me podría ocurrir alguna excusa tonta.

Todo depende del coletero. Si lo ha visto, estoy muerta. Si no lo ha visto, es posible que consiga salir de aquí con vida.

El corazón me late con tanta fuerza que me sorprende que no lo oiga. Pero, tras unos segundos de reflexión, se aparta.

—Okey —contesta con tono amable—. Pero, al menos, deja que llame a un Uber.

No me lo puedo creer. De verdad va a dejar que me marche.

Vuelvo al dormitorio con Tom siguiéndome detrás. De repente, estoy segura de que el coletero va a estar justo en medio de la cama y que, cuando me gire para mirar a Tom, tendrá en la mano un cuchillo de cocina que usará para clavármelo y matarme. Pero el coletero no está en la cama.

¿Dónde diablos está?

Tardo un segundo en localizarlo. Está en la alfombra, junto a la mesa de noche. Pero como la alfombra es oscura, cuesta distinguir el coletero negro. Aunque, desde luego, no es imposible. Imagino sus ojos fijándose en la tela negra, su frente arrugándose mientras trata de averiguar qué es. La expresión de su cara al reconocerlo.

Tengo que salir de aquí como sea...

Tom se sienta en el borde de la cama mientras vuelvo a vestirme. Estoy segura de que va a ver el coletero en cualquier momento, y el corazón me late con tanta fuerza que me duele el pecho. Pero entonces, mientras me estoy poniendo los zapatos, Tom desaparece en el baño. Aprovecho la oportunidad para dar rápidamente una patada al coletero y volver a meterlo debajo de la mesilla.

Ya está. Ahora jamás sabrá que lo sé.

Tom regresa con un par de pastillas en la palma de la mano. Las levanta hacia mí y las miro con un recelo que me cuesta ocultar.

—¿Qué es? —pregunto.

—Ibuprofeno.

Okey. No pienso tomar ninguna pastilla que este hombre me vaya a dar. No soy una idiota integral.

—No, gracias. No me hace falta.

—¿Estás segura? Pareces bastante incómoda.

Sonrío con toda la convicción que puedo.

—Como te he dicho, solo quiero irme a casa.

El corazón sigue latiéndome con fuerza en el pecho mientras Tom me acompaña a su puerta. Me bloquea el paso al inclinarse hacia mí para darme un beso de despedida y casi hace que la piel se me erice. Está a años luz del beso que nos hemos dado cuando he llegado.

—Bueno —digo—. ¡Adiós!

—Claro. Nos vemos. —Sus ojos se dedican un momento a examinarme la cara hasta que empiezo a sentirme incómoda—. Cuando te encuentres mejor.

Sí, seguro. Si me deja salir de este apartamento, nunca jamás pienso volver.

—¿Quieres que te acompañe abajo? —pregunta. Sigue bloqueando la puerta y lo único que deseo es que se mueva para poder largarme de aquí.

—No. No. —Me río tratando de mostrar despreocupación, pese a que es la risa más falsa que he oído en mi vida—. No quiero que tengas que bajar y subir cinco pisos de escaleras. No es necesario. Tampoco es tan tarde. Y voy a llamar a un Uber.

—¿Seguro?

—Segurísimo.

—Porque no me importa.

Dios santo, ¿alguna vez va a dejar que me vaya?

—En serio, solo quiero estar sola.

Por fin —¡por fin!—Tom se gira para abrir la puerta y salgo.

Estoy convencida de que en cualquier momento va a tirar de mí para meterme dentro y rodearme el cuello con sus dedos. O destrozarme el cráneo con un martillo, como ha hecho con el ratón. Pero no hace nada de eso. Simplemente, cierra la puerta cuando me voy y echa el pestillo. Y ya está.

Consigo llegar hasta las escaleras y echo a correr.

53

Durante todo el trayecto desde el apartamento de Tom, estoy segura de que, cuando llegue a casa, él va a estar esperándome delante de mi edificio con un cuchillo de cocina bajo el abrigo, dispuesto a rebanarme el cuello. Pero no.

Subo las escaleras todo lo rápido que puedo, cierro con llave la puerta del apartamento y echo también el cerrojo. A continuación, meto una silla bajo el pomo. No sé si servirá de algo, pero a mí me hace sentir mejor al menos. Todas las persianas están bajadas, gracias al Kevin Real. Después voy a mi dormitorio, donde paso varias horas dando vueltas en la cama.

Consigo esperar hasta las seis y media de la mañana antes de enviar un mensaje a Jake. Recuerdo que él siempre se levantaba temprano, así que cruzo los dedos para que lo reciba y pueda hablar con él antes de volverme loca.

Tengo que hablar contigo en persona lo antes posible.
Podemos quedar donde quieras.

Casi al instante, aparece una respuesta de Jake en mi pantalla.

Puedo estar en tu casa en media hora.

Veinte minutos después, el sonido del timbre de mi puerta casi hace que se me salga el corazón del pecho. Aunque estoy casi segura de que es Jake, agarro un cuchillo de la cocina y lo llevo conmigo mientras miro por la mirilla. Sí que es Jake el que está ahí con una camisa blanca arrugada, un impermeable y su eterna barba de dos días en el mentón.

Cuando abro la puerta, su figura alta y ancha invade el hueco. Baja la mirada al cuchillo que tengo en la mano derecha y abre los ojos de par en par.

—Syd, ¿qué pasa?

Le tiro del brazo para que entre y cierro la puerta después. A continuación, voy corriendo a la mesa de centro y agarro la bolsa para congelados que está encima. Dentro está la botella de agua que he traído del apartamento de Tom.

—Necesito que compruebes las huellas de esto —le digo.

—De acuerdo. ¿Por qué?

Tomo aire.

—Quiero que veas si se corresponden con las huellas sin identificar que encontraron en el apartamento de Bonnie.

Jake agarra la bolsa de mi mano. Mira la botella de agua que hay dentro.

—¿De dónde la has sacado?

Tengo que contarle toda la historia, pero la verdad es que no quiero. Resulta humillante admitir que el hombre con el que he estado saliendo podría ser un asesino en serie. No es que Jake sea especialmente dado a juzgar a los demás, pero en este caso sí lo hará. Y no lo culpo.

Así que no quiero tener que enfrentarme a contárselo a menos que sea verdad.

—¿Puedes...? —Aprieto los puños—. ¿Puedes comprobar las huellas sin más, por favor?

—No. —Me fulmina con la mirada—. Sydney, quiero ayudarte. Pero ¿me estás dando una botella de agua y esperas que yo compruebe las huellas sin siquiera decirme por qué? No es una petición muy razonable. —Cruza sus musculosos brazos por delante de su pecho—. No voy a salir de este apartamento hasta que me cuentes qué es todo esto.

No es una exigencia injusta. La verdad es que me habría sorprendido que lo hubiese hecho sin darle esa información. Pero ahora voy a tener que contárselo todo.

—Las huellas pertenecen a un hombre que se llama Thomas Brewer —digo.

—Okey, ¿y por qué crees que Thomas Brewer mató a Bonnie?

Tengo que decírselo. No hay otra.

—Porque he estado saliendo con él y he encontrado alguna cosa de ella en su apartamento.

Jake se queda pálido.

—¿Lo dices en serio?

Asiento despacio.

—¿Estás saliendo con un hombre que crees que es un asesino en serie? ¿Es eso lo que estás tratando de decirme?

La cara se me enciende.

—Oye, parecía un hombre de lo más agradable. Es médico.

—Bueno, es un patólogo que se gana la vida rajando a gente muerta.

—Thomas Brewer... —Frunce el ceño—. Un momento, ¿no será el doctor Brewer, el forense?

Asiento de nuevo.

—Mierda. —Niega con la cabeza—. Lo conozco. Es un hombre muy inteligente, un forense de primera. No me pareció que tuviese nada raro. ¿De verdad crees que podría haberlo hecho?

—Yo... Sí. —Me muerdo el labio inferior—. La verdad es que me costó salir de su apartamento anoche.

—¿Estás de broma?

—No. Tenía mucho miedo de que fuese a..., ya sabes...

Jake parece aturdido mientras me aparta y se deja caer en el sofá. Sigue sujetando la bolsa de congelados con la botella de agua dentro y la está observando fijamente con la mirada perdida.

—Entonces, estás diciendo que podrías haber terminado como Bonnie.

—Bueno... —Me siento a su lado—. No ha sido así. Me escapé.

—Deberías haberme llamado enseguida.

—No pasa nada. Salí. No quería molestarte en mitad de la noche.

—¿Estás de broma? —Los ojos oscuros le brillan—. Sydney, por favor, moléstame en mitad de la noche, ¿de acuerdo?

—De acuerdo, yo solo...

—¿Cómo has podido correr un peligro así? ¡Podría haberte matado, por el amor de Dios!

El arrebato me deja en silencio un momento. Jake no suele gritar, pero, cuando lo hace, grita con suficiente fuerza como para lograr que toda la habitación tiemble.

Deja caer la bolsa en la mesita y, después, esconde la cara entre las palmas de las manos.

—Dios santo, Syd.

—Jake...

—Si te hubiese hecho algo —dice con un grave gruñido mientras levanta la cara—, le habría cortado el cuello.

Contengo la respiración. Jake siempre parecía tener un control absoluto de sus emociones, y nunca le he visto así, con la cara completamente roja y una vena latiéndole en la sien. Es del tipo de policías que cumple las normas a rajatabla y, desde luego, no de los que se tomarían la justicia por su mano con un hombre que ha atacado a la chica con la que antes salía.

Puede que haya cambiado.

Jake tiene que aspirar aire varias veces para controlar sus emociones. El color de su cara vuelve por fin a ser normal y los hombros se le relajan.

—Está bien —dice—. Voy a comprobar las huellas de la botella de agua. Y, mientras tanto, mandaré una patrulla para que esté en la puerta de tu edificio.

—No tienes por qué hacer eso.

—No te atrevas a decirme que no. —La arruga entre sus ojos se hace más profunda—. Syd, no voy a permitir que te pase nada.

Si ese psicópata llegara hasta ti, yo… nunca podría perdonármelo. Sobre todo porque… —Baja la mirada—. Sobre todo porque, para empezar, si yo no hubiese sido un imbécil y te hubiera tratado bien, no te encontrarías en esta situación.

Nos quedamos sentados un momento en el sofá, mirándonos. No puedo decir que se equivoca.

—El pasado, pasado está. No puedes cambiarlo.

—Pero, a veces, sí se puede enmendar.

No estoy segura de qué quiere decir con eso y él tampoco lo explica. Agarra la bolsa de congelados de la mesa de centro y me promete que me avisará en cuanto tengan los resultados. No sé cuánto tiempo se tarda en sacar unas huellas, pero no creo que sea mucho.

54

Antes

TOM

Babosa me ha estado observando.

No sé cuánto tiempo lleva ahí, pero desde luego ha oído al menos parte de mi conversación con Daisy. Y no parece contento.

—No me puedo creer que hayas conseguido que Daisy quede contigo —dice—. Debe de estar loca de verdad por ti.

Levanto los ojos hacia Babosa. Cuando éramos pequeños, teníamos la misma altura, pero en los últimos dos años él ha dado tal estirón que ahora es mucho más alto que yo. Eso sí, en una pelea, es posible que yo pueda con él. Es tan escuálido que parece como si una fuerte brisa pudiera llevárselo.

Por supuesto, si él tiene un arma, eso lo cambia todo.

Pero no quiero pelearme con Babosa. A pesar de todo, es mi mejor amigo. Cuando estábamos en primaria, nadie quería juntarse con ninguno de los dos. Babosa resultaba raro y repulsivo de una forma más evidente, pero a mí también me costaba hacer amigos. Por alguna razón, no sabía relacionarme con los demás niños. Cuando hablaba con ellos, me sentía incómodo.

Pero no era así con Babosa. Los dos éramos unos marginados, pero lo éramos *juntos*. Él nunca me juzgó por tener un padre alcohólico y yo nunca me burlé de él por comer bichos o por que sus padres fuesen tan viejos como la mayoría de los abuelos. Casi todos los años, cuando celebrábamos nuestro cumpleaños, lo hacíamos los dos solos. Nadie más solía aparecer, pese a que repartíamos invitaciones a toda la clase.

Me pregunto si Babosa y yo celebraremos juntos nuestros próximos cumpleaños.

Por alguna razón, no creo que lo hagamos.

—¿Me estás siguiendo? —le pregunto.

—¿Pasa algo si lo hago? —refunfuña.

—Es una mierda hacer eso.

Paso por su lado para salir del patio trasero de los Driscoll. Lo que sea con tal de que no me descubran aquí detrás. No sería bueno para ninguno de los dos. Babosa no hace nada por detenerme y, de hecho, empieza a andar a mi lado.

—Alison habló con ella —dice.

Mierda. Ha oído nuestra conversación. Esperaba que no fuera así.

—No pasa nada. Se lo he explicado todo.

—¿Y piensas que te ha creído?

—Sí.

—¿Igual que se lo creyó Alison cuando le dijimos que teníamos carne de hamburguesas en el maletero?

No tengo nada que decir a eso.

—Daisy es un problema —dice.

Me estremezco. Es lo mismo que dijo de Alison apenas unas horas antes de que la asesinaran.

—No es un problema —contesto—. Yo me encargo.

—Claro. Igual que te encargaste de Alison.

No me gusta su sarcasmo. No sabe con seguridad si Alison nos habría entregado, y el modo en que él se «encargó» ha hecho que todo empeore muchísimo más.

—Oye, voy a hablar con ella. No va a pasar nada.

Los rasgos angulares de Babosa parecen casi esqueléticos bajo la luz de la luna.

—Claro. Lo que tú digas.

—Babosa —insisto con firmeza—. Quiero que te mantengas alejado de Daisy, ¿okey? ¿Lo harás?

Su mandíbula se tensa.

—Eres mi mejor amigo, Tom, pero no voy a ir a la cárcel por que tú no consigas hacer lo que hay que hacer.

Y, tras decir eso, Babosa se aleja y me deja solo en la calle.

55

En la actualidad

SYDNEY

Me doy una ducha rápida después de que Jake se marche de mi apartamento, pero no me puedo concentrar en casi nada. En realidad, debería estar trabajando, pero sería una tarea imposible. Básicamente me dedico a dar vueltas por la sala de estar.

Unas horas después de que Jake se vaya, mi teléfono empieza a sonar. Su nombre aparece en la pantalla y contesto.

—¿Y bien? —pregunto.

—Coincide.

Por un segundo, es como si las paredes se estrecharan a mi alrededor. Apenas puedo llegar hasta el sofá, donde me siento justo antes de que las piernas me cedan.

—¿Con qué coincide?

—Sus huellas coinciden con algunas de las no identificadas que encontramos en el apartamento de Bonnie y también en el de la otra chica a la que mataron antes. No hay duda de que estuvo en los dos apartamentos.

—No me lo puedo creer.

—¿No? Eres tú la que me ha traído la botella de agua.

Es cierto. Era yo la que tenía sospechas de Tom. Pero, en el fondo, creía que no era más que una paranoia. Al fin y al cabo, ¿cómo iba mi novio a matar a esas chicas?

Y, si no hubiese encontrado el coletero, ¿habría sido yo la siguiente?

—¿Y ahora qué? —pregunto—. ¿Van a arrestarlo?

Jake suelta un bufido.

—¿Basándonos en la botella de agua que me has dado? No lo creo. Pero vamos a tratar de traerlo aquí para interrogarle. Con suerte, colaborará. En cuanto tomemos sus huellas de verdad y veamos que coinciden, podremos hacerlo. Aunque quizá siga resultando difícil conseguir una orden de arresto. Ya veremos.

Por supuesto, yo esperaba que Jake me dijera que iba a llevar a Tom a comisaría y que lo iba a meter en la cárcel de inmediato, pero está claro que no es así como funcionan las cosas. La idea de que Tom quede libre después de que le hayan interrogado me aterra. Tengo que creer que, si hay suficientes pruebas, no van a permitir que se vaya.

Pero si no hay suficientes pruebas, si consigue que lo dejen en libertad, ¿qué? ¿Sabrá que he sido yo quien le ha denunciado? ¿Querrá vengarse?

—¿El carro de policía está en la puerta de mi edificio? —pregunto.

—Sí —me confirma—. Y si el departamento no quiere seguir permitiéndolo, yo mismo me subiré a mi carro y me quedaré ahí sentado. No te preocupes, no voy a dejar que te haga nada.

—Ya.

—Syd, ¿estás bien?

—Es que... —Aprieto los párpados—. No me puedo creer que haya sido tan estúpida. Creía que era un hombre estupendo. O sea, está bien, no era perfecto. Pero no tenía ni idea de...

—Por favor, no te martirices —dice Jake—. Ya te lo dije, yo mismo conozco a Brewer y, sinceramente, estoy impactado. Me caía bien ese hombre. Esto solo demuestra que nunca se puede saber. Estos tipos que son tan encantadores, inteligentes y atractivos pueden engañar a todo el mundo.

—Aun así, me siento estúpida.

—¿Te sentirías mejor si te digo que gracias a ti es posible que metamos al asesino de Bonnie entre rejas?

Tiene razón. Si yo no hubiese estado saliendo con él, podría haberse librado. Y ahora, gracias a mí, se va a hacer por fin justicia con Bonnie.

—Llámame si sabes algo más —le digo.

—Si puedo, lo haré.

Y, ahora, lo único que puedo hacer es esperar.

56

Me estoy volviendo completamente loca en el apartamento mientras espero a tener noticias de Jake, así que decido ir al estudio de yoga. Hay una clase a las seis y supongo que con eso estaré ocupada hasta la hora de la cena. Tampoco es que espere que se me vaya a abrir el apetito. He intentado comerme un sándwich para almorzar y solo he podido con una cuarta parte.

He llamado a Gretchen para ver si quería venir conmigo, pero estaba con Randy. Así que voy caminando sola hasta la clase de yoga. Al menos, Tom está en la comisaría, probablemente entre rejas, y puedo sentirme a salvo. Bueno, casi.

Hoy solo hay como media docena de mujeres en la clase. Desenrollo la esterilla en el rincón de la sala y agarro también algunos bloques de yoga. Arlene entra en la clase con su coleta balanceándose detrás de su cabeza. Sonríe y me saluda con efusividad.

—¿Hoy vienes tú sola? —pregunta.

—Yo sola.

—Por cierto, quería comentarte que te vi la semana pasada con un hombre joven. Tenía el pelo moreno y era muy atractivo.

—Eh…, gracias.

Frunce el ceño.

—Espero que no esté fuera de lugar lo que te voy a decir, pero tenía un aura muy oscura a su alrededor. Me resultó tremendamente inquietante.

«Bueno, eso podría deberse a que ha matado a algunas mujeres».

—¿Qué?

—Suelo ser muy intuitiva con ese tipo de cosas —me explica—. Solo creo que deberías tener mucho cuidado con ese hombre.

«¿Dónde estabas hace unos días, Arlene?».

—No te preocupes. Ya no estamos saliendo.

—¡Ay, gracias a Dios! —Se lleva las manos a su estrecho torso—. Tengo que decirte la verdad, Sydney. Cuando vi a ese hombre, me dieron ganas de lanzarme sobre ti, agarrarte de los hombros y decirte que salieras huyendo.

Estupendo. Hasta Arlene sabía que mi novio era un tipo siniestro.

La clase de yoga dura algo más de una hora. Normalmente, los estiramientos me parecen muy relajantes, pero hoy mi cuerpo no quiere colaborar. Tengo cada centímetro en tensión y, cuando hacemos la meditación al final, mi mente no deja de ir a toda velocidad.

¿Qué le pasará a Tom ahora que la policía va tras él? ¿Terminarán arrestándolo hoy? ¿Está en la cárcel en este mismo momento? ¿Registrarán su apartamento y encontrarán más pruebas de las chicas a las que ha matado? ¿Quizá un alijo de los mechones que les ha arrancado del cuero cabelludo?

Cuando la clase termina, agarro el bolso y saco el teléfono. El estómago se me llena de mariposas cuando veo una llamada perdida de Jake. No, *dos* llamadas perdidas.

No es buena señal.

Pulso su nombre para devolverle la llamada y, casi al instante, contesta.

—Sydney —dice.

—¿Lo han llevado para interrogarlo?

—Sí, pero…

—¿Está en la cárcel?

Hay un largo silencio al otro lado de la línea.

—No. Hemos tenido que dejarle ir.

—¿Qué? —exclamo—. Pero lo has confirmado, ¿no? Le has tomado las huellas y coinciden, ¿no?

—Coinciden —confirma—. Pero eso no prueba que haya hecho nada malo. Lo único que demuestra es que estuvo en esos apartamentos en algún momento del pasado.

—¡Pero eso es muy sospechoso! ¿No podría haber…?

—Tiene una coartada, Syd.

Frunzo el ceño.

—¿Una coartada?

—De la noche en que asesinaron a Bonnie. Tiene una coartada irrefutable para toda la noche.

¿Qué?

—¿Estás seguro? A lo mejor quien le está dando la coartada está mintiendo.

—Estuvo trabajando en el hospital toda la noche —contesta Jake—. Lo vieron muchas personas allí. Hay cámaras también. Son pruebas sólidas. Es imposible que la pudiera haber matado él.

Estoy aturdida. Estaba segura de que tenía que ser Tom. Sus huellas estaban en los apartamentos de esas chicas. ¡Incluso Arlene creía que tenía un aura malvada!

Supongo que es bueno saber que no he estado saliendo con un asesino, pero, al mismo tiempo, tengo más preguntas aún. Si Tom no las mató, ¿quién lo hizo? ¿Y por qué me ocultaba su relación con Bonnie? ¿Por qué me llama desde un teléfono de prepago?

Por alguna razón, aunque tenga una coartada, no estoy segura de que Tom sea inocente.

—¿Estás bien, Syd?

—Ajá. —Siento un nudo en la garganta—. Es que… Ya no sé qué pensar. ¿De verdad no crees que Tom ha matado a esas chicas?

—Como te he dicho, no podría haberlo hecho. Lo que nos ha contado es que ha salido con muchas mujeres y que da la casualidad de que ha estado saliendo con las dos.

—¿Y le crees?
—Sí, Syd.
—Entonces... —Me tiro de un mechón de pelo—. Si te dijera que voy a volver a salir con él, ¿te parecería bien?
Jake se queda en silencio varios segundos al otro lado de la línea.
—No —contesta por fin—. Pero no porque crea que haya matado a nadie.
Dejo que sus palabras se asienten en mi mente durante un momento, porque no sé qué decir.
—Oye. —Jake es el primero en romper el silencio—. Brewer no va a hacerte nada. Como ya te dije, es un hombre íntegro. Me fío de él. Pero vigilaré tu edificio de todos modos, ¿de acuerdo?
—No tienes por qué hacerlo.
—Sí que tengo que hacerlo.
Me planteo la idea de preguntarle a Jake si puede venir a acompañarme hasta mi edificio desde el estudio de yoga. Pero eso sería absurdo. Sí, ha oscurecido, pero ni siquiera es muy tarde. Sigue habiendo gente por la calle. Puedo ir andando a casa con total seguridad. Sobre todo ahora que sé que mi novio no es ningún asesino en serie.
Aunque sí que hay por ahí un asesino en serie. En algún lugar.
Agarro mi abrigo, me despido de Arlene y salgo a la noche fría y oscura. La temperatura ha caído de repente en las últimas dos semanas y el invierno está invadiendo la ciudad. A lo mejor terminamos teniendo nieve en Navidad.
Cuando me voy acercando a mi edificio, veo a alguien sentado en los escalones de la puerta. Es un hombre y me resulta familiar, a pesar de llevar un gorro en la cabeza y un abrigo. Cuando me acerco, el hombre se levanta para mirarme y, bajo la luz de las farolas, puedo distinguir su cara con claridad.
Es Tom.

57

Antes

TOM

Mientras el reloj se va acercando a la una de la mañana, permanezco tumbado en la cama despierto, mirando al techo y preguntándome si estoy cometiendo un terrible error.

Quiero a Daisy y deseo verla más que nada. Quiero explicarle que jamás le haría nada malo y que deseo estar con ella a pesar de lo que su padre piense de mí. Quiero intentar convencerla de que soy un buen tipo, aunque puede que eso no sea verdad.

Pero, cuanto más lo pienso, más nervioso me pongo.

Porque la verdad es que no soy un buen tipo. He matado a una persona. Y, cada vez que miro a Daisy, tengo pensamientos terribles. Sí, quiero besarla, pero también quiero hacerle muchas otras cosas. Cosas malas.

Esto no va a acabar bien para ninguno de los dos.

Pero hay otro pensamiento que no se me va de la cabeza.

Babosa ha oído mi conversación con Daisy. Lo cual quiere decir que ha oído cuándo y dónde nos vamos a ver, y, si no se fía de que yo vaya a resolver la situación con Daisy, es posible que quiera hacerlo él mismo.

¿Y si Daisy está en peligro?

Me incorporo en la cama. Cada minuto que pasa estoy más preocupado. Babosa ya ha hecho cosas espantosas y lo último que necesita llevar a cabo para garantizar nuestra libertad es ocuparse del «problema de Daisy».

Ojalá pudiera enviarle un mensaje a ella, pero parece que no ha leído ninguno de los que le he estado mandando. Apuesto a que sus padres le han confiscado el teléfono. O me han bloqueado. No puedo arriesgarme a enviarle un mensaje que haga referencia a nuestro encuentro.

Miro el reloj. Son las doce y media de la noche. Tardaré veinte minutos en ir andando hasta el Dairy Queen, quince si voy corriendo. Podría intentar tomar el Chevy, pero me preocupa que el sonido de la puerta del garaje al abrirse despierte a mi madre, porque ella me impediría que me fuera. Y mi bicicleta tiene una rueda ponchada desde el otoño y no la he cambiado.

No, es mejor ir a pie. Si salgo ahora, debería llegar antes de que lo haga Daisy. Y si Babosa está allí, puedo deshacerme de él. O al menos asegurarme de que no hace ninguna tontería.

Vuelvo a ponerme la sudadera con la capucha y unas zapatillas. Me muevo con rapidez, pero he desperdiciado algunos minutos más y ahora está claro que voy a tener que darme prisa para llegar allí antes que Daisy.

Será mejor mirar antes en la casa de Daisy. Si no ha salido todavía, puedo interceptarla al pasar. Hay mucho en juego en todo esto.

Tal vez hasta su vida.

Corro hasta la casa de Daisy lo más rápido que puedo, atajando por el patio de un vecino para ahorrarme un par de minutos más. Cuando llego, estoy sin aliento y enseguida doy la vuelta por el lateral para ir a la puerta trasera.

La casa de los Driscoll está en silencio. O los padres de Daisy están durmiendo, o su padre ha salido. Y, aún más importante, la ventana de Daisy está a oscuras.

Mierda. La he perdido. Esto no es bueno.

Y lo que es peor, he desperdiciado al menos cinco minutos con el desvío hasta la casa de Daisy. Cinco minutos que no tenía. Cinco minutos en los que podría estar ocurriendo algo terrible.

Será mejor que me dé prisa.

Corro lo más rápido que puedo hasta el Dairy Queen. A medio camino ya lamento profundamente no haber agarrado el Chevy de mi madre. Tengo tanto calor que me quito la sudadera y me la anudo a la cintura. Y lo peor es que no creo siquiera que vaya a conseguir llegar antes de la una.

«Daisy, por favor, aguanta ahí».

Okey, no debo entrar en pánico. A lo mejor estoy exagerando. A lo mejor Babosa no está planeando nada. A lo mejor Daisy está bien.

Cuando llego al Dairy Queen, el Lincoln Continental de la madre de Daisy está en el estacionamiento. Al parecer, ha sido más lista que yo y ha agarrado el carro. A continuación, se me cae el alma a los pies cuando veo el carro que está estacionado al lado del suyo.

Es el Oldsmobile de Babosa.

Daisy está aquí. Y también Babosa. No los veo por ningún sitio.

Tengo la camiseta empapada en sudor. Respiro con dificultad por la carrera, pero no puedo permitirme hacer un descanso, ni siquiera un segundo. Tengo que asegurarme de que Daisy está bien.

Rodeo el lateral del Dairy Queen hasta el estacionamiento de atrás. El corazón me late con fuerza y no se debe solo a la carrera de quince minutos. He llegado tarde, pero solo por un par de minutos. Es imposible que haya pasado nada en dos minutos.

¿No?

A medida que me voy acercando a la parte de atrás, empiezo a ponerme aún más nervioso. ¿Por qué hay tanto silencio ahí? Si Daisy y Babosa están juntos, ¿no debería oírse algún ruido? ¿Voces? ¿Gritos? ¿*Algo*?

No, algo va mal. Estoy seguro.

—¿Daisy? —grito.

Silencio absoluto.

Mi pánico se dispara. Se me ocurre que debería haber traído

algún arma, aunque no sé cuál. Podría haber agarrado un cuchillo de la cocina. Porque, si Babosa está aquí, estoy segurísimo de que habrá traído un arma. Y puede que yo necesite otra para defenderla. Y, si él le hiciera algo a Daisy, tendría que matarlo.

Cuando por fin rodeo la esquina del Dairy Queen, me detengo en seco. En el otro extremo del pequeño estacionamiento, veo un bulto. Cuando me voy acercando un poco, me doy cuenta de que es un cuerpo. Derribado en el suelo, inmóvil. Y hay otra persona de pie junto al bulto sin vida.

He llegado demasiado tarde.

Dios mío, Daisy…

58

En la actualidad

SYDNEY

Por un momento contemplo la idea de salir corriendo. No quiero hablar con Tom, eso seguro.

Pero ¿adónde se supone que voy a ir? Está delante de la entrada de mi edificio. Además, según Jake, no es un asesino. Así que lo cierto es que no debería tener ningún miedo.

Salvo por el hecho de que le he denunciado a la policía y probablemente lo sepa.

—Sydney —dice Tom a la vez que se pone de pie—, tenemos que hablar.

Mi cuerpo se tensa.

—¿Sí?

—Le has dicho a la policía que he matado a varias personas, así que sí, creo que tenemos que hablar.

Contengo el aliento.

—Yo..., yo no...

—El inspector Jake Sousa es tu ex, ¿verdad? —Me mira con una ceja arqueada—. ¿Un policía que se llama Jake? Lo he supuesto.

Me estremezco.

—Está bien. Se lo he dicho.

Deja caer los hombros ahora que tiene la confirmación.

—Dios mío, Sydney. ¿Cómo has podido pensar que yo he hecho eso?

—No lo sé. —Cruzo los brazos sobre el pecho, y no solo porque casi me esté congelando aquí fuera—. A lo mejor porque salías con una chica que vivía en mi edificio y que fue asesinada y no te molestaste en decírmelo. ¿Qué te parece eso?

—No..., no íbamos en serio.

—Mientes. Ella me contó que sí empezaban a ir en serio. Tú mismo me contaste que estabas terminando una relación.

—No íbamos en serio —insiste—. Bonnie y yo salíamos sin más. Quizá contemplamos la idea de ir más allá, pero no lo hicimos. No fue como tú y yo.

—¿Tú y yo? —estallo—. Sí, ¿por qué no hablamos de eso? ¿Qué hay entre tú y yo?

—¿Cómo puedes preguntarme eso? Eres mi novia.

—¿Sí? Entonces ¿cómo es que solo contactas conmigo por un teléfono desechable?

Tom abre la boca, pero no sale ningún sonido de ella. No tiene una respuesta para eso.

—Exacto —digo.

—Tienes razón. —Niega con la cabeza—. Soy un imbécil y me cuesta comprometerme. ¿De acuerdo? Pero estoy esforzándome. Porque me gustas de verdad, Syd. Y... —Frunce el ceño—. Y no quiero que esto se acabe.

Me quedo mirando a Tom, de pie en la calle, delante de los escalones de mi edificio. A pesar de todo, sigo sintiéndome desesperadamente atraída por él. Y Jake me ha tranquilizado diciendo que no es un asesino en serie.

Pero eso no importa. No puedo seguir saliendo con Tom. No me fío de él. A lo mejor no ha matado a nadie, pero hay algo en él que no encaja. Me ha estado mintiendo con demasiadas cosas. Sería una idiota si le diera otra oportunidad.

—Lo siento —digo—. Creo que no...

Antes de encontrar el modo adecuado de decirle que estamos rompiendo oficialmente, oigo una voz aguda detrás de mí.

—¡Sydney! Dios mío, Syd, ¿es él? ¿Es Tom?

Estupendo. Son Gretchen y Randy.

Me giro y los veo a los dos caminando hacia nosotros, la mano de Gretchen agarrada al brazo de Randy. Ella lleva un gorro con una borla y Randy, un impermeable negro. No me puedo creer que después de tanto tiempo tratando de presentar a Tom a Gretchen y Randy, por fin va a pasar cuando estamos a pocos segundos de romper.

—¡Hola! —exclama Gretchen—. ¡Tú debes de ser Tom! Yo soy Gretchen y este es mi novio, Randy.

Miro a Tom y me pregunto si tratará de congraciarse con mis amigos para conseguir algo. Pero se queda ahí, inmóvil. Está observando fijamente a Randy con la cara completamente pálida.

—Hola. —Randy levanta una mano—. Me alegra conocerte por fin, Tom.

Tom extiende la mano para agarrarse a la barandilla. Parece estar a punto de desmayarse.

—Hola —consigue contestar por fin.

—Cielo santo —exclama Gretchen con entusiasmo—. Es tan atractivo como decías, Syd.

Tom sigue mirando fijamente a Randy. Resulta de lo más extraño. ¿Cree reconocerlo de algún sitio?

—Sydney. —Tom intenta agarrarme del brazo, pero yo me suelto—. ¿Puedo hablar contigo un momento? ¿A solas?

Miro a Gretchen y a Randy, que me observan con curiosidad. No quiero hablar con Tom a solas. He terminado con él y no tiene sentido alargarlo más.

—La verdad es que voy a entrar —respondo—. Hace frío.

—¿Puedo pasar para hablar contigo? —pregunta Tom.

—Prefiero que no. —Le lanzo una mirada glacial, por si no ha entendido cuál es la situación—. No creo que tengamos nada más que decirnos.

—Sydney. —Ahora está hablando con los dientes apretados mientras me agarra del brazo—. Necesito hablar contigo de verdad. Ahora mismo.

A pesar de todo, Tom siempre ha sido un caballero conmigo. Pero, ahora que estoy rompiendo con él, descubro una faceta suya distinta. Nunca me ha agarrado así. Nunca se ha negado a marcharse cuando se lo he pedido.

Para mi sorpresa, es Randy quien se interpone entre los dos inflando el pecho. Es mucho más flaco que Tom, pero varios centímetros más alto.

—Sydney dice que no quiere hablar contigo ahora. Así que creo que debes irte.

Tom fulmina a Randy con una mirada venenosa.

—Esto no es asunto tuyo.

—Pues voy a hacer que lo sea.

Los dos se quedan mirándose. Por fin, Randy da un paso adelante con gesto amenazante y Tom me suelta el brazo.

—Okey. —Su mirada se desplaza de Randy a mí—. Okey.

Gretchen me pone el brazo sobre los hombros y me acerca a ella para consolarme mientras subimos los escalones hacia la puerta. Randy se queda atrás unos momentos, todavía mirando a Tom. Por fin, viene tras nosotras. Y, cuando cierra la puerta del edificio, Tom sigue ahí, al pie de los escalones.

—¡Ay, cariño! —exclama Gretchen—. ¿Qué ha pasado? ¿Estás bien?

Mis ojos se inundan de lágrimas, pero no quiero llorar delante de ella ni de Randy.

—Estoy bien. Lo prometo.

—Tienes que venir con nosotros —dice ella—. Insisto.

Mira a Randy en busca de confirmación y él asiente.

—No deberías quedarte sola en tu apartamento con ese tipo ahí afuera. Ven un rato a nuestra casa.

—¡Yo preparo la cena! —dice Gretchen con entusiasmo.

Tienen razón. Lo último que quiero es estar sola ahora mismo.

—Bueno —contesto—. De acuerdo.

Mientras Randy abre la puerta de su apartamento de la primera planta, suena mi teléfono dentro del bolso. Un mensaje. Lo saco y hay una frase esperándome en la pantalla. Es de Tom.

Tienes que salir de ahí ahora mismo.

Y, a continuación, el siguiente mensaje llega en mayúsculas:

¡¡¡CORRES PELIGRO!!!

Estoy absolutamente harta de todo este dramatismo de mierda. Aparecen unos puntos en la pantalla que indican que Tom sigue escribiendo, pero no quiero leerlo. Así que, antes de que aparezcan más mensajes en la pantalla, bloqueo su número.

Ya está. Ya no tengo por qué preocuparme.

59

Gretchen empieza a preparar la cena cuando entro en su apartamento. Va a hacer lo que llama una *casserole*, lo cual parece consistir en poner prácticamente todo lo que tiene en el refrigerador en una bandeja de veinte por treinta centímetros y después meterla en el horno a doscientos grados centígrados.

—Confía en mí —dice—. Está delicioso.

—No sé cómo no va a estarlo después de ver cuánto queso has añadido a esa bandeja —me burlo.

Ella me guiña un ojo.

—El secreto de todo lo que sabe bien es el queso.

Me río. Sin duda me siento mejor desde que he dejado a Tom delante de los escalones del edificio. Sigo teniendo una pesada sensación en el fondo del estómago, pero he hecho lo correcto. Aunque Tom no sea un asesino en serie, no era un buen novio. Como ha dicho, le aterra el compromiso. Vamos, si cuando ha conocido a mis amigos parecía que prácticamente iba a darle un infarto.

Pues hasta nunca.

Mientras esperamos a que la mezcla del guiso se cocine en el horno, Randy decide darse una ducha y Gretchen me enseña algunas de las fotos de su exposición en el museo. Me siento fatal por no haber podido ir una vez más antes de su clausura, pero se muestra muy comprensiva al respecto.

—Dios mío, Syd —dice—. Últimamente has pasado por muchas cosas. Y ya la viste una vez.

—Era impresionante, en serio.

Voy pasando las fotos, que muestran todo el esfuerzo que le dedicó Gretchen. La exposición era sobre especies de flores que se remontaban hasta la Edad Media. Era a la vez espectacular y tremendamente colorida.

Por eso estaba en el museo la noche que mataron a Bonnie. Cuando declaró que había estado con Randy, aunque en realidad él estuvo en nuestro edificio completamente solo.

No puedo evitar sentir inquietud ante eso. Está bien, Randy acaba de defenderme y se lo agradezco. Pero ahora que Tom tiene una coartada sólida para la noche del asesinato, seguimos sin saber quién mató a Bonnie.

Pero no fue Randy. Estoy segura.

Para mi sorpresa, veo que han colocado el terrario de las hormigas junto a la estantería. Estaba convencida de que Gretchen lo tiraría por la ventana por el modo en que habló.

—No me puedo creer que le hayas dejado quedarse con el terrario de hormigas —digo.

—Lo sé. —Pone los ojos en blanco, pero sonríe—. Debo de estar enamorada de verdad de ese zopenco, ¿eh?

No puedo evitar sentir un pellizco de tristeza. ¿Alguna vez sentiré lo mismo por alguien? Es posible que algún día sí, pero, desde luego, no será por Tom.

Suena la alarma, lo que significa que la misteriosa *casserole* está hecha. Gretchen la saca del horno justo cuando Randy sale de la ducha. Con el pelo aplastado en el cráneo parece tremendamente esquelético. Nos mira con una gran sonrisa.

—¿Necesitan ayuda, señoras?

Randy agarra algunos platos y cubiertos, yo llevo el guiso y Gretchen saca una botella de vino del armario que está sobre el refrigerador. Unos minutos después, estoy sirviéndome *casserole* en el plato y, cuando la pruebo…, ¡no está nada mal! La verdad es que está bastante rica. Antes de darme cuenta, he acabado con medio plato.

—Esto está delicioso, Gretchen —dice Randy con tono alegre—. Eres la mejor cocinera del mundo.

Ella se ríe.

—No es verdad. A ver, solo es *casserole.*

—Sí, pero... —La mira sonriéndole—. No sé cómo, pero consigues que todo sepa muy bien.

A ella se le ilumina la cara.

—Es que me encanta cocinar para ti.

Randy se queda mirándola un momento. Juega con el tenedor moviendo algunos noodles del guiso por el plato. Después de lo que parecen varios segundos pensándoselo, se levanta de su silla. Mientras miro asombrada, él se apoya sobre una rodilla.

Ay, no. Ahora no. No delante de mí. No, por favor.

—Gretchen —dice él—. Te quiero mucho.

Ella le mira boquiabierta.

—Randy...

Okey, sí que va a suceder.

—Lo digo en serio. De hecho, no sé qué haría sin ti. —Mueve la mano dentro del bolsillo de sus jeans hasta que saca la caja de terciopelo azul. ¿Cuánto tiempo ha llevado ahí ese anillo, esperando al momento adecuado?—. Y esa es la razón por la que no quiero estar nunca sin ti. Gretchen, ¿quieres casarte conmigo?

Los ojos de ella brillan rebosantes de lágrimas.

—¡Dios mío, sí! ¡Por supuesto! ¡Por supuesto que quiero casarme contigo!

Randy desliza el anillo de oro blanco con el diamante diminuto en el fino dedo de Gretchen. Y yo tenía razón, a ella no le importa el tamaño del diamante. Está encantada de que él le haya pedido que se casen. Y, a continuación, la ayuda a ponerse de pie y la besa.

Es sin duda la cosa más bonita que he visto nunca.

Y creo que voy a empezar a llorar.

Son lágrimas de felicidad. Bueno, sobre todo. No voy a decir que no resulta deprimente que mi mejor amiga se esté comprometiendo el mismo día que yo he tenido que poner fin a la relación más prometedora que he tenido en varios años. Pero me alegro por ella. De verdad.

—Perdonen —digo—. Les voy a dar a los dos un poco de intimidad.

Apenas me oyen. Están demasiado ocupados besándose.

Salgo corriendo al baño con los ojos empañados. No, no voy a llorar ahora. Solo necesito un minuto para recomponerme y, después, podré volver a salir y mostrarme superfeliz por mis dos amigos.

Lo primero que hago en el baño es echarme agua fría en la cara. Por naturaleza, tengo la cara llena de pecas. Cuando miro mi reflejo ahora mismo, no puedo siquiera entender cómo un hombre como Tom ha podido querer salir conmigo. Él es atractivo y yo puede que solo esté una pizca por encima de considerarme del montón. ¿Qué diablos ha visto en mí? No me extraña que no quisiera comprometerse. Si yo fuera una supermodelo, sería otra historia.

Me siento en el inodoro y, cuando acabo, claro que sí, la cisterna no quiere funcionar. Hay algo de irónico en el hecho de que esté en el apartamento del encargado de mantenimiento y el inodoro no funcione. Casi no me atrevo a interrumpir el momento romántico de Gretchen y Randy para pedirle que me ayude a que el inodoro se lleve mi pis.

En fin, no lo necesito. Como le dije a Bonnie, sé cómo arreglar el inodoro.

Quito la tapa de la cisterna. En otras ocasiones he comprobado que hay una palanca ahí dentro que a veces se queda atascada. Los baños de estos apartamentos son de bastante mala calidad. Como imaginaba, la palanca está atascada y, después de liberarla, el inodoro funciona sin problema. Puede que no me vaya bien en el amor, pero al menos sé arreglar un inodoro.

Pero entonces, cuando la cisterna se vacía, veo algo más.

Es una bolsa de plástico.

Es una bolsa de congelados, el mismo tipo de bolsa que usé para guardar la botella de agua con las huellas dactilares de Tom.

¿Por qué hay una bolsa de congelados dentro de la cisterna del inodoro? Es de lo más extraño.

Parece que la bolsa está pegada. Curiosa, la despego para ver por qué está ahí. Me imagino sacándola para enseñársela a los dos. ¡Chicos, no van a creer lo que he encontrado en su inodoro!

Y entonces veo lo que hay dentro. Y me doy cuenta de que no voy a enseñársela. Ni ahora ni nunca.

Porque la bolsa está llena de mechones de pelo largo. Al menos media docena de ellos.

Y cada uno está atado con un lazo de distinto color.

Dios mío.

Randy es el asesino.

60

Me quedo de pie en el baño durante dos minutos por lo menos, hiperventilando y presa del pánico.

No me lo puedo creer. Y sin embargo… tiene demasiado sentido como para no ser verdad. Randy tenía la llave del apartamento de Bonnie. Randy no tiene coartada. Randy es, sin duda, una persona siniestra.

Debí haberle contado a Jake la verdad. ¿Por qué permití que Gretchen me convenciera de mantener la boca cerrada?

Ojalá tuviera mi móvil. Podría llamar a Jake y vendría hasta aquí con un estruendo de sirenas. Podría estar ya en la puerta. Pero me he dejado el bolso en la sala de estar. No puedo ponerme en contacto con él sin volver ahí. Y la idea de volver a la sala de estar con ese hombre me aterra.

Pero ¿qué puedo hacer? Ya llevo demasiado tiempo en el baño. En algún momento, Randy va a sospechar. Y, como sabe lo que tiene escondido aquí, es probable que haga algo por proteger su secreto.

Vuelvo a dejar la bolsa con el pelo en la cisterna del inodoro y coloco de nuevo la tapa. Intento no pensar en el hecho de que uno de esos mechones pertenece a Bonnie. Randy la asesinó y guardó su pelo en el inodoro. Me faltan palabras para expresar lo espantoso que resulta.

Y ahora Gretchen ha accedido a ser su mujer. Eso es aún más espantoso.

Recupero la compostura lo mejor que sé. No puedo dejar que se me note lo que he encontrado. Cuando estoy poniendo la mano en el pomo de la puerta, me invade una sensación de mareo. Me recupero y abro la puerta. Voy a tener que hacer la mejor actuación de la historia. Al menos hasta que pueda enviar un mensaje a Jake y salir de aquí. Solo tengo que actuar con naturalidad para asegurarme de que Gretchen no corre peligro hasta que llegue la policía.

—Eh, ¿qué ha pasado ahí dentro? —pregunta Randy cuando vuelvo a entrar en la sala de estar. Por fin han dejado de besarse y están abrazados en el sofá, con Randy todavía bebiendo de su copa de vino—. ¡Estábamos preocupados!

¿Sospecha que he podido encontrar algo? Intento reírme, aunque no suena como una carcajada humana normal. En fin.

—Quizá debería irme ya. Estoy segura de que los dos quieren celebrarlo juntos.

Randy parece dispuesto a acceder, pero, en ese momento, Gretchen se levanta de un salto del sofá y me agarra del brazo.

—¡No seas tonta! He comprado esta tarta en esa pastelería increíble de la calle Veintisiete esta tarde y pensaba que podríamos comerla ahora. Acabo de traerla a la mesa.

Me acaricio el estómago.

—La verdad es que estoy llena después de tu delicioso guiso.

¿Es una excusa lo bastante buena? ¿Tengo que decirles que estoy con el periodo?

—¡Eh, venga, Syd! —Los ojos le brillan. Probablemente este sea el mejor día de su vida y está a punto de convertirse en el peor—. Por favor, quédate a comer tarta. Vamos. ¡Es la noche de mi compromiso!

Miro a Randy. Sus párpados parecen un poco caídos. Supongo que la emoción del compromiso ha sido demasiado para él.

Antes de que se me pueda ocurrir otra excusa, alguien da golpes en la puerta. Hay un timbre, pero parece que esta persona no tiene ningún interés en usarlo. Golpea con el puño en la puerta cuatro veces seguidas.

—¡Sydney! ¿Estás ahí? ¡Sydney!

Es la voz de Tom. Maldición, alguien debe de haberle dejado entrar en el edificio.

—¡Ay, no! —Gretchen frunce el ceño—. ¿Por qué sigue molestándote? ¡Dios, algunos hombres son terribles!

«No lo sabes bien, Gretchen».

Gretchen va a la puerta. Se coloca el dedo índice en los labios para decirme que me quede callada. Miro a Randy, que no parece estar prestándome mucha atención, gracias a Dios. Se le ve casi adormilado. Agarro mi bolso de la mesa de centro y busco mi móvil.

Mierda, ¿dónde está mi móvil?

—Lo siento, Tom —dice Gretchen a través de la puerta—. Sydney no está aquí ahora mismo.

—¡Mentira! —Tom golpea de nuevo la puerta con el puño—. ¡Sé que está ahí! ¡Déjame entrar! ¡Déjame entrar o llamo a la policía!

—¿Para decirles qué? —se apresura a preguntar Gretchen—. ¿Que estás golpeando mi puerta y exigiendo que te dejemos pasar? ¡Somos nosotros quienes deberíamos llamar a la policía!

Tenía el móvil en el bolso, estoy segura. Tom me escribió antes de que yo entrara en este apartamento y lo tenía entonces. Y, después de bloquear su número, lo volví a meter en el bolso. ¿Dónde está?

Me inclino hacia delante tratando de mirar en su interior y vuelvo a notar la sensación de mareo. ¿Qué pasa aquí? Solo he tomado una copa de vino.

Miro a Randy en el sofá. Los ojos se le han cerrado del todo. No me puedo creer que se haya quedado dormido con los golpes que está dando Tom en la puerta.

—¡Ya sabes qué le voy a decir a la policía! —contesta Tom desde el otro lado de la puerta—. ¡Déjame entrar ahora mismo! Te lo juro por Dios, Daisy. Más vale que no le hagas nada.

¿Daisy? ¿Quién es Daisy? ¿Qué está diciendo?

—¡Daisy! —grita ahora—. ¡Daisy, déjame entrar ahora mismo!

—¿Por qué te llama Daisy? —le pregunto a Gretchen.

Ella se gira desde la puerta con expresión pensativa.

—Sydney, la verdad es que hay algunas cosas de mí que no sabes —dice.

Y, entonces, se vuelve a girar hacia la puerta y mueve el cerrojo.

61

Antes

TOM

Daisy? —susurro.

Daisy se gira desde el cuerpo que está en el suelo y puedo ver su cara bañada en lágrimas. También veo la pistola que tiene en la mano. La deja caer y, a continuación, corre hacia mí sin parar de llorar. No se detiene hasta que se lanza a mis brazos.

—¡Tom! —solloza—. ¡Ay, Tom! Estaba aquí esperándote y él... ha venido hacia mí. Tenía un cuchillo.

Ese cabrón. Ha hecho exactamente lo que yo creía que haría.

Daisy entierra la cara en mi hombro mientras yo la abrazo.

—He estado a punto de no traer la otra pistola de mi padre, pero he pensado que a lo mejor iba a necesitar protección para venir aquí. Si no hubiese...

«Si no hubiese...». Ni siquiera puedo imaginar el final de esa frase. Si no hubiese traído esa pistola, Daisy yacería muerta en el estacionamiento del Dairy Queen ahora mismo. Y yo estaría asesinando a Babosa con mis propias manos.

—¿Qué ha pasado? —pregunto.

Aparta la cara de mi camiseta. Es preciosa, incluso cuando llora. Sobre todo cuando llora.

—Me estaba esperando aquí. Me ha dicho un montón de cosas terribles. Ha dicho que..., que ha matado a Brandi y a Alison. Y que ahora iba a matarme a mí.

—Dios santo —susurro.

Aunque sé que es verdad, hay una parte de mí que no quiere creer que Babosa pudo hacer todo eso. Podría creer que era un mirón, pero, hasta hace poco, jamás habría pensado que era capaz de matar a nadie y, mucho menos, mutilar a varias chicas. Le encantaban las chicas. Solo que no conseguía gustarles. La gente pensaba que era un bicho raro, sí, pero eso era porque no le entendían. Simplemente pensaba que los insectos eran lo más genial del mundo. Decía que quería ser entomólogo, un científico de los bichos.

Eso ya nunca va a suceder.

«Babosa, ¿por qué lo has hecho? Yo habría buscado el modo de conseguirte una novia si tanto lo deseabas».

—Será mejor que llame a mi padre —dice Daisy entre lágrimas—. Se va a poner furioso conmigo por haberme escapado, pero tiene que saber qué ha pasado.

—¿Tu padre? —Doy un paso atrás, dispuesto a salir corriendo—. Daisy, si llamas a tu padre, me va a detener y me va a meter en la cárcel.

—¡No, no va a hacer eso! —Parece ofendida—. Babosa me ha dicho que ha matado a Brandi y a Alison él solo. ¡Tú no has tenido nada que ver! ¿No lo entiendes? Esto te deja libre.

—Sí, pero... —Me rasco la nuca—. Si no te importa, prefiero irme. Si tu padre me ve aquí, no sé si va a creer nada de lo que yo le diga.

—Te necesito, Tom. —Frunce el ceño—. Tienes que respaldar mi versión de que Babosa estaba tratando de atacarme.

—Pero yo no le he visto atacarte.

Levanta las manos al cielo.

—¿Y qué? O sea, ¡míralo! Estaba esperándome aquí. Está claro que iba a atacarme. ¡Y ha venido con un cuchillo, por el amor de Dios!

Me acerco a donde mi mejor amigo yace muerto en el suelo del estacionamiento del Dairy Queen, rodeando el cuchillo de cocina que está a su lado. Hay un charco carmesí extendiéndose bajo su cuerpo y sobre su pecho. Tiene los labios ligeramente abiertos y una gota de sangre le cae por el lateral de la boca. Sus ojos marrones están abiertos, mirando a las estrellas. Bajo la luz de la luna, no se le ve el acné y parece mucho más joven. Me recuerda a como era la primera vez que me senté a su lado en la cafetería y él se puso tan contento de tener un amigo.

—Es un monstruo —dice Daisy sorbiéndose la nariz—. Ha matado a mi mejor amiga.

Vuelvo a rodearla con un brazo y ella se deshace de nuevo en lágrimas. Parece que voy a tener que quedarme. Pero ella está en lo cierto. Su versión me absuelve de toda culpa. Puede que el comisario me permita incluso salir otra vez con ella.

Caigo en la cuenta de que tengo que contarle a mi madre qué está pasando. También se va a poner furiosa, porque he salido de casa en plena noche, pero sería peor si se despertara y viera que mi cama está vacía. Y tengo la sensación de que voy a quedarme aquí un buen rato.

Me saco el móvil del bolsillo. Lo tenía en silencio durante la noche y he recibido un mensaje hace unos veinte minutos, mientras venía para acá. Qué raro. Es de Babosa. Leo el mensaje y el corazón se me vuelve a acelerar.

> Oye, Daisy me ha pedido que vaya a reunirme con ella en el Dairy Queen. A lo mejor podemos convencerla juntos de que no diga nada.

Okey. Esto es sí que es raro.

Y, entonces, otro pensamiento extraño aparece en mi mente. Algo que me había estado rondando la cabeza sale por fin a la superficie. Cuando estuvimos hablando del problema con Daisy, Babosa me dijo que debía encargarme de ella «igual que te encargaste de Alison».

En aquel momento, pensé que estaba siendo sarcástico, pero su tono no era de sarcasmo. De repente, me viene a la mente un pensamiento espantoso.

Babosa creía que era yo quien había matado a Alison.

Ahora que lo pienso, ¿cómo podría haberla matado él? Estuvimos dando vueltas con el carro casi toda la noche. Y no es probable que Alison hubiese salido de su casa en mitad de la noche para quedar con Babosa. Solo hay una persona de la que Alison se fiaba y que podría haberla convencido de que saliera de su casa sin discutir. Y está claro que no es Babosa. Tampoco yo.

—Daisy —digo—, ¿has dicho que Babosa te sorprendió apareciendo aquí?

Ladea la cabeza.

—Estaba escondido en la oscuridad cuando llegué.

—Pero su carro estaba en el estacionamiento. ¿No lo viste?

Arruga su naricita respingona.

—No sabía que era su carro.

—Bueno, sabías que no era el mío. Así que ¿de quién creías que era a la una de la noche?

—No lo sé. Un carro cualquiera que estaba estacionado.

—Ajá. —Miro el cuerpo de mi mejor amigo, todavía tendido en el suelo—. ¿Y mientras se preparaba para atacarte es cuando te ha contado lo de todas esas chicas que ha matado?

Daisy me mira fijamente con los labios curvados hacia abajo.

—No sé qué es lo que tratas de dar a entender. —Mira mi teléfono, que sigue en mi mano derecha—. ¿Qué tienes en el móvil? ¿Qué es lo que te ha puesto tan nervioso?

—Nada… —empiezo a decir, pero, antes siquiera de terminar de pronunciar la palabra, Daisy extiende la mano y me quita el teléfono—. ¡Eh! ¡Devuélvemelo!

No me hace caso. Está mirando fijamente la pantalla y, aunque me devuelva el teléfono, ya es demasiado tarde. Lee el mensaje de Babosa.

—Ah, ya entiendo. —Asiente despacio—. Crees que yo le he tendido una trampa. Que le he convencido de que venga para poder matarlo. ¿Es eso lo que crees?

—Pues… —No, claro que no creo eso. Daisy jamás haría algo así. Mi Daisy no.

Pasa el dedo por la pantalla de mi móvil y me doy cuenta de que acaba de borrar el mensaje. Cuando ya no está, me lo devuelve.

—¿Y qué pasa si es verdad?

Se me corta la respiración.

—¿Qué?

—Dios santo, Tom. —Se agacha para agarrar algo del suelo y me doy cuenta de que la pistola vuelve a estar en su mano—. Los dos daban pena. A Babosa lo agarraron mirando por las ventanas, lo cual ya es bastante malo, pero es que tú dejaste que Alison se fuera después de que los viera metiendo un cadáver en el maletero de un carro. Esa noche me escapé para ir a verte, pero terminé contemplando todo lo que hacías a través de la ventana del lateral de tu casa. Todas tus estúpidas decisiones. ¿Es que quieres pasar el resto de tu vida en la cárcel?

La cabeza me da vueltas. No me puedo creer las palabras que están saliendo de la boca de Daisy.

—Tú has matado a Alison —consigo balbucear.

—Lo dices como si fuera algo malo. —Abre de par en par sus ojos azul claro—. Iba a llamar a la policía para denunciarte, Tom. ¿Lo sabías? Y créeme, te odiaba. Aprovechaba cualquier oportunidad para tratar de convencerme de que te dejara. —Me sonríe—. Ella no sabía apreciar tu potencial igual que yo.

De repente, me cuesta mucho respirar.

—¿Y Brandi?

—La estabas besando, Tom. —Agita sus claras pestañas—. Se suponía que tú y yo íbamos a estar juntos. ¡No podía tolerarlo! Ella no era la indicada para ti. Créeme..., te hice un favor enorme.

—Las torturaste —susurro—. Es lo que dijeron en las noticias.

—Bueno, algo. —Se encoge de hombros—. Tenía que divertirme un poco, ¿no?

De repente, soy consciente de que mis piernas no pueden seguir soportando mi peso. Me agacho en medio del estacionamiento y veo puntos flotando delante de mis ojos. Esto no puede estar pasando. La chica a la que quiero no acaba de confesar que ha matado a tres personas. Tiene que tratarse de otra de esas pesadillas mías. En cualquier momento me voy a despertar empapado en sudor.

En cualquier momento.

—Déjate de dramatismos, Tom. —Daisy me da una patada con su zapatilla—. Tú también disfrutaste rebanándole el cuello a tu padre. ¿Crees que no lo sé? Pues sí.

—No es lo mismo. Babosa no se merecía esto.

—¿No? —Me mira con una mueca—. Siento tener que decírtelo, pero tu amigo era un pervertido. Se paseaba por toda la ciudad mirando a través de las ventanas de las chicas. Las personas como él no terminan siendo maravillosas. Probablemente hayamos salvado a un par de chicas de ser violadas en la universidad.

—Eso no lo sabes. No conocías a Babosa. —Aunque algo de razón tiene. ¿Qué tipo de persona va por la ciudad asomándose a las ventanas de las chicas? Por muy desesperado que estés, eso no se hace. Si yo hubiese sabido...

Despacio, consigo ponerme de nuevo en pie, aunque sigo mareado. Daisy tiene la pistola en la mano y me está apuntando con ella. Hay en su cara una expresión que no conocía, pero que, al mismo tiempo, me resulta muy familiar.

La veo a veces cuando me miro en el espejo.

Siempre he pensado que me sentía atraído por Daisy porque era muy atractiva, dulce y buena y sacaba lo mejor de mí. Pero ahora sé la verdad. La razón por la que me siento en conexión con Daisy es porque es exactamente igual que yo.

—¿Vas a dispararme? —pregunto.

—No lo tenía pensado —contesta—. Yo diría que depende de ti. ¿Qué vas a contarle a la policía?

—Daisy...

—Escúchame, Tom. —Agita la pistola delante de mí—. Te lo voy a poner muy fácil. Yo no voy a ir a la cárcel. Así que, o apoyas mi versión y Babosa carga con todo, o te mato y Babosa y tú compartirán la culpa.

—Para ti es igual, ¿no?

La voz se me quiebra al decirlo y la expresión de Daisy se entristece. Se me ocurre que, a pesar de las cosas tan terribles que ha hecho, nunca ha fingido lo que siente por mí.

—No digas eso. Me gustas, Tom. Te quiero. Y, si acusan a Babosa de todos los asesinatos, podremos estar juntos otra vez. ¿No sería maravilloso?

A pesar de todo, hay una parte de mí que está de acuerdo con ella. Sería maravilloso volver a estar con Daisy. Tenía mucho miedo de no volver a abrazarla ni tocarla. Era como si mi vida se hubiese acabado. Ahora ella me está dando una segunda oportunidad. Nos está dando una segunda oportunidad.

Ve la expresión de mi rostro y extiende la mano hacia la mía.

—Podríamos perder la virginidad juntos, Tom. Eso sería increíble. Me he estado reservando para ti, ¿sabes?

La boca se me seca al oír su confesión.

—Ah.

—Lo que digo es que podríamos tenerlo todo. Podríamos pasar el resto de nuestra vida juntos. —Baja la voz a un tono sensual—. Es eso lo que quieres, ¿no?

Antes era lo único que quería.

—¿Y mi padre?

—¿Qué pasa con él? Era un borracho. A nadie le importa lo que le haya pasado. —Me mira con una sonrisa—. Me aseguraré de que mi padre no investigue mucho. Ser la hija del comisario de policía tiene sus ventajas.

No lo dudo. Aunque finja que voy a apoyar su versión por ahora y luego la denuncie cuando llegue la policía, nadie me va a creer. El comisario Driscoll jamás creería que la niña de sus ojos es una loca homicida.

Me guiña un ojo y eso hace que sienta un escalofrío por la espalda.

—¿Qué dices, Tom? ¿Vivimos felices por siempre jamás?

Tomo una decisión en ese momento.

Le guardaré a Daisy su secreto.

No le contaré a nadie que ha asesinado a dos compañeras de nuestra clase y a mi mejor amigo. No le contaré a nadie que es una psicópata. Me llevaré su secreto a la tumba.

Lo haré para salvarme. Pero no es la única razón. Le guardaré el secreto a Daisy porque la quiero. Siempre la he querido, más que a nadie en el mundo. Y, aunque ahora sé lo peligrosa que es, no tengo intención de hacerle daño. Y ella lo sabe.

Pero ella y yo hemos terminado. Ya no seguirá siendo mi novia. No la besaré. No perderemos la virginidad juntos. No nos casaremos ni tendremos hijos ni envejeceremos juntos. Seguiré pensando en ella, pero intentaré no hacerlo. Amo a Daisy, pero lo único que quiero ahora mismo es alejarme de ella lo más posible.

No permitiré que me arruine la vida.

Soy mejor que eso.

62

En la actualidad

SYDNEY

La cabeza me da vueltas.

No sé si es por todo lo que ha pasado últimamente o por otra cosa, pero es como si me costara mantenerme de pie. Aun así, tengo la suficiente claridad como para sentirme aterrada cuando Gretchen deja que Tom entre en el apartamento.

Tom abre los ojos de par en par cuando me ve. Mira a Gretchen y después, a mí.

—Sydney, ¿estás bien?

Antes de que logre contestar nada, el mareo puede conmigo y caigo de rodillas. Aunque quisiera salir de este apartamento, no estaría en condiciones de hacerlo. A lo mejor consigo salir arrastrándome.

—¡Dios santo! —exclama Tom—. Daisy, ¿qué rayos le has hecho?

¿Por qué le está preguntando a Gretchen qué ha hecho? Es Randy el asesino. Solo que, cuando vuelvo a mirar a Randy, sigue inconsciente.

—Pensé que todos debían relajarse un poco —contesta Gretchen—. Sobre todo ella.

El vino. Dios mío, ¿había algo en el vino que he estado bebiendo? Gracias a Dios que solo he tomado una copa. Randy ha debido de tomar tres. Gretchen apenas lo ha tocado.

Tom hace la pregunta que tengo en mi cabeza.

—¿Qué les has dado?

—Adelfa —responde al instante—. Guardo algunas hojas para emergencias. —Cuando ve la mirada de alarma en la cara de Tom, añade—: No les he dado suficiente para matarlos, pero creo que, mezclada con el alcohol, hace que la gente se quede muy adormilada. Y como estoy segura de que ya sabes, Tom, no aparece en una autopsia rutinaria.

Las mejillas se le ruborizan mientras la mira.

—No me lo puedo creer. Me lo prometiste. Nunca más. Me dijiste que me dejarías en paz después de la última, Daisy.

¿Por qué sigue llamándola Daisy? Es muy raro. Levanto los ojos hacia los dos, de pie delante de mí mientras yo estoy tumbada en el suelo preguntándome qué rayos es la adelfa y qué me va a hacer. Al menos se supone que no me ha dado suficiente como para matarme.

—¿Quién es Daisy? —consigo preguntar, aunque siento la lengua como un bulto grande dentro de mi boca.

—Es como me llamaba todo el mundo cuando era niña —explica ella—. Ya sabes que me encantan las flores, viste mi exposición, y las margaritas son mis preferidas. Pero ese apodo quedó atrás. Ya nadie me llama así. Bueno, excepto Tom.

—Tienes un grave problema —dice Tom con voz áspera—. No tenía ni idea de que tú…, de que vivías aquí. Dios. ¿Ha sido por Bonnie?

Gretchen agita sus pestañas.

—Tenía que vigilarlos. Así que entré en la clase de yoga de Bonnie. Solo quería conocer a esa chica que creías que era tan maravillosa y merecedora de tu tiempo.

A pesar de la niebla que hay en mi cerebro, entiendo lo que dice. Sigo recordando el día en que Gretchen extendió su esterilla de yoga al lado de la de Bonnie. La miró con una amplia sonrisa. «¡Hola, soy Gretchen! Es mi primera clase de yoga». Y con su dulce y transparente rostro, a las dos nos cayó bien de inmediato.

Después conoció a Randy, cuando vino a visitarnos. Y ahora está viviendo con él. Randy ha sido su puerta de entrada.

—Tienes que dejarme en paz —gruñe él—. No puedo vivir mi vida por tu culpa. Estoy completamente solo, pero me da miedo tener algo más que un polvo de una noche porque, cada vez que empiezo algo serio con una chica, su vida corre peligro. ¿Sabes lo que es eso? ¡Ni siquiera puedo darles mi verdadero número de teléfono porque no quiero que la policía me localice! ¿Quieres que vaya a la cárcel, Daisy?

—No vas a ir a la cárcel —dice ella dando un manotazo en el aire—. Siempre me aseguraré de que ocurra una noche en la que tengas una coartada. En fin... —Mira hacia mí—. No parece que te esté yendo tan mal.

La cara de Tom se enrojece.

—¿Qué quieres de mí? ¿Tengo que hacer un voto de celibato? ¿Es eso lo que quieres que haga para que dejes de matar a gente?

—¡Te hice un favor! —replica ella—. Habrías sido infeliz con Bonnie. O con cualquiera de esas mujeres tan aburridas.

Siento una fuerte náusea. Al parecer, lo he interpretado todo al revés. Yo pensaba que Randy necesitaba a Gretchen para que fuera su coartada falsa. Pero resulta que era Gretchen la que necesitaba en realidad la coartada.

—¿Sabes lo que quiero, Tom? —Gretchen inclina la cabeza para mirarle y su dulce expresión contrasta con el duro tono de su voz—. Te quiero *a ti*. Eso es lo que siempre he querido. Y sé que tú también me amas. Sydney me contó que nunca superaste lo mío. Por supuesto, le dijiste que yo estaba muerta, pero eso te lo perdono.

Un momento, esa chica con la que Tom salía en la secundaria, la que dijo que fue la única chica a la que había querido nunca...

¿Era Gretchen?

Vi el destello en la cara de Tom al reconocer a Gretchen cuando apareció con Randy. Había supuesto que miraba a Randy, pero ahora me doy cuenta de la verdad. Era a Gretchen a la que se sorprendía de ver.

—¿Tanto me quieres? —Tom señala con la cabeza a la mano izquierda de Gretchen—. ¿Es eso cierto? Porque parece que tú acabas de comprometerte con otro hombre.

—Ah, ¿él? —Sus labios se retuercen con expresión de asco—. No seas tonto, Tom. Ni siquiera me gusta.

—Sí, estoy seguro.

—Es verdad. Lo detesto, Tom.

—¿Lo detestas? Me cuesta mucho creerlo.

—Pues créetelo. —Vuelve a mirar a Randy—. Y puedo demostrártelo.

Lo siguiente que pasa ocurre tan rápido que ni Tom ni yo podríamos haberlo evitado. Gretchen agarra el cuchillo que ha dejado junto a la caja de la tarta. Atraviesa la habitación y veo horrorizada cómo clava la hoja del cuchillo en el vientre de Randy. Estaba inconsciente, pero durante una milésima de segundo abre los ojos de repente. Después ella le clava el cuchillo por segunda vez, y luego una tercera, y, en esta ocasión, la sangre le sale a chorros por la boca y sus ojos se vuelven a cerrar. Tom parece petrificado por el espanto mientras ve lo que ella hace.

—¡Daisy! —grita por fin Tom saliendo de su trance, pero ya es demasiado tarde—. ¿Qué crees que estás haciendo? Dios mío.

Ella se encoge de hombros y por fin baja la mano con la que sujeta el cuchillo lleno de sangre.

—Te he dicho que no lo amo. Ahora no tendrás por qué ponerte celoso.

Tom toma aire tembloroso mientras se pasa las dos manos por el pelo.

—Esto es una locura. Acabas de matar a un hombre inocente.

—¿Inocente? —repite Gretchen con una mueca de desdén—. ¿Sabes lo que hacía? Usaba sus llaves para entrar en los apartamentos de las inquilinas mientras estaban en el trabajo, revolvía entre las gavetas de su ropa interior y se acariciaba la cara con sus pantis. Créeme, no es una gran pérdida para la sociedad.

¿Es eso cierto? ¿De verdad hacía eso Randy? A pesar de todo, la creo. Bonnie siempre pensó que Randy le daba escalofríos y no se equivocaba.

Pero no se merecía morir.

Tom ha empezado a dar vueltas por la habitación y parece fuera de sí. Daisy lo mira y los ojos le brillan.

—Eh, tranquilo —dice—. No lo he matado por ti. Iba a hacerlo de todos modos. Dejé varios mechones de pelo en la cisterna del inodoro y Randy va a cargar con toda la culpa de las muertes de todas esas chicas, incluida la querida Bonnie. —Me lanza una mirada incisiva—. Y la pobre Sydney va a ser su última víctima antes de que yo entre y le clave el cuchillo en defensa propia.

¿La última víctima? ¿Significa eso…?

Ay, Dios mío. Me va a matar de verdad. Esta mujer es una auténtica psicópata y no piensa dejar que haya ningún testigo.

No tenía ni idea de que Gretchen pudiera ser así.

Tom deja de dar vueltas y se gira para mirarla.

—Necesitas ayuda, Daisy. Lo digo en serio. Deja que yo… Vamos a la policía juntos. Yo les explicaré todo. Por favor.

Gretchen le lanza una mirada asesina.

—No te pongas tan santurrón, Tom. Finges que estás enamorado de Sydney, pero ¿sabe ella por qué te gusta en realidad?

Él niega con la cabeza, boquiabierto.

—Daisy…

—¿Sabe lo mucho que te gusta ver cómo sangra? —Una sonrisa aparece en sus labios—. Cuando me contó esa historia de que le pediste salir después de una tremenda hemorragia nasal, pensé: efectivamente, Tom no ha cambiado ni una pizca.

Tom se queda completamente pálido.

—Daisy, no digas eso.

—¿Por qué no? No finjas ser quien no eres.

Dios mío, ¿eso es verdad?

Puede que sí. Él siempre parecía fascinado por la facilidad con que sangraba. Nuestra primera cita fue después de una hemorragia. La primera vez que hicimos el amor de manera apasionada fue cuando me rebané el dedo cortando una lima.

Gretchen asegura que Tom es igual que ella. Y empieza a preocuparme que tenga razón.

La fatiga que siento es casi abrumadora, pero, a la vez, la adrenalina me mantiene despierta. Estos dos están completamente locos. Debo pensar en la forma de salir de este apartamento antes de terminar como Randy.

Pero ¿cómo?

—Sé lo mucho que te excitas cuando sangra —dice Gretchen—. Eres demasiado gallina para cortarla tú, pero yo puedo hacerlo. —Extiende la mano para acariciarle el brazo y, para mi consternación, él no la aparta—. Yo puedo ayudarte con eso. Podemos ver juntos cómo sangra. Lo pasaremos muy bien.

Tom no le dice que no. De hecho, parece que no puede apartar los ojos de ella. Recuerdo cómo hablaba de esa chica de la que se enamoró en la secundaria. Esta es la chica. Es la única a la que siempre ha querido, la que nunca va a conseguir olvidar.

—Te quiero, Tom —murmura ella—. Y sé que tú también me quieres. Eres el único hombre que he querido y que querré jamás. Somos muy parecidos.

Él niega con la cabeza de una forma casi imperceptible.

—No digas que no. —Le agarra la mano con la suya—. Me quieres. Nunca serás feliz sin mí.

—Eso no es verdad.

—Tú y yo estamos destinados a estar juntos —insiste ella—. Y lo sabes.

63

Antes

TOM

Tengo el brazo por encima de los hombros de Cindy mientras salimos del cine en el que acabamos de ver *Lago de sangre 2* y la aprieto contra mí para quitarle el frío de febrero. La noche es heladora, pero lo bastante clara como para ver la luna sobre nosotros, y está muy tranquila. Me encantaría disfrutar de un agradable paseo hasta casa con mi novia, pero la mente de Cindy solo piensa en una cosa.

—¡Ha sido sin duda la película más asquerosa que he visto nunca! —exclama Cindy. No parece que pueda dejar de hablar de ello—. ¡En serio, Tom! Creía que iba a vomitar el almuerzo.

—Ajá.

—Esa escena en la que el asesino le rebana el estómago a Kay y los intestinos salen volando por todas partes… —Todo su cuerpo se estremece—. Creo que ha sido lo más asqueroso que he visto en mi vida. Voy a tener pesadillas con eso durante varias semanas. ¡Varias semanas, Tom!

—Sí —mascullo.

Ella ladea su cara con forma de corazón para lanzarme una mirada acusadora y el borde de su gorro con borla casi le tapa los ojos.

—¿Cómo has podido traerme a una película tan desagradable? ¡Creía que habías visto la primera! ¿No sabías lo asquerosa que era?

—Lo siento. La primera era distinta.

No le digo que lo único que me decepciona de esta segunda parte es que no es para nada tan gore como la primera película de *Lago de sangre*. Pero lo compensa con unos efectos especiales geniales. Me ha parecido tan real como cualquiera de los pacientes a los que hacía incisiones durante mis turnos de cirugía en la facultad de Medicina.

Me da un golpe en el brazo, pero es de broma. Llevamos ocho meses saliendo y empezamos a ir en serio. Acabo de cumplir veintiséis años; hasta ahora solo ha habido en mi vida una chica de la que he estado enamorado y no es Cindy. Pero esa chica era una puñetera psicópata y Cindy es buena. Aquí hay potencial. Podría imaginarme sentando la cabeza con una chica como Cindy. Casándome. Teniendo hijos. Quizá un perro.

—Supongo que puedo perdonarte —dice Cindy por fin con tono pensativo—. Al fin y al cabo, vas a ser cirujano, por lo que ese tipo de cosas no te molestan tanto.

—La verdad es que he decidido no solicitar la residencia en cirugía.

Ella se detiene de una manera tan repentina que casi tropieza.

—¿En serio? ¡Pero si no hablas de otra cosa!

Es cierto. Ser cirujano ha sido mi sueño desde que tengo uso de razón. Pero cuando entré en el quirófano y miré fijamente la cavidad torácica de un ser humano que se llenaba de sangre cálida y palpitante, me quedó clarísimo que no era la profesión adecuada para mí. Terminé anoche de rellenar mis solicitudes de residencia y, aunque casi muero del dolor, solamente presenté solicitudes para programas de patología, en los que mis únicos pacientes ya estarán muertos.

Era lo mejor. Y, de todos modos, ya está decidido.

—He cambiado de opinión. —Es lo único que se me ocurre como explicación.

Ella inclina la cabeza a un lado.

—Eres todo un misterio, Tom Brewer.

Acompaño a Cindy durante el resto del trayecto a su edificio mientras ella sigue despotricando sobre la película. Cada vez con más frecuencia, he estado pasando la noche en su casa, pero esta noche no me apetece mucho. Así que no le pido subir y ella no me lo ofrece.

Camino solo a casa. Es un paseo de treinta minutos y la temperatura es inferior a los cero grados centígrados, pero tengo un buen abrigo y un gorro de lana y, por lo que sea, apenas siento el frío. Soy el único en la calle y probablemente mi madre se pondría furiosa conmigo si supiera la frecuencia con la que camino solo por la noche en Filadelfia. Pero me gusta estar solo. No he conseguido conectar de verdad con nadie aquí. Siempre me ha resultado difícil hacer amigos, y eso no ha cambiado. Enterré al único amigo de verdad que tuve nunca en la época de la secundaria.

En cualquier caso, estoy bien solo. Me preocupo mucho más por mi madre que ella por mí. No se ha vuelto a casar ni tampoco ha salido siquiera con nadie —por lo que yo sé— desde que mi padre «desapareció». La investigación de su desaparición fue sorprendentemente mínima. Resultó que mi padre había estado acumulando deudas por toda la ciudad y se había granjeado la enemistad de algunas personas peligrosas, así que todo el mundo supuso que se había ido para evitar que le rompieran las piernas. No vino mal que la hija del comisario de policía de nuestra ciudad estuviese de mi parte y le contara a su padre cómo la había ayudado a salvar la vida.

Pero mi madre sabe quién fue el responsable de lo que le pasó a mi padre. Nunca lo hemos hablado, pero lo veo en sus ojos cada vez que voy a visitarla. Cuando le conté que había decidido no ser cirujano, contestó: «Gracias a Dios».

Cuando vuelvo a mi apartamento, un pequeño estudio que queda a poca distancia en carro del campus de la facultad de Medicina, me quito el gorro y el abrigo y voy directo a mi computadora portátil, que está en el futón de la sala de estar. No he podido disfrutar de la película con Cindy sentada a mi lado y lanzándome miradas de desagrado todo el rato, pero apuesto a que puedo encontrar en internet alguna de las mejores escenas.

Prefiero verlas a solas. ¿En qué estaba pensando al llevar a Cindy a ver esa película? A lo mejor me esperaba que ella...

Bueno, da igual. Ha sido una estupidez.

Me pongo la computadora sobre las piernas, pero, cuando apoyo las manos sobre el teclado, no busco videos de *Lago de sangre 2.* Lo que hago es algo a lo que últimamente me sorprendo dedicando algunos ratos. Abro Facebook y busco el perfil de Daisy Driscoll.

Por supuesto, ahora se llama Gretchen, pero nunca me acostumbraré a pensar en ella con ese nombre. No somos amigos de Facebook, pero ya he comprobado otras veces que su perfil es público. Voy pasando por sus publicaciones y me detengo en un selfi que se hizo unos días atrás. Antes conocía muy bien esa cara. Antes sonreía cada vez que la veía.

Y entonces entreveo el cartel de un cine que se ve de fondo en el selfi: *Lago de sangre 2*. Me pregunto si ha ido a verla. Y, si es así, ¿fue sola? Al fin y al cabo, nadie sabe que a ella le gusta el tipo de películas en que a los personajes les arrancan la cara unas manos incorpóreas que salen del lago. Nadie conoce a la verdadera Daisy Driscoll.

Solo yo.

Cierro los ojos. Por un segundo, me permito imaginar un universo paralelo en el que Daisy y yo podemos ver juntos *Lago de sangre 2* y luego, cuando acaba, podemos volver a su casa y hacer el amor apasionadamente. Durante horas.

Saco rápidamente el móvil y abro la agenda. Es el tercer móvil que tengo desde la secundaria y tiene guardado el número de Daisy, aunque me he cuidado de no verla desde la graduación. No sé por qué sigo pasando su número a mis nuevos teléfonos. Debería borrarlo. Bloquearla.

Pero nunca lo hago.

De manera impulsiva, pulso en el nombre de Daisy y empiezo a escribir un mensaje nuevo. Tras pensármelo un momento, escribo:

Hola, ¿qué tal estás?

Me quedo mirando el mensaje. Vaya, parece muy soso. Daisy y yo llevamos ocho años sin hablar. Bueno, salvo aquella vez en la universidad en la que yo estaba saliendo con aquella chica que se ahogó durante el verano y ella vino al funeral. Probablemente, Daisy apenas me recuerde y le pareceré un tonto si le envío un mensaje así un sábado por la noche. Ni siquiera es lo que de verdad quiero decirle.

Borro el mensaje antes de cometer una tontería como pulsar en «Enviar». Me muerdo el labio inferior y después, antes de poder evitarlo, escribo un segundo mensaje a Daisy.

Te echo de menos.

Dios, eso es peor aún. Si lo envío, va a creer que estoy borracho y que estoy buscando un polvo rápido. Lo borro y casi tiro el teléfono a un lado, pero no puedo dejar de mirar el nombre de Daisy en lo alto de la pantalla. Sabes que estás perdido cuando solo con mirar el nombre de una chica notas que te da un vuelco el corazón. Y ahora me sorprendo escribiendo las palabras que han estado dando vueltas en mi cabeza toda la noche y durante los últimos ocho años.

Creo que no puedo vivir sin ti, Daisy.

No. *No*. No puedo decirle eso, por el amor de Dios. No puedo decirle nada a Daisy Driscoll. Sería buscarme un problema. No, será mejor centrarme en Cindy, que es dulce y atractiva y no soporta las películas de miedo, como cualquier chica normal. Y me gusta Cindy. Mucho.

Okey, no estoy enamorado de ella, pero podría estarlo. Lo estaré.

Borro el mensaje a Daisy y, a continuación, busco el nombre de Cindy en mis contactos. La voy a llamar y, si agarro el carro, podré estar en su casa en cinco minutos. Apuesto a que me ayudará a olvidarme del todo de Daisy.

Pulso el nombre de Cindy y solo siento un leve pellizco de arrepentimiento cuando suena el tono al otro lado de la línea. Me preparo para escuchar la voz aguda de Cindy, pero, para mi sorpresa, no responde. El teléfono llama y llama y, por fin, salta el buzón de voz.

Vaya. Qué raro. Acabo de dejarla hace menos de una hora y es muy pronto para que se haya acostado. ¿Por qué no contesta el teléfono? Cindy siempre contesta a las llamadas. ¿Adónde puede haber ido?

Pero estoy seguro de que está bien. Al fin y al cabo, ¿qué podría pasarle?

64

En la actualidad

SYDNEY

Debo salir de aquí.

Gretchen tiene intención de matarme. Es evidente. Y Tom, como poco, tiene sentimientos encontrados y, aunque quiera salvarme, no estoy segura de que pueda. Gretchen no se anda con tonterías y no parece que él sea capaz de detenerla.

Pero ¿qué puedo hacer? No sé qué le provoca a una persona la mezcla de adelfa con alcohol, pero apenas logro moverme. Hago el intento de incorporarme, pero me invade una oleada de náuseas y me cuesta no vomitar por todo el suelo.

—No vas a librarte de esta —le dice Tom a Gretchen—. La policía va a averiguar lo que has hecho. No van a creer que Randy te estaba atacando cuando resulta que está muerto en el sofá.

—Pues lo moveré —responde ella con impaciencia.

—¿Sabes? En la autopsia se puede saber si se ha movido un cuerpo después de muerto.

—¿Sí? —Los ojos se le iluminan—. ¿Cómo?

—Tiene que ver con la lividez —le explica él—. Es la decoloración púrpura azulada que sufre la piel después de la muerte. Y la gravedad es lo que provoca que se centre en determinados lugares.

Ella asiente, fascinada.

—¿Y cuánto tiempo tarda en pasar?

—Pues... —empieza Tom.

Dios mío, ¿de verdad están ahí los dos hablando fascinados de la descomposición de los cadáveres mientras Randy está muerto a pocos metros y yo casi inconsciente en el suelo? ¿De verdad está pasando esto?

Pero no, esto es bueno. Están tan concentrados el uno en el otro que apenas me prestan ya atención. Esta es mi oportunidad de salir de aquí.

Tomo aire para ahuyentar otro ataque de náuseas. No tengo que hacer mucho, solo ponerme de pie y salir corriendo por la puerta, que está a menos de tres metros de mí. Qué suerte que los apartamentos de Manhattan sean tan diminutos.

Reúno todas mis fuerzas para tratar de ponerme de pie. Pero enseguida los brazos y las piernas me empiezan a temblar. No puedo hacerlo. La adelfa con la que Daisy me ha drogado me ha dado fuerte.

¿Podría arrastrarme? No está tan lejos. Solo que, si lo hago, ¿cómo voy a llegar al pestillo de la puerta?

Dios, esto es imposible. Voy a morir aquí. En cuanto Tom termine de aleccionar a Gretchen sobre el *livor mortis*, ella va a usar el cuchillo para clavármelo y matarme. Después guardará mi pelo en la cisterna del inodoro.

No deseo terminar así. Yo quería a Bonnie, pero no deseo terminar como ella. Deseo *vivir*. Y Jake jamás se perdonará si muero aquí esta noche.

Pero ¿qué puedo hacer?

Justo cuando estoy sopesando mis limitadas opciones, oigo un ruido fuera. El ruido se va haciendo cada vez más fuerte y mi cerebro drogado tarda varios segundos en identificarlo.

Sirenas de policía.

Gretchen abre los ojos de par en par.

—¿Qué diablos pasa? Sydney, ¿has llamado a la policía? Pero... ¿cómo? ¡Te he quitado el teléfono!

Ah, por eso no estaba en mi bolso.

—Sydney no ha llamado a la policía —dice Tom—. He sido yo.

Gretchen aparta la mano de él como si le hubiese dado un picotazo.

—¿Qué?

La expresión de él es seria.

—Lo he hecho antes de llamar a la puerta. Les he contado todo. Yo… Lo siento, Daisy.

—Tom, ¿cómo has podido? —grita ella con la cara roja. Conozco a Gretchen desde hace un año, pero nunca la he visto así de visceral—. Después de todo lo que hemos pasado, ¿cómo has podido hacerme esto?

Él se limita a negar con la cabeza.

Gretchen se acerca a la ventana, con cuidado de que no la vean.

—Mierda —murmura.

—Lo siento mucho, Daisy. —La voz de Tom se rompe al hablar—. Tenía que hacerlo. No podía permitir que…, ya sabes…

Ella se queda quieta un momento, con el cuchillo en una mano y la otra apretando el puño.

—Hay otra salida. Randy me la enseñó. Es como una puerta trasera secreta a través de la lavandería. Puedo salir por ahí. —Le mira—. Podemos salir.

—Daisy…

—Tom, ven conmigo. —Se acerca a él con los ojos llenos de emoción y determinación—. Vamos. Sabes que los dos hemos sido unos desgraciados pasando solos los últimos veinte años. Esta es nuestra oportunidad de ser felices de verdad. —Vuelve a sujetarle la mano—. Quiero pasar el resto de mi vida contigo. Quiero tener una familia contigo.

—¿Una familia? Daisy…

—Eso no vas a tenerlo con nadie más que conmigo —dice ella—. Y lo sabes. No hay nadie más que pueda entenderte como yo. Con cualquier otra, tu vida sería una mentira.

Él vuelve a negar con la cabeza, pero con menos convicción de la que me esperaba.

—Daisy.

—Por favor. —Los ojos de ella se inundan de lágrimas—. Hemos pasado veinte años separados y ha sido una mierda. Estoy harta de vivir así. ¿Tú no?

—¿Qué me estás pidiendo? —le pregunta él con el ceño fruncido—. ¿De verdad quieres que abandone toda mi vida para vivir contigo?

Ella se queda unos segundos en silencio.

—Pues sí —contesta.

—Daisy.

Ella lo mira fijamente con ojos brillantes.

—Yo... no puedo vivir sin ti, Tom.

Al principio, estoy segura de que Tom le va a decir que se vaya a la mierda. Él tiene una vida aquí. Una carrera profesional como forense. No dejaría todo eso para salir corriendo con una psicópata que ya ha asesinado a Dios sabe cuántas personas.

Pero entonces veo cómo él la mira. Y me doy cuenta de cuál va a ser su respuesta.

—Yo tampoco puedo vivir sin ti —le dice en voz baja.

En la distancia, las sirenas van sonando con más fuerza. Tom maldice entre susurros.

—Tenemos que irnos —dice—. Rápido.

La cara de Gretchen se ilumina. Me había parecido que estaba feliz cuando Randy le pidió que se casara con él, pero ahora me doy cuenta de que era una felicidad fingida. Nunca he visto a Gretchen feliz de verdad hasta este momento.

—Genial. Deja que antes acabe con nuestra pequeña testigo.

Se refiere a mí. El cuchillo de Gretchen centellea con la luz del techo y queda claro qué es lo que quiere hacer. Va a acabar conmigo igual que ha hecho con Randy. Y, cuando llegue la policía, van a encontrar dos cadáveres en este apartamento.

Estoy demasiado débil para salir de aquí. Lo he intentado, pero ni siquiera puedo arrastrarme, mucho menos correr hacia la puerta. Estoy completamente a su merced.

Ya está. Se acabó. Al final voy a terminar como Bonnie. En un ataúd, enterrada bajo tierra durante toda la eternidad. Probablemente será Jake uno de los que encuentre mi cuerpo, y eso lo va a destrozar.

«No te culpes, Jake. Nadie podía esperarse esto».

Pero, justo cuando me estoy preparando para lo inevitable, Tom extiende el brazo para sujetar la muñeca de Gretchen.

—Si tocas a Sydney, no me iré contigo. ¿Me has entendido?

—¡Pero ella lo sabe todo! —Solloza.

La voz de él es firme.

—No le vas a hacer nada a Sydney, ¿de acuerdo? Si me voy contigo, esto tiene que acabar. Las muertes tienen que acabarse.

Gretchen baja los ojos para mirarme sin disimular el asco en su rostro. No me puedo creer que yo pensara que esta mujer era mi mejor amiga. Me ha engañado de verdad. Es una auténtica malvada.

Buena suerte, Tom.

—No hablas en serio —dice con una mueca.

—Sí. —La mira sin pestañear—. Se acabó. Esa es mi condición para irme contigo. Nadie más va a morir, Daisy.

Ella inclina la cabeza a un lado, pensativa.

—¿Aunque lo merezca?

—Bueno —contesta él tras una pausa—. Eso es distinto, claro.

Su respuesta me provoca un escalofrío. Pero su ultimátum funciona. Gretchen lanza el cuchillo sobre la mesita y, a continuación, los dos salen corriendo juntos por la puerta. Se cierra de golpe y el sonido resuena por todo el pequeño apartamento. Cuando la policía empieza a golpear la puerta, unos minutos después, es cuando me permito por fin desmayarme.

Epílogo

Un mes después

SYDNEY

Estoy haciendo malabares con dos bolsas de comida mientras abro la puerta de mi edificio, y es entonces cuando mi teléfono suena.

Ha pasado un mes desde que Gretchen Driscoll y Tom Brewer desaparecieron de la faz de la tierra. O al menos eso parece. Me desperté en el hospital unas horas después de que la policía apareciera en mi edificio, todavía adormilada pero tremendamente agradecida por estar viva.

—Hay un agente que me ha pedido que lo llame inmediatamente cuando despertaras —me dijo mi enfermera cuando vio que estaba despierta.

Era Jake, claro. Aunque estaba en medio de la persecución de un sospechoso, lo dejó todo para venir corriendo al hospital a verme. Después de todo este tiempo, con varios años de retraso, había sabido encontrar el modo de dedicarme su atención.

Y es su nombre el que aparece en la pantalla de mi móvil ahora mismo.

Consigo entrar por la puerta y me recibe una ráfaga de calor. Dejo la compra en el suelo de los buzones antes de aceptar la llamada de Jake.

—Hola, Syd —dice.

—Hola.

—¿Tienes planes para esta noche?

Sabe que no tengo planes. Después de que Tom y Gretchen escaparan por la puerta de atrás, todo el Departamento de Policía se lanzó a una búsqueda a gran escala. Al fin y al cabo, los mechones de pelo en el inodoro de Gretchen la vinculaban con múltiples asesinatos, por no mencionar el de Randall Muncy. La policía estaba desesperada por encontrarlos. Pero los dos habían dejado atrás sus vidas y se habían evaporado juntos.

Jake solo era una pequeña parte de esa búsqueda, en la que al final se ha involucrado el FBI. Pero él ha asumido una tarea mucho más razonable. Se ha nombrado a sí mismo mi guardaespaldas oficial, «por si vuelven».

Cuando me lo dijo, protesté. No es que no lo quiera cerca, pero le recordé lo ajetreada que era su agenda. Desechó todas mis preocupaciones. «Voy a sacar tiempo para lo que es importante».

Y eso ha hecho. De verdad.

—No tengo planes —contesto mientras me siento en el banco junto a los buzones. Mis platos precocinados se están derritiendo, pero no pasa nada. De todos modos, Jake me ha estado trayendo la cena casi todas las noches.

—Genial —dice Jake—. Estaba pensando que, mientras te vigilo esta noche, puedo llevar unas hamburguesas con papas fritas. ¿Qué te parece?

Aunque no ha sucedido nada entre nosotros en el último mes, hemos pasado casi todas las noches juntos. Había olvidado lo mucho que me gustaba su compañía.

Una sonrisa aparece en mis labios.

—¿Sabes que ya ha transcurrido todo un mes? —pregunto—. Gretchen y Tom se fueron hace mucho. No sé si debes seguir protegiéndome con tanta atención. Tengo mi cerrojo.

—Bueno, ya sabes que más vale prevenir que curar.

—Es que no sé si es necesario.

—Ah. —Jake se queda en silencio un momento—. No tengo por qué seguir haciéndolo si no quieres. No quiero molestarte, Syd. Si no quieres que siga vigilándote, no lo haré.

—No quiero —contesto.

—Okey. —No puede disimular su decepción en la voz—. Okey. No hay problema. Yo…, eh…, te dejaré en paz.

—Pero… —Me cambio el teléfono a la otra oreja—. Si quisieras venir esta noche a casa con hamburguesas y papas y pasar un rato conmigo, me parecería bien. De hecho, me gustaría mucho.

Casi puedo oír cómo sonríe al otro lado del teléfono.

—A mí también me gustaría.

Le estoy dando otra oportunidad a Jake. Él lo está deseando y yo también quiero. Si algo bueno ha salido de todo esto es que los dos hemos comprendido lo que perdimos cuando acabamos nuestra relación. Pero no es demasiado tarde para concedernos otra oportunidad.

Al fin y al cabo, si Tom y Gretchen pueden ser felices juntos, ¿por qué Jake y yo no?

Además, a mi madre le va a entusiasmar. Con suerte, podré darle un nieto un poco antes de cumplir los noventa años.

Jake me promete estar en mi casa a las siete y cuelgo el teléfono con una sonrisa en la cara. Estoy deseando verle. Tom nunca tuvo ninguna oportunidad de ser mi media naranja, pero estoy bastante segura de que Jake sí podría serlo.

Agarro de nuevo las llaves y abro mi buzón. Están las habituales facturas, cartas de mi asociación de alumnos de la universidad pidiendo dinero, dos catálogos de publicidad de chocolatinas y de lencería. Y hay otra cosa en el correo que resulta un poco más inesperada. Un sobre blanco con mi nombre, pero sin remite.

Qué raro.

Mi nombre y dirección están escritos a mano. Los trazos en tinta negra son un poco grandes y desordenados, con todas las letras en mayúscula. Me quedo mirándolo un momento con el corazón palpitándome. Me pregunto si debería volver a llamar a Jake y consultarle si es seguro abrir esta carta misteriosa. Pero, si lo llamo, estoy segura de que se va a poner como loco. Probablemente me envíe aquí un equipo de las fuerzas especiales en menos de una hora.

Así que rasgo el sobre para abrirlo.

Ahogo un grito.

Dentro del sobre hay un mechón de pelo desaliñado y rubio oscuro. Aunque debería tener cuidado de no tocar nada de este sobre, no puedo evitar sacarlo. Por la longitud del pelo, parece haber llegado por debajo de los hombros de su dueña, y está atado con un lazo rojo.

¿Qué es esto? ¿Y por qué me lo envían?

A lo mejor sí que voy a necesitar que Jake siga vigilándome.

Mientras trato de no entrar en pánico, un papel pequeño y rasgado sale del sobre. Cae al suelo, boca abajo. Antes de poder contenerme, agarro el papel. La letra es idéntica a la del sobre. Me vuelvo a dejar caer en el banco mientras leo lo que el remitente ha escrito:

> Sydney:
>
> Kevin no volverá a molestarte nunca más.
>
> Tom

Me quedo mirando fijamente la nota que Tom me ha escrito sobre el hombre que me había atacado y me había estado acosando durante meses. Yo había supuesto que Gretchen y él estarían ya al otro lado del mundo. Pero quizá no. No puedo evitar recordar las últimas palabras que se dijeron antes de irse.

«Nadie más va a morir, Daisy».

«¿Aunque lo merezca?».

«Bueno. Eso es distinto, claro».

Al parecer, Tom pensaba que Kevin lo merecía.

Miro la nota con el ceño fruncido. Debería guardar esto para enseñárselo a Jake. Está claro que debería guardarlo. Aun después de todo lo que Kevin me hizo, ¿de verdad merecía morir? Debería hacerse justicia con este asesinato, igual que con cualquier otro.

¿No?

Me quedo sentada en el banco, mirando la nota durante mucho rato. Por fin, la vuelvo a meter en el sobre con el pelo y hago lo posible por dejarlo cerrado de nuevo. Y después lo tiro en el cubo de la basura, antes de subir a mi apartamento para prepararme para la cena.

Agradecimientos

Ayer me quedé sin batería en el carro.

Mi marido me ayudó a hacer un puente y supusimos que había sido porque llevaba más de una semana sin conducirlo y estamos en pleno invierno en Nueva Inglaterra. Pero luego, esta mañana, el carro estaba otra vez sin batería y, con mi marido todavía durmiendo y solo veinte minutos para llegar antes de que sonara la última campana de la escuela, sabía que iba a tener que ponerme el disfraz de chica adulta y encargarme yo de hacer el puente al carro. Es curioso que lo más difícil ha sido averiguar cómo abrir la puerta del Prius de mi marido, que es donde están los cables. La llave parecía sacada de una exposición de arte moderno sobre el futuro.

Pero lo he conseguido. Y, sorprendentemente, ni siquiera me he electrocutado.

Pensé que quizá ayer no dejé el carro en marcha el tiempo suficiente para que, cuando tratara de arrancarlo de nuevo esta tarde, se encendiera sin problema. Pero no. No ha sido así. Mi carro vuelve a estar muerto y acabo de llamar a la Asociación Estadounidense del Automóvil para que me cambien la batería.

¿Qué tendrá esto que ver con los agradecimientos? Okey, okey, lo entiendo.

Siempre me cuesta escribir los agradecimientos porque son

una parte muy importante del libro y me preocupa mucho dejarme a alguien fuera o no darle las gracias como merece. Así que siempre lo retraso todo lo posible. Pero ahora que los de la Asociación Estadounidense del Automóvil vienen de camino —supuestamente llegan en veinte minutos—, me he dicho: «Freida, tienes veinte minutos para escribir estos agradecimientos. Deja de posponerlo y hazlo ya».

Y aquí estoy, habiendo gastado ya quince de esos minutos escribiendo una historia sobre que mi carro no arranca.

En primer lugar, quiero dar las gracias a mi madre por sus múltiples lecturas de este libro. Creo que esta vez incluso ha entendido el final a la primera…, quizá. Muchas gracias a mi genial grupo de poderosas amigas escritoras, Maura, Rebecca y Beth, que me han contestado con comentarios increíbles. Gracias a Val por la ayuda con la revisión. También quiero expresar mi gratitud eterna a mis moderadores de Facebook —Emily, Daniel, Carrie, Nancy y Nikki—, que han sido un apoyo tan sensacional.

Mi gratitud inmensa va para mi agente, Christina Hogrebe, y todo el equipo de JRA. No saben cuánto significa para mí contar con el apoyo de una agencia. Gracias a Jenna Jankowski por tus inteligentes comentarios e informes, y a todos los que están detrás de Sourcebooks por su increíble trabajo. (Voy a dar las gracias por adelantado a Mandy Chahal por toda la labor de marketing que va a hacer después de que yo escriba esto).

Y, como siempre, ¡un gracias gigante a todos mis lectores! Estoy muy agradecida a todos los lectores que hay por ahí y que me han acompañado en este loco viaje. Los lectores son la primera razón por la que hago esto, así que no saben lo mucho que ha significado para mí todo este apoyo.

¡Dios mío, los de la Asociación Estadounidense del Automóvil no han llegado aún! ¿¿¿Dieciséis minutos más de espera??? ¡No lo puedo creer!